青衫豪俠

懲惡濟弱╳千年祕寶╳辨明是非──
盜亦有道的江湖奇傳！

白羽 著

大名鼎鼎的粉骷髏黨，以劫富濟貧、神出鬼沒的作風聞名，
這回搭救善心書呆子，又詭奪古代祕寶，將如何大顯神通？
江湖上人稱「七隻手」的北邊大盜一時不查深陷死地，
他一輩子的舊存遺臟究竟有多少？又藏在何處？

俠義慷慨的大盜群夥、執著追緝的官方巡警、貪婪祕寶的各方人馬……
勢必將引起一番腥風血雨！

目錄

目 錄

第一章
度年關豪奴昧良討義債
探雪路俠士憐貧解行囊

　　冀北密雲縣，南通舊京，北連北口，地勢崇高險要，四面銜山帶水，在平時本是出塞的要道，行軍出征的必經之路。有一年密雲縣城，剛剛逃出兵燹，洗淨血腥，轉眼之間，進了舊曆臘月，到得臘月二十三。糖瓜祭灶之後，看看年關已經直攏在面前。忽然天公不作美，山風大作，烏雲密集，一霎時鵝毛紛飛，雪大如掌，灑落得滿城皆白，天氣愈變冷冽。一直到臘月二十六這天，風勢稍煞，雪還未住，時停時下，弄得家家屋頂，壓起尺許厚的積雪，風一吹便簌簌的整塊跌下來。雖然如此，到底阻不住新年來到。城裡官民紳商，一家家趁雪光裡，忙著辦年貨，送年禮，討年帳；小孩們手凍得紅紅的，還是歡天喜地，穿新衣，放花炮。不管他天有不測風雲，人還是得樂且樂，掃雪迎神。街市上頓形熱鬧，和天氣正大相反，獨有北關僻巷，周老茂家，不為新年所動，屋裡冷冷清清，沒有一點以為卒歲光景的樂。

　　周老茂家，住的是大雜院，老夫妻倆，靠外院租住兩間南房。這周老茂家貧年老，轉年便是五十七歲。他妻田氏，白髮婆婆，年紀只比他小四歲。不幸他家遭了一場禍，現在新年切近，家中一點辦法沒有。莫說年貨無從措辦，年帳沒法搪塞，便是這幾天嚼穀，也正毫無著落。你說怎不焦急？二十六這天田氏清早起來，看看天氣，雪還下著，心裡十分作難，找鄰舍東拼西湊，好容易把火生著，燒了一壺開水，把丈夫叫了起來。兩口

子也不洗臉，一氣喝了半壺開水，這才覺著心裡有點暖氣。周老茂沉吟一回，嘆口氣說：「拿出來罷。」田氏爬到炕裡，拿出一個早先包好的包裹，周老茂慢慢站起，右手挂上一條木棍，左手接過那包裹，夾著朝外就走。屋門開處，呼的一聲，連風帶雪刮進來，老夫婦不禁一齊縮脖，倒抽口涼氣。周老茂忙彎回左手，張著袖口，堵住了嘴，低頭緊行幾步去了。

這裡田氏瞧著丈夫的背影，點點頭，又嘆口氣，便關上房門，坐在火爐旁邊，怔怔的發悶。一時聽見北風陣陣吹來，把雪花捲起，打得窗紙沙沙作聲；一時又聽見隔壁爆竹亂響，明知是孩子們淘氣。卻想到今天，鄰們家家戶戶，歡天喜地預備過年，獨有自家這般清風冷落，連午飯還沒安排；更回想前年此日，家裡有人有財，雖非富貴，卻不愁吃；安分度日，何等自在？哪料剛兩年光景，家境一變，好好一個獨生兒子，也知養家，也能賺錢，卻只經過半日噩夢，從此拋下爺娘，一去不回了，害得人亡家敗。人生最怕老來貧，何況又是暮年失子？

那種苦處，怎堪尋味？田氏思前想後，一股冤怨之氣，兜上心來，恨不縱聲痛哭一場。轉想院鄰很多，新年誰家沒個忌諱，倒惹得他們撇嘴假勸。尋思著只好咬牙忍住，那眼淚便越發滾下腮來。

正傷心處，忽聽屋外，雪踏得吱吱響，跟著有人推門。田氏當是丈夫回來，抬頭看時，卻是裡院西屋鄰舍，馬三奶奶的兒子，賣蕃薯的二海，闖進門來，一面抖雪，一面說：「好大雪。您瞧我剛打裡院出來，就落了這一身。大媽吃了飯啦？」

田氏道：「沒有。」二海道：「我們也沒有吃，年根底下鬧起天氣來，也沒做買賣。真要命！剛才我媽說，叫我問問您，那五斤蕃薯錢，您要是方便，先借給我們用用。」說著拿眼轉了一圈，坐下問道：「大爺呢？」田氏紅了臉，虛聲下氣答道：「他噹噹去了。回頭當了錢來，先給你對付

一點。大雪天又勞動你一趟。」二海噘著嘴道：「您可別忘了，大年下誰不緊。」磨煩一回走了。接著又來了一夥，鋪夥親友都有，全是立刻要清帳的。田氏舌敝唇焦，才一陣陣搪過去，臨走還叮嚀了後會。

田氏此時倒也顧不得傷心，只盼老茂快回來。誰知火爐連添了兩次煤，餓得她飢腸雷鳴，還不見噹噹回頭，看看天色漸昏，田氏著起急來，心想當物不收，這時也該回家。只恐老茂上了年紀，在雪地滑倒不是玩的。一個人落在屋裡，只覺沒抓沒搔，便站起身，到街門口望看，但見雪漫徑路，足有一尺多深，鵝毛紛飛，滿目皆白。來來往往，不少行人，只不見老茂蹤影。當不得寒氣砭骨，一時又轉回家中，出出進進，一連幾次，早到掌燈時分。那馬家二海，也來催過兩趟。

田氏越發心慌，隱隱覺著心口作痛，嘴吐酸水。正盤算到鄰舍破臉，好歹吃口東西，借隻燈籠去迎。忽聽門外，踏雪聲裡，有人說話，一個說：「任先生，就是這裡。」又一個應道：「哦，這是兩間房，您先進去招呼一聲。」聽那口腔，先說話的好像是她丈夫老茂。後面答話的，卻聽不出是誰。田氏一塊石頭落地，連忙上前開門，口裡抱怨道：「老爺子，天到這時候，你怎麼……」說著豁的一聲，屋門大開，跟著田氏一側身，哎喲一聲，只見周老茂拄著拐杖，夾著包裹，同那姓任的一步一步走進來。借燈光看時，見她丈夫老茂，不但渾身滿是泥雪，而且滿臉凝著血；黑一塊紅一塊，用一塊毛手巾，連鼻帶腮包著。那毛巾上，也是斑斑點點漬著血痕，已是凝凍了。

田氏吃了一驚，忙細看周身，一件破棉袍，一頂破皮帽，也是白一片黑一片，連泥帶雪，沾了許多，好像在雪地翻了六七個滾似的。

田氏不由哎喲一聲，也顧不得來客，扯住老茂的衣袖，叫道：「老爺子，你這是怎麼了？可是摔的麼？」老茂道：「咳，別提了，差點沒死在

外頭。多虧這位先生……」說著放下東西，殷殷勤勤的撢雪遜坐。田氏站在一旁納悶，上下打量那人，見他面生得很，是個外路人，看年紀不過三旬，身材不高，體質不胖，鼻直口大，面色微黑。左眉心生著一個黑痣，滿臉風塵勞瘁之色。再看氣派穿戴，介在貧富之間，披一件貴重黑大氅，袖口卻磨得絨禿了，倒戴著一頂貂皮帽，像是個大家公子，落了魄的。

正猜不出時，一眼瞥著炕上放的那個包，原封未動，上面沾了好些泥，田氏心想從一清早出去，又挾回來，一定沒當著錢；自己整餓了一天，怎好？心中一陣暗急，湊到老茂面前，看了看頭上那傷，悄聲問道：「你到底是怎麼啦？這麼晚回來，怎麼連當也沒當呢？」老茂喘息一回說道：「你別亂，我先引見引見！」指著田氏對那人說：「這是我們孩子他媽。」又對田氏說：「這位是咱們的大恩人，任和甫先生。」田氏愣頭愣腦，拜了一拜。

老茂又道：「你還提噹噹呢，我差點教李三爺打殺。要不是任先生，搭救這一步，這工夫還不知我是死是活呢。任先生，我們這對老業障，沒有別的報答你，您就擎受我們老兩口子一對頭吧。」說著站起來，一拉田氏道：「還不給恩人磕頭。」

田氏臉紅耳赤，不知怎麼著好。卻見老茂已經顫顫巍巍，彎身跪下了，自己趕緊也隨著跪在地上。任和甫連說：「使不得。」

哪裡攔得住，只得陪禮攙扶。

周老茂一連磕了幾個頭，才同田氏站起來，面對著炕，從身上往外掏東西。因為手凍僵了，掏了半晌，才摸出兩塊錢一包銅元，一齊交給田氏，催她快去煩哪位街坊，上街買煤添火，打點吃食。田氏忍不住又要追問，只見風門一響，闖進一個人來，忙道：「大爺，我替你買去。」田氏忙回頭看時，又是來討蕃薯帳的二海。便將應買的煤火酒食之類，一樣樣都

託付了他，那五斤蕃薯，也教他扣下。二海歡喜去了，不多時都買來。老茂便催田氏添火坐鍋，趕快打點。不想田氏為人就是沉不住氣，老茂白天遇著甚麼事情，何以沒當著當，反鬧得頭破血出；又何以憑空領來這麼一個恩人。她心中納悶，好比塞下一個悶葫蘆，倘不問明，實在要憋破肚皮的。她忙了一回，走到外屋，掀起布簾子，只沖老茂擺手努嘴。老茂偏又陪著恩人講話，只不理會。她便擠眼歪嘴越來得勁，倒惹得任和甫笑了。老茂沒法，只得踱出去，對田氏草草說了一遍。

　　原來臘月二十六那天晚上，周老茂夫妻左思右想，沒法子過年。當夜商量著，田氏說先當一票暫度目前，倒是老茂說，零碎帳脫不過去。教田氏翻包袱，找了兩件裌衣衫，估量當不出錢來，又將兒子的一件棉袍也添上。老夫妻睹物思人，又是一陣心酸。次日清早，老茂夾著這包衣裳上街，一路上雪大風緊，鼻尖凍得通紅。地下又滑，風打著腳下很覺吃力。好容易走到仁和巷，噹噹的人很擁擠。候了一會兒，把當頭遞上去。

　　偏這四五件衣裳，在平時可寫一二兩銀子的，趕上這年成不好，又是年底，爭競幾次，只寫五錢，連七錢二分也湊不到。

　　老茂垂頭喪氣，又奔東街和豐當。正走間，對面猛有一個人，攔住去路叫老茂。

　　抬頭看時，這人穿著簇新的馬褂皮袍，袍襟上卻油了一塊。年約三旬，身體矮胖，面色黑色。這個人街面上都叫他李三爺，是密雲縣富紳、「將軍府」將軍于善人家的轉角親戚，現在于宅帳房幫忙。他這人外表生得愚蠢，卻有一肚皮把戲。

　　可惜生來口吃，越急越說不出話來。閒常背著于善人，也賭也嫖，也玩也樂，又唱得一口好二簧。一樣作怪，唱起來時，字正腔圓，順順溜溜，一點不結巴，以此常哄得于宅少爺們歡喜。教他唱王三姐，他就「在

寒窯」；教他裝竇爾敦，他就「小子們與爺寨啦鬥的掩」。這樣他便有了飯吃。昨年于善人借給老茂二十塊錢，他是曉得的，這天他吃了幾盅酒，從于宅出來，恰好在東街和老茂碰見，便一聲叫住。

老茂剛要打招呼，李三已然走到面前，一張嘴酒氣熏人，大模大樣，拍著老茂說：「老茂，哪兒去。」老茂忙道：「就到前邊。三爺上哪兒？」李三道：「找我麼，巧極了，正打算找你去，現在省得上你家跑了。」老茂怔道：「您找我有甚麼事呢？」

李三揚著臉兒說：「我說老茂，這還用問麼，你自己還不曉得？就是你該的那二十塊錢……」說到這裡咳了半晌，索性不往下說了。扯著老茂，走到祥順店門洞裡，躲避風雪。接著說道：「昨昨兒晌午，我們舍親，到年底了，一查帳，查查到您，他他就說，日子不少了，教你趕快給給歸上。對不對？……大年底下，誰誰不清帳。橫豎你早打點好了，所以沒沒派人來。就由我走一趟，把那二十塊錢，給我，帶回去，得了。」

老茂聽了，轟的一聲，如打一個焦雷。原來這度年關，他當真沒想到于善人家，會打發人來討債。本來于家在本縣是財主，又是出了名的善士。況這二十塊錢，又與尋常借貸不同，實是于善人趕著借給的，也不打利，也不限期，只立了一張字據，連中保都沒有。這時忽然催下來，在老茂看來，錢數又多，老茂這一急非同尋常，他素來心遲口鈍，又兼是小人家驟然落魄，這搪債本領更是不嫻，便窘得嘴邊一句話也說不出來。李三見他漲紅了臉，連頭也不肯抬。未免惹人動火，那肚中的酒倒撞上來。一聲說：「喂，老爺子，你倒……」忽地一陣狂風吹來，雪花撲面，冷氣刺鼻，李三倒噎一口涼氣，忙拿袖子遮住臉。接著又喊：「大冷的天，您您別教我站在這裡挨凍了，咱們走吧，上你家去吧。」

老茂嘴裡咕噥了幾句話，李三並未聽清，緊緊追問。老茂半晌哼出一

聲道：「走到家也沒有。」李三氣了，結結巴巴嚷道：「那那那可不成，你跟我走吧。」揪住一隻手，把老茂拉出店門。老茂一手攔著往後倒退，口中不住說：「三爺，三爺，您聽我說。」一句話未了，李三往前猛一拉，老茂往後緊一掙。

跟上地滑老茂腿腳不靈便，身子一晃，李三又一帶，就站立不牢，翻撲在地。常言說，人窮則鋌而走險，年老則視死如歸，老茂卻不是這樣人。只因他生性憨直，下流拚命的舉動做不出來。當下連急帶愧，爬起來喘吁吁問道：「李三爺，我這大年紀，您幹嘛摔我……」李三一陣笑道：「摔著你不不不還帳，怎麼，您還要賣老命訛人嗎？」

老茂一聽到訛字，不亞如刀戳了心肝。兩人吵嚷起來，李三又推他一個跟頭。這下卻重，老茂一個嘴啃地，鼻頭也破了，臉也搶地了，半晌掙扎起，喘做一堆，自想：「窮人沒活路，和他拚了吧！」一頭撞過去，李三一側身就勢再一推。老茂倒在雪地，又翻了一個滾，那個當包也拋在大道上。

兩人揪在一處，打鬧聲裡，登時圍上一群人，任風翻地舞，站在那裡，只當瞧一齣戲。卻也怪，只顧看，沒人過來攔勸。吵打多時，把那住祥順店裡的客人，也吵出好幾個，內中便有任和甫。他為雪所阻，住在店中。聽得鬧聲，出店來看，卻是一個醉漢，一個窮老頭打架。便與幾個人上前，七手八腳拆勸開。老頭子喘得說不出話，醉鬼結結巴巴，問了半晌，才知是討年債打架。李三不依不饒，只說：「你打聽打聽，李三爺可怕人訛，賴債是不行的。」老茂卻鼻一把，淚一把，只說：「兒子丟了，家裡太難，不信諸位看。我這是出來噹噹過年，欠債的好說好求，也不犯死罪。怎麼動手打人？」

兩人各執一辭，正對勸架人訴說，忽聽街東，豁喇喇地挾風帶雪，跑

來一匹黑馬。大眾往店門口一閃，翻回頭看來，馬上一人，渾身打扮，一色純黑，恰如憑空捲來一朵烏雲，襯著這雪天冰地，越顯得皂白分明，異樣動目。打架的人，勸架的人，為這黑人的異樣裝束，和黑馬迅疾聲勢所動，一個個，扭頭對他上下打量。

　　只見這人揚著馬鞭，催馬疾馳向前；走近人叢，猛把馬一勒，緩緩走來。細看時，頭戴紫黑色貂帽，眼架玳瑁黑墨鏡，身披玄羊黑面大氅，手戴黑駝絨手套。那帽子緊緊壓著眉頭，大氅領高高豎起，把口臉全掩住，只透出一個鼻頭，凍得通紅。兩隻眼在黑鏡後面，炯炯閃視，顧盼不測。此外渾身上下，都不露一點皮膚。年紀相貌，有沒有鬍鬚，全看不出。拍馬走到店門口，閃眼往四下巡視了一遍，又抬那頭看店門。

　　就在這時，猛聽人叢中，一聲低嘯哨，聲音淒厲，異常刺耳。大眾尋聲看去，有一個胖矮人隨在任和甫身後，像沒人一般，仰臉站著。那穿的戴的，竟和這騎馬的人一模一樣，也是黑衣黑帽黑眼鏡，只欠沒騎著黑馬。大家正覺稀奇，扭回頭來，再看騎馬的，一聲呼哨響罷，他早已翻身下了馬。腳一落地，全身伸直；這才看出他身材瘦長，比那打呼哨的黑衣人，較高半頭。抖一抖身上的雪，左手拉著馬韁，雙腕倒背在身後；一聲不響，挨到人圈，探頭也來瞧。兩個黑衣人，一高一矮，一瘦一胖，對面站著，裝束相同，又似相識，卻是都不打招呼，也不通問訊，甚至面對面，連看也不看，又似不相識。

　　勸架的，看熱鬧的，看看這個人，又看看那個人。不知怎的，兩個打架的又湊在一處了，幸虧人多，忙又分開。無奈老茂那邊，人窮不作臉，便應許一個準日子，頭年也辦不到。至於李三呢，藉著酒氣，指手畫腳，挾槍帶棒，反倒搶白了勸架的人。鬧得眾人都很不忿，有法子攔住，沒法子勸開，這一來便僵了。

獨有任和甫，口快心直，因勸李三惜老憐貧，高抬貴手，卻不合接著又說：「這錢又不是欠你李先生的，依我說莫如行個好，回去美言幾句，落得開一條活路。替人討債，哪有下手打人的道理？」幾句話惹惱了李三，從鼻孔冷笑幾聲，說：「我得請教請教，您貴姓？」和甫不理會，答道：「好說，姓任。」

　　李三向周圍看了一眼，點頭說道：「好啦。任先生，是這麼著，我我可得跟您結識結識。往後我賴了人家的債，也好請您幫話。」

　　和甫臉一紅，剛要接話。李三忙搶道：「您您先聽我說。你說我打了他，您可有眼。他自己栽了一個跟頭，起來就和我撞頭拚命。難道您那國裡，就教我們要帳的擎著挨揍嗎？您勸我行好，我謝謝您。您才說得明白，這錢不是欠我的，是欠我們舍親的，請問我憑甚麼拿別人的錢行好？」李三說到此處，越發有勁；又值任和甫也是口訥，只氣得張口結舌，一句話也接不上。李三更得意了，舌頭也不結巴了，眼瞟著任和甫又道：「不怕您惱。您要行好，那是您有錢，盡請您拿出來積德吧，管保沒人攔您的高興。可是一樣，您別指望我。像我這樣的人，就會說風涼話，別給行好的人現眼了。我要行好，我早不說廢話，早就打開我的腰包，替他墊上了，還用您操心麼，我瞧您也像個讀書識字的，知情達理的，怎麼著……」

　　李三越說越毒，把任和甫挖苦得渾身打戰。只見他一跺腳，一甩袖子，轉身沖開人圈子，徑奔店房走去。李三越發趾高氣揚，嘻嘻哈哈笑了幾聲，手舞足蹈的正要說話。偏巧他手這麼一掄，人圈子外層，又猛一擠，身旁一個看熱鬧的光頭半大孩子，一時腳不穩，擠得往前一沖，啪的一聲，李三一個反巴掌，正落在孩子的半邊臉上。那孩子嚇了一跳，手撫著臉，歪著頭，翻著眼氣憤憤說：「唉，你幹嘛打我？」李三回頭瞧是個孩

子，反唇譏道：「嘿嘿，他媽的，我又沒有長背後眼，這裡又沒舍窩窩頭，誰教你搶著往前擠？」

一語未了，人圈子忽又一陣衝動，那個騎馬的黑衣人，哼了一聲，身子猛向裡一挪，挪到李三近前。就見右手一揚，那條馬鞭掄起來，鞭梢在空中一搖，嗤的一聲剛待落下。一刹那間，猛聽吱一響，又是一聲低嘯，大家急看時，那個騎馬的長身黑衣人，應聲把掄起來的馬鞭，順著右臂緩緩的垂落下去。

那邊胖矮黑衣人，舉起把著嘴的右手，一伸一曲，做了一個姿勢，回頭就走。騎馬的人立刻低垂著頭，一言不發，默默鑽出人圈外。然後拉馬連喊借光借光，離開眾人，徑入客店。只聽迭聲呼叫夥計，兩個黑衣人全入店房了。

那任和甫，一氣跑進店房，摸出鑰匙，慌張開了屋門，便尋皮包。點一點零款，還有三十七塊，揣在懷內，一徑冒雪跑出來。喘吁吁分開人，厲聲叫道：「李先生！」李三上下打量一過，裝出笑臉道：「好說任先生，怎怎麼著，我聽聽您的？」和甫兩手顫顫的，拿出皮夾，忙說：「不過二十塊錢麼，我就行個好！」那些勸架的看熱鬧的，一湧上前，都睜大眼看。和甫身上是雪，臉上是汗，左手托皮夾，右手往裡掏，數出二十元說：「給您，二十塊錢！」

李三舌頭還沒動，兩隻手早伸出來，正待接時，卻從旁鑽出一個人，矮身量，墨眼鏡，正是那個矮胖黑衣客，不知甚麼時候，又從店中跟出來。他把身子一橫，右手攔住道：「慢點慢點。」和甫一愣，李三忙道：「幹幹甚麼？」那人道：「我有幾句話說。」李三說：「你管不著。」那黑衣人格格的一陣冷笑，隨說：「都是給你們了事的，許這位先生幫錢，就得許我幫兩句話，怎麼管不著。」大眾哄然叫好。剛才沒人幫錢，都乾生氣，現

在趁勢發作出來；七嘴八舌，將李三挖苦得敢怒而不敢言。

那黑衣人卻又攔住道：「諸位別吵。請問李爺，這位任先生欠你的不？」李三道：「你你別繞脖子，那是人家願意替周老茂還帳。」黑衣人道：「對呀。既是替周老茂還帳，那就該周老茂過手。你做甚麼一直就接？」李三羞得臉通紅。那人又道：「任先生，我說的對不對？」和甫痛快已極，笑道：「李先生別急，周老爺子請過來。」老茂心花怒放，搶過來要跪下。那人又攔道：「老茂忙甚麼，磕頭的時候在後頭呢。你快接過來還人家吧，急出毛病來，你賠得起麼。」老茂接過錢來，遞給李三，李三伸手要接。忽從他身後，又鑽出一個人來，攔道：「慢著，慢著！」

大家忙看那人，黑衣服，瘦身量，正是騎黑馬的那個人，不知甚麼時候也單身走出店來。眾人很覺著逗勁，都看著他的嘴，料想必有話打趣李三。李三此際當眾坍臺，氣焰早挫，勉強問那瘦人道：「你又幹嘛不讓我接錢，我們要帳的就該死麼？」那人微笑道：「那倒不至於，不過……」鬧了一頓接道：「不過我也是幫話了事的呀。我聽說一借一貸，銀錢過手，總有個憑據。現在人家交錢了，也不管是人家自己的也罷，別人代墊也罷，反正你得先拿出字據來，別盡忙著接錢啊。」眾人哄然大笑，不邀而同，齊聲說道：「是這麼著，是這麼著。一手還錢，一手換字。」任和甫也把肚裡預備的話說出來道：「對對，我花了錢行好，反倒上了當，可是冤枉。李爺，這不是眾位鄉親都在這裡，您先拿出字據來。」

大家七言八語催促，登時把李三催得臉紅耳赤，拿右手不住摸皮袍衣袋。卻見他摸來摸去，那隻手只掣不出來。任和甫便含笑催道：「請把借字拿出來吧，省得教人家白等著，大雪的天。」李三也不言語，把手插到襯衣裡面翻找，一時又彎腰往地下看。好一會兒，不見他拿出皮夾字據，反失聲哎呀了一聲。那黑長瘦人大聲說道：「怎麼了，丟了麼？」

李三紫漲了臉，口中期期半晌才道：「不不不能丟，許是我沒沒帶著……我這就拿去。」說著還往地下尋。那瘦人嗤的一聲笑道：「對了，快回去拿來吧。一手交字，一手交錢。」說得李三眼珠轉，張張嘴要說話。又遲疑一回，抬腳往外急走。

人圈子中，一個糟鼻子白鬍鬚老頭子，手提一隻蒲包，虛瞇著眼笑道：「三爺，您想著什麼來著？要帳可不帶字？」這些人齊哄起來，李三爺也不顧搭腔，手摸衣襟，連盯了那黑衣瘦人幾眼，甩著袖子，忿忿沖出去。才走了幾步，任和甫忙叫住道：「李爺請留步。大雪天，我們可不能站在這裡久等，回頭咱們還是在這店裡見，還是在周老爺子家裡見？」李三只哼了一聲，急急忙忙奔西街去了。

看熱鬧的雪落滿身，紛紛散去，走著談著。有的誇任和甫慷慨，有的罵李三，不問誰的錢，拿來就接，連半句人話都沒有。「這還是善人的親戚呢。」那糟鼻子老頭唶一聲說：「還提甚麼善人，沒有要人命！人都誇于善人好，我就不信。這年頭最講究盜虛名，圖實利。甚麼慈善事業，老實說都是營業性質！」一個外鄉人插話道：「可是我早聽說密雲縣有個于善人，他怎麼放帳呢？」糟鼻子老頭道：「就是這話了。現在他們親戚，就因為討債打人哩。虛名哪能信實？」又一人說：「李三這東西鬧得好凶。怎麼為要帳打架，倒忘了帶字據？依我看，別是打架丟了罷？再不就教失手溜去了？你看他那神氣，疑疑思思的。」

旁邊一個鋪夥計，忙插口道：「這話很對。」回頭看了看又說：「你們誰也沒留神，合該李三吃啞巴虧。我告訴你們吧，我正站在他身後。……」一語未了，覺著脖頸上，啪的著了一下，涼冰冰順著衣領溜下去，嚇得他喊一聲，忙去摀脖項，著打處已然腫痛起來。他急抬頭往上看，翻回頭又看後面。只街旁小巷口，有兩個小孩，挑著紅紙球燈，雀躍

過來；此外遠遠有幾個行人。他便探手摸了一回，在腰眼系搭包處，摸著一個小圓東西。托在掌心看，是一枚雙角的銀幣，一路說話的，都站住看他問他。他張一張嘴，忽見岔路有兩個人，此跑彼追，一面嘲笑，一面喊叫：「你這小子多嘴，看你疼不疼？」嚷著貼身跑過去了。

這鋪夥計一吐舌，捏著那枚雙角銀幣，悄悄走開。正是：「是非皆因多開口，煩惱只為強出頭。」到底李三的借據丟了沒丟，任和甫陌路傾囊，有無後患？那兩個黑衣客，又是怎樣人物？這鋪夥計頭上的雙角，更從何而來？下面的故事將一樁樁展開。

第二章
兵過半城空拴兒拋母
風吹宵窗動拔箭得財

　　任和甫陌路仗義，傾囊解紛；等人散後，把老茂邀入店房。拂雪裹創，略詢身世，才知他日暮途窮，就算還不了帳仍舊過不去年。想了想把二十元交給他，另外再贈三元錢，是個救人救徹的意思。老茂感激出於望外，只是拜謝。誰知在店中等候李三，交回借據清帳，只不見來。老茂喘息過來，堅約和甫到他家坐坐。和甫推卻不過，只得給店夥留下話，等李三取來字據，告訴他送到老茂家去。鎖好屋門，兩人一同出來。冬日天短，店裡店夥們，早點上院燈。雪光交映著，顯得天黑地白。剛走到店門口，聽見街南馬嘶蹄聲，極其嘈雜，轉瞬近前，卻是四個人，牽著三匹馬。那馬是黑馬，人是全都穿著黑大衣黑皮帽；到祥順店門，四個來客止步抬頭，先看門匾字號，次看門扇門框。打頭一人空著手沒牽馬，伸手一指說：「是這裡了。」那三個人跟著拉馬進店。

　　和甫好奇，便不走路，讓在一旁。目送人馬過去，順著那人目注手指的所在，看那邊門框，嶄新貼著紅籤年對，寫著：「祥雲靄靄照百年老店，順風依依解千里征塵。」也算是嵌字格的春聯。卻在那「征」字下，「塵」字上空處，畫著小小一個粉筆畫：是白磷磷一顆死人骷髏，插著一把匕首，草草數墨，逼真相像。和甫兩隻眼凝住了，覺得這幅畫固然蹊蹺，就是那幾個黑大氅黑皮帽戴墨鏡的人，衣飾相同，也似非偶然。忽想起來，那矮身量的黑衣人，恍惚曾經跟自己相伴走了一道。自己由天津起身，一路火

車，還不理會。卻從在北平車站上，好像就遇見了這個人。自此雇騾車，出齊化門，一直到這密雲縣城，一大段旱路，逢站打尖，傍晚落店，前後四五次，到得祥順店，遇雪阻住，又是幾天耽擱，都不時看見這個人。算起來自己走哪條路，這人便走哪條路；自己住哪座店，這人也住哪座店，這事豈非更加蹊蹺？

低頭尋思，忘其所以。旁邊周老茂拱肩縮項，立候好久，便挨到耳畔，低聲說：「任先生，你瞧的甚麼？」和甫驀地一跳，回頭來看是老茂，失聲道：「是你呀？」周老茂忙問：「任先生，怎麼了？」和甫收攝心神，衝著店門努嘴道：「你看見剛才進去的那四個人沒有？穿黑衣裳，牽著黑馬。」老茂道：「看見了。」和甫道：「你認識他們不？」老茂道：「不認識，許是天晚趕店的吧，您瞧怎麼樣？」和甫改口道：「不怎麼樣，我閒打聽打聽罷了。」又道：「你瞧這個。」老茂閃近門框一看道：「吆，這是誰淘氣。大年底下怪喪氣的，畫死人腦袋，準是淘氣的小學生們幹的。」

和甫聽了，搖搖頭道：「您自己歸家吧，我打算不去。」老茂一愣，雙手扯著和甫，口說：「任先生，您是我的救命恩人！您總得賞臉。」彎著腰要跪求，和甫沒法，只好踏雪往北關走。

和甫忽又問：「周老爺子，你們這裡太平不太平，可有劫道的麼？」老茂說：「城外倒免不了，城裡沒有。」說著走著，轉了幾個彎，便到老茂住的那僻巷雜院中。進得屋來，老夫妻雙雙叩頭拜謝過了。便教田氏安排酒食，在裡屋放一張炕桌，擺上菜斟酒歡飲。和甫倒是很好的酒量，連罄幾杯，面泛紅色，這時外面風雲依然，卻喜爐火熊熊，鬥室生春。田氏連吃了幾個冷饅頭，飽了，坐在爐旁小凳上，看兩人吃喝敘談。老茂問：「任先生，我聽您口音，府上大概是天津吧？」

和甫點頭道：「小地界天津。」又問：「您路過這裡，大概是從熱河回

家過年吧！」和甫道：「不，我是從天津動身，上熱河去的。」田氏插話道：「吓，大年底下，您上熱河幹嘛去呀！您怎麼不等在家過年呢？」和甫看她一眼道：「有要緊事，不能不去。」田氏問：「您有甚麼要緊事呢？」和甫道：「不過是自己的私事。」田氏還要說，老茂攔道：「你坐水了沒有？」田氏道：「可不是，還沒坐呢。」站起來，到外屋水缸邊，灌了一壺水，坐在火上。

和甫拋開話頭，反問老茂，兒子是怎麼丟的。老茂放下筷子，嘆息一聲，田氏早站起來，兩手比著說：「提起我們大拴兒，那才真是想不到的事呢。我們老兩口子，也不知誰前世沒做好事。任先生，您替我想想，就這麼一個獨生兒子，活潑潑的丟了。由打前年秋天到現在，音信不見，也不知生死存亡。拋下我們兩個老業障，吃沒吃，喝沒喝……」和甫接問：「令郎幾歲了，怎麼丟的？」田氏道：「咳，怎麼丟的，還不是叫他們抓走的？」又掄指掐算道：「屬猴的，去年二十三，今年二十四，對了，轉眼就是二十五了，年輕輕的，又能賺錢，又知養家，您說多麼坑人？」和甫忍笑轉問老茂：「令郎究竟是讓誰抓去的呢，可是綁票的土匪！」老茂剛說：「不。」田氏搶道：「還有誰，錯過是兵。」和甫道：「哦，是拉夫麼？兵怎麼把他抓去的呢？老爺子還是請您說吧。」

老茂深嘆一聲，說是大拴未丟以前，本是趕腳為生。但這趕腳也是近幾年的事，早先他一家三口，原開一座豆腐房。只因不甚賺錢，便把鋪面倒出去。家中養著一頭推磨的驢，大拴兒出主意，添買兩驢，從此趕起腳來。這密雲縣山路崎嶇，既不通車，汽車道又常被山洪沖壞，騾車腳驢正是行旅好代步。

拴兒做這生意，遇三兩客人，他就一人承應下來；若遇孤行客，他便一頭驢乘客，一頭驢馱行李，剩下一頭拴兒自己騎。

他素來勤快和藹，生意很不壞。人又孝順，老茂夫妻擎吃坐喝，卻也快活知足。不幸前年秋天，據老茂說，朝廷上不知為甚麼，也不知誰惱了誰，在口外開了仗。密雲是出塞要道，大軍過處，自然征發糧秣。那時節小小縣城，各店各廟兵都住滿，遍街貼著告示：「照得大軍過處，紀律森嚴，凡爾商民，勿得驚擾……」卻是城廂關市，亂哄哄早鬧著拉夫抓車，牲口也抓。

老茂講到這裡，田氏咳嗽一聲接道：「咳，任先生，這才是該著的呢。我那孩子本來機靈，風聲剛一緊，就防備下了，整在家藏了四五天。聽說兵也快過完了，打算脫過去了。哪想到，咳，也不知是哪個損根子沒厚誠的，給透了風，說我們家有人有牲口。回頭竟找上門來，為頭的說是個正目，拿著根馬鞭子，指指畫畫的。您可沒瞧見，那簡直和活強盜一樣！罵罵咧咧的，直闖進來，一陣子亂搜亂翻，連人帶驢，全給搜出來。您瞧，三頭驢都給牽走不算，還要帶人。」回手指著老茂道：「我們拴子他爹太廢物，就會趴在地上磕頭，叫老爺老爺。不瞞您說，我真急了豁出去了。我說，你們要帶，就帶我。揪住我們大拴不撒手，跟他們撕擄半天。您猜怎樣，到底也不成，白教他們踢了我一頓。您看，就踢我這兒。回頭眼瞧著大拴子教他們牽走了，還丟了好幾塊錢，把一個大盆也給摔了。您想這就罷了不成？當時我就哭著教老東西，拿著錢跟去找。哪怕把驢白送給他們呢，或者再添錢呢，好歹把孩子給贖回來也罷。誰知他盡打倒退，實在逼急了，湊盤纏跟下去了；到底也沒找著，反拉了好大虧空。我說他沒用，他還罵我糊塗。」

老茂氣得放下筷子，指著田氏說道：「你看你，當著任先生甚麼樣子，老娘們就會坐在家裡，說現成話，傻哭傻鬧。兵荒馬亂的，又不知道營頭，又不知道準地方，帶那幾個錢，怎麼會一找就找著？任先生您說是不

是？」田氏忿忿說道：「人家沈三爺的二兒子，不也抓去了吧，怎麼人家就找得回來？」老茂大怒，和甫忙用話岔開道：「令郎從此竟一去沒有信麼？」老茂淒然嘆道：「正是那孩子抓去之後，就沒了下落。直到現在快兩年了，是死是活，全不知道。他媽提起來，鼻一把，淚一把，總是抱怨我，好像孩子是教我弄丟的，任先生，像我這大年紀，遭著這事，年月又不好，還有甚麼活趣呢？」說著眼淚簌簌掉下來，滴得衣襟都濕了。田氏在旁禁不住心酸，也陪著涕淚橫頤。

和甫替他們傷感，因勸說：「他們抓夫，不過是運子彈糧秣，挖戰壕，事後總要放還的。據我想來，他二十幾歲的人，自己總能照顧自己，絕不致有意外。或是他們打敗了仗，令郎跟潰兵逃命，不知流落在哪裡，一時回不來，也是有的。您打聽打聽，別個抓去的人，有逃回來的沒有？」老茂抹淚道：「當時花錢放回來的也有，隨後趁空逃出來的也有。我也幾次打聽過，只說沒有我們大拴。想著就怕打敗仗，在炮火裡沒了命了……」說到這裡，老茂又再三囑託道：「任先生這回上熱河去，還求你捎帶打聽打聽。萬一他有命的話，還圖個父子相見。他的大名叫周長發。」田氏拿出大拴的相片，說：「這還是給他提親時照的呢。」和甫真個接過來，把姓名年歲籍貫，都記在相片背面，插在大氅兜中，說：「看罷，等我到了熱河，想法子打聽打聽。」

這時吃完飯，喝茶閒談。和甫心想，這一頓飯也花了將近一塊錢，雖說自己幫他二十三元，卻除還了于宅，所剩無幾。

現在老茂手中，至多還有兩塊錢，未必夠過年用的。過了年以後，他兩口子又怎麼樣呢？轉想陌路援手，已經花了二十多塊錢，再幫少無濟於事，幫多又未免心疼，況自己現在又不是時候。可是眼看老夫妻如此窘迫，心又不忍。翻來覆去想算，只是委絕不下。因又與老茂敘談，問他當

初怎樣從于善人那裡借的錢。老茂先給和甫斟一碗熱茶，又嘆一口氣，從頭說起。

說從大拴丟後，家中日不聊生，不斷的哭哭鬧鬧。有一天，老兩口正因思子憂貧，互相埋怨。恰巧于善人出城歸來，從門口經過。聽見裡面尋死覓活的吵鬧，一時好事，問起站在門口偷聽吵架的街坊。有知道的，便告說一遍。又道老頭子是老實人，不幸遭著這場禍。他那個女人，上了年紀，口角上有些個嘮叨，常常為想失去的兒子，胡亂抱怨，逼老頭子去找，卻又沒有盤費。于善人問明情由，掏出十元一張的鈔票兩張，教老茂拿去。所以這筆債，是對面借的。只寫一個欠條，沒定日限，也沒有利息中保，周老茂又折變了些錢，尋子去了。誰料這一去，熱河多倫全走一過，兒子沒找著，虧空卻拖下一筆。荏苒兩年，終歸形成不了之局。老茂說著，又難過起來。

和甫尋思一回，又問：「于善人這個人究竟怎樣？他既是善士的叫出名來，想總是個慷慨的人。況當初肯把錢免息借貸給您，現在為何又打發一個醉鬼來逼命呢？他是不是有名無實的偽君子，假善人？」老茂拍著膝蓋道：「這個連我也揣不透。要說于善人素日為人，倒真是個善家。又加他也真有錢，所以每到冬天，必然引頭捐款、開粥廠、舍棉衣。近年因為年成不濟，地面又不太平，並且又不時這個捐那個捐，鬧的于善人家裡，也許不如從前了。又沒有助善的，因此由前年起，那個粥廠也停辦了，幾次想開，沒有開起來。不過當地人有過不去的，或是做小生意虧本做不來的，求到他跟前，訪查實在，他多少總賙濟一下的。也許出錢力，也許出人力，拒絕不管的時候倒少。可是要有人騙了他，他懲治得也很厲害。就如我上一次，也和您似的，他老人家三言兩語問明白了，立刻教我立字據，當而拿出錢來。我向他叩謝，他也和您說的一樣，這不算甚麼，

這不算甚麼。聽說他借錢，給別人，也是這樣，不過字據總要立的。他怕上當，他也是要這一張紙，鋪保利息全不打。但你要有錢償還他，他也收下，你要騙他，他立刻拿借據來要帳。你要是真個還不起，倒也不甚催討。可也是我倒楣，這回不知怎的，忽然逼索起來；教李三掄打這一頓，真令人莫名其妙。如今想，或許于善人聽了別人的閒話，疑心我有錢裝窮，成心騙借他。再不然，便是于家教這捐那捐，鬧得不從容了，臨到年根，急等錢用，所以各處都去要。俗語不是說：閻王好見，小鬼難纏。于善人說了個要帳，他們家裡的底下人，就趁風作浪，沖窮人發威，也是有的。反正承您，我那二十塊錢，還了他也就完了。趕過了年，我們兩口子再想法子。唉，有一口氣，就得掙著求活路呀……」說著低下頭來。

　　和甫點點頭，且自喫茶，又翻著眼睛，暗斟酌一回，狠一狠心，對老茂說：「好吧，您別著急……」翻起馬褂，拿出皮夾，點了五元錢，掂一掂，抬頭看看老茂，索性又倒出五元錢，一手遞給老茂道：「我出門在外，沒帶多餘錢，這十塊您留著，且別還帳。等過了年關，可以湊合著做個小生意。不拘甚麼賣煙卷，進蘿蔔，你兩口子也好餬口。」這一來，老夫妻又驚又喜，辭讓一回，忙收了，起身叩謝。

　　田氏先說：「頭上末下，教您又花這些錢，怪腆的。真是您的話，趁著年景，教我大拴他爹做個小買賣，兩條老命就活了。一輩子忘不了您。」老茂也搓著手，對和甫懇切的說：「這是怎麼的。我也不說謝您的話了，我們老兩口子完了，萬一我們大拴兒能夠回得來，我必叫他永遠記著您。真是，和甫，初次見面，再一再二的，按說不該。」和甫聽了，他此時心情，另有一種說不出來的滋味：一時快然自得，一時爽然若失。三言兩語，扔出三十多元，究竟善財難捨。不過俗語說得好：眼不見心不煩。這次不合到老茂家來，目睹情狀，要袖手走出，卻也是難，又見老夫妻荷

荷感激的樣子，其實錢沒枉花了，心裡作念，面上卻極力矜持著不教露出德色。只淡淡對老茂說：「這不算甚麼，世上慷慨的人盡有，只沒教咱們遇見罷了。」任和甫說這話，不覺想起了自己的身世，遂站起身來道：「天不早了，我該回店了。」老茂夫妻一齊挽留，和甫說：「店中有東西，不放心，咱們後會有期。」老茂忙點上燈籠，親送出巷口；又千恩萬謝，向和甫作揖。直見和甫走遠，才轉身回家。又等了一會兒，料想李三不會再來，便鋪上被縟，老兩口子歡歡喜喜睡下。

次日天明，老茂先到祥順店，給和甫道安，並打聽何日動身。據說雇不著代步，須等過了破五才能起程。下晚老茂回來，商量著那二十塊錢，還是在家等于宅來取，不必送去。怕是去了，李三絕不給好氣。這天正是臘月二十八，後天便過年。老茂住的這大雜院，前後不下十幾戶，四五十口，一時燈光明亮，爆竹聲歡，人來人去，街門大敞。有幾家鄰舍聽說他家遇見俠士，得了三十多塊錢，在這貧民窟，不啻發了財，便哄傳動了，都跑來打聽。田氏正是有錢精神足，拍著膝蓋，夾七夾八，講說不了，又拿出那三十塊錢來，給這位看，給那位看，並說：「今兒一早上，就打發老茂請任先生去了，我們沒別的，也得包一頓餃子，請人家吃呀。人家那才真是好人哩。」

鄰舍們嘖嘖稱嘆，不誇和甫慷慨，卻羨田氏夫妻老運亨通，最難得年關逢此奇遇。都說：「大嬸，您這就好了，從此一順百順，管保過了年，大拴也就回來了。」田氏咧著嘴道：「謝您吉言！」亂了一陣，大家各去忙著過年，到下午老茂回來，並沒將任和甫請到，在家整等了一天，還不見李三拿字據來，老夫妻很覺詫異。

直到點燈以後，聽外面喊：「周家的信！」老夫妻慌忙出去，一個穿綠衣郵差模樣的人，遞過一封信，接來進屋拆看，明明白白，是他立給于

宅的一張字據。只見上面用墨筆抹了個大黑叉字，還注著「此據作廢」字樣。另附一張短籤，老茂略識之乎，忙戴花鏡看，寫著鉛筆字：「周老茂知悉，今有人於于宅門首，拾得借據一紙，知是汝所立。憐汝貧苦，特此塗廢寄還，嗣後于宅，再有人來，空言索債，萬勿徑行付款，應行索閱原據，庶免被紿。」下署無名氏三字，在背面另畫一押，是一隻死人頭骨，上橫短刀一把。

　　老茂反覆端看，沒有看見背面的花押，又細細尋思一回，心中驚喜駭怪，對田氏說道：「這又是想不到的事！竟有人拾著咱們立給于宅的借字，他偏又知道咱的住處，偏又在這一兩天，還肯給咱寄來。」田氏忙說：「甚麼，真的嗎？」老茂道：「你看，這信寄來的就是那張借字。」田氏道：「哎喲，怪不得李三不來，敢情他丟了哇。倒是誰拾著寄來的呢？」老茂道：「信上說是無名氏，人家不肯留名。」田氏道：「別是任先生喲。」老茂愣了愣道：「不能不能，你先收起來，讓我思索思索。」田氏歡喜道：「我不信丟了兒子，還有點造化。這一來咱們可不是多得二十塊錢麼。」夫妻倆盤算，有三十塊錢，總能想個生財之道了，便特別相信新年要轉運，卻不想內中有無別的情節。俗說：冷風熱氣窮撒謊。當下田氏跟老茂打算，先瞞著幫錢任先生，怕他聽說了，再要回那二十塊錢。直至掌燈，李三沒有再來。於是老夫妻雙雙睡下，一夜無話。轉眼到了除夕，李三仍沒有來。老茂便上街去買香燭，並上祥順店，堅邀和甫到家吃年飯，卻反教任和甫留住，問他許多話。田氏在家，高高興興收拾家具，擦抹東西，那瓦香爐洋蠟扦，也都安排好，真像過個年的樣子。忙了一陣，人老易疲，便坐在炕沿邊吁氣。聽外面雪停風嘯，戶動窗搖；到得子夜，更形蕭瑟，只遠處東一陣西一陣爆竹響。田氏一個人守著兩間空屋，覺著有些膽怯。猛又聽見唰的一陣風響，風過處窗格揚動。外間屋風門更吱的一響，似乎刮開；又

忽地一聲，似乎關上。田氏心下發毛，竟不能下炕掀門窗看看，反往炕裡坐了坐。問道：「誰呀？」傾耳再聽時，外屋聲息不聞，戶外還是風吼雪墜，這才放了膽，噓一口氣，剔亮油燈，去火爐裡添上兩鏟煤。打算包餃子，等老茂把任先生邀到同吃。尋思到任和甫這番資助，大年底何等救急，豈不是天幸。女人家見識，雖知道和甫俠風義舉，煞是難得，她仍歸功於老天爺了。「人不該死終有路」，神差鬼使，送這一個救星來；偏又教李三丟了字據。這麼一想，便覺老兩口還有點造化；但不知老茂和她，究竟是誰沾誰的福。思索著很高興，偌大年紀，哼哼噴噴起來。

突聽院中有人踏雪而來，嘎吱嘎吱連響著，一直到自家門口停住。田氏料是丈夫回來，剛要下炕，聽那搧風門呀的才拉開，卻又哐噹一響，跟著屋門裡，有人「哎喲」的喊了一聲。田氏嚇了一跳，忙三腳兩步，搶到裡屋門口，挑起門簾，讓燈光射到外屋。手攏眼光，往地下尋看，叫道：「拴他爹，是你麼？」老茂匍匐在地，不住聲喚，他正是剛進門，就絆倒了；直從屋門口，摔到屋當地。這一下不輕，外觸著舊傷，掙扎不動，對田氏發氣道：「不是我是誰，還不拉我一把？」田氏忙掛上佈簾，過來攙扶，又抱怨老茂：「偌大歲數，還不小心，沒摔著哪裡嗎？」老茂罵道：「這又是你幹的，放東西再不靠排，單堵門口，漆黑的絆了我這麼一下，你還有理，你這老娘們！」

又拍拍身上說；「你瞧，磕膝蓋準又摔破。快端出燈來照照，看是甚麼，趁早給我擲開，真他媽的，咳！……」田氏張了張嘴，要還口，又忍住，端出那盞油燈。兩個人睜著四隻老眼，往地上瞧。還是田氏眼快些，手指門口道：「喲，你瞧，那不是，黑乎乎的？」

老茂低下頭去看時，正當門口，放著一個黑包袱，另一隻小板凳，踏翻在一邊，剛買來的香燭，也扔了一地。兩人目視包袱，都詫異起來。老

茂伸出左手，打算把它提起來，哪知包雖小，沉甸甸很有份量。老茂道：「這可是甚麼呢？」田氏嗤道：「多麼廢物，讓開吧，讓我來提。」說著時，老茂已換手把包袱提起。田氏忙關上房門，同到裡屋，將包袱打開，見裡面包的是一件青緞馬褂，緊緊捲著，抖開來看，又是一個黑布小口袋，用黑繩捆緊。田氏顧不得解扣，抄過剪刀，將繩剪斷，從口袋中往外一掏，掏出一封一封的沉重東西，桑皮紙裹著。

田氏道：「是洋錢吧？」

夫妻倆手顫顫的，忙把撕開一看，白花花果然是許多銀圓，點一點共是八封，每封整五十塊，共合四百塊。摸一摸袋底，凸凸的還有東西，老茂探手又掣出一條絲巾，也緊緊的交叉繫著，解開看，是黃澄澄首飾，一共五件，大約不是赤金，便是包金的。老茂、田氏，在燈前手撫銀物，面對巾包，閉口無言，兩顆心特別的狂躍。半晌，老茂抬頭看了看窗格，忙過去掩了那塊小玻璃。這裡田氏也將銀物收攏起來，就手塞在被底下。田氏悄問：「拴他爹，這到底是哪裡來的？又是任先生給你的麼？」老茂搖了搖頭。田氏道：「那麼誰丟下的呢？」老茂按著心口，悄聲答道：「你問我？你始終沒離屋子呀。」田氏搖頭道：「我記得清清楚楚的，外屋房門口一點東西沒有，並且你上街的時候，我還拿燈照著關風門呢。那時小板凳立在牆根，沒有這個包袱呀。」老茂沉吟道：「你沒聽見甚麼動靜麼？」

田氏道：「沒有啊。」仰臉尋思一回道：「別是鄰舍丟的吧。」老茂搖頭說：「咱們這大雜院，你瞧誰稱幾百塊錢的家當？就算是稱，怎麼會把全份家當，包出包進，偏丟在咱們屋門口裡？」

田氏一聽有理，心想：「這可是怪事兒！這窮大院子裡裡外外，都是兩隻手糊弄一張嘴，全院湊到一塊，也不值五百塊錢。但此物到底從何而來呢？」老茂攔道：「你別胡猜了，等我細細看看。」再戴上花鏡，從被底

將青緞馬褂、黑布包袱、絲巾口袋等物，逐漸掣出對燈反覆展看。隨又重新驗看那包銀封，並湊近燈光，將那首飾一件一件端詳，一面沉吟道：

「唔？」田氏一拍手道：「對了。你別發愣了，我知道了。」

老茂瞪眼道：「你又知道甚麼了，冒冒失失，嚇人一跳。」田氏笑道：「瞧你這膽量，我告訴你，今天不是大年三十嗎？」老茂道：「是大年三十又怎麼樣。」田氏道：「你怎的這麼糊塗，大年三十，不是諸神下界麼？」茂仰臉道：「那便怎麼樣？」田氏道：「那便怎麼樣？我告訴你，這一定是財神爺惜老憐貧，保佑咱們，那不是還有一股香，兩只蠟麼，咱們點上它，快磕個頭。」老茂道：「別胡扯了，你當是說書唱戲呢？」

田氏道：「這不是，那不是，反正我們是發定財了，這可是天意。」老茂道：「哼，你先慢歡喜，哪有憑空掉洋錢的道理。依我看，趁早包好了，在哪裡撿的，還放在哪裡，再不然遠遠拋出去。」田氏眼睛出火道：「怎麼，你翻了半天眼珠子，想出甚麼點子來了！」老茂連忙擺手道：「你別嚷，我想了半天了，這比不得在街上拾路遺，裡面怕有別的情形。」田氏拍打炕沿道：「好，拿著財神往外推，有他媽的甚麼情形，我就不信。」老茂頓足低聲道：「噤聲，噤聲！若據我看，這怕是……」田氏側耳道：「怕是甚麼？」老茂湊近面前，悄聲道：「這怕是賊贓。」

田氏一怔，忙問：「怎見得？」老茂看了看窗戶，再從被底，抽出包袱絲巾來，遞給田氏。田氏鋪開包袱，看了又看道：「這不過是塊青布包袱皮，可有甚麼呢？」又摸那面絲巾，隨說：「滑溜溜的，許是紡綢吧。」老茂把眼鏡摘下來，教田氏戴上，手指著說：「你再細看看。」這塊包袱的四角，有一個角刺著繡，用白絲線界了一個圓圈，襯著黑底，織出一幅圖案，乃是白磷磷一隻死人骷髏，鼻塌、齒裂，兩隻眼陷成一對黑窟窿，下面又橫著一把短匕首，那神情甚是觸目。展開絲巾，那一角也照樣繡著這

麼一個東西，只是小一點。田氏疑訝道：「這是甚麼花樣呢？」

　　老茂皺眉道：「可疑就在這上頭了。咱們平常人家，誰不取個吉利，哪肯在手巾包袱上，繡個死人頭？任先生住的那祥順店，大街門框上，也畫著這個玩意呢。」田氏道：「那麼，這個是任先生鬧的吧！」老茂道：「不能，那天店門上畫的死人頭，還是他先看見的，他也很納悶呢。據我看，這些財物的來歷，實在不妙。」又將馬褂首飾拿出來，對田氏說：「你瞧這件馬褂，倒沒甚麼破綻，只是那兩件首飾。」說著揀出一隻金鐲子，攏在燈前，兩人對面詳看，掂那份量，約有三兩多重，式老極舊，看打造的鋪號，是「天吉」二字，正是密雲縣一家大首飾樓。又同看那一隻赤金戒指，上鑴「麗蓮」兩個反文篆字。老茂並不懂這兩字的意義，田氏是連字也不識。再有其餘那四件首飾，都是京都打造，上有足赤足紋等小戳記。看完，依舊都塞在被底，兩人面對面發呆。田氏道：「依我說，咱們還是留下。你又不準知說是賊贓；就是賊贓，又怕甚麼呢？有人丟，就有人拾。」

　　老茂道：「你又來了，我告訴你，這絕不是人丟的，就丟也不會丟在咱屋裡來。並且也不是人送的，一送好幾百，斷不會一聲不響，丟下就走。仔細想，只有兩條來路，一條道真是你說的，財神爺顯靈，不過這工夫哪有那檔子事？再有一條道，就是我猜疑的，是賊人的贓物。」田氏道：「我就不信。賊偷東西，不會拿著走，單拋給我們做甚麼？」老茂道：「你可問住我了。不過從情理上想，他們或許是東西多了，拿著墜手，暫存在此，回頭還來取。再不然，教官人追急了，拋贓逃走，嫁禍別人。歸總一句話，這宗意外奇財，還是一狠心，拋出去的好；要是留下，眼看恐有後患。」

　　田氏瞪眼聽一會子，也覺這番推測，近情近理。只是手摸著這堆財

物，好比一塊羊肉，夢想不到會送來口邊，要輕易吐出去，實在為難。仍對老茂說：「老爺子，您別忘了今天是大年三十，財神下界。我不信是賊贓，要是賊贓，怎麼一點動靜也沒有呢？」老茂道：「你倒問我，你一整天沒離屋子，難道也沒聽見一點甚麼嗎？」田氏道：「我要聽見，還等你問？」說至此，她想起來了：掌燈以後，她記得聽見風吹窗動，風門開闔，可是她只裝在肚內，不肯告訴老茂。老茂心中也是戀戀難捨；只是此物來歷不明，不敢貿然留下。

躊躇半晌，教田氏端著燈，再到外屋查看一下。先到屋門口，裡外上下，細察一遍，並不見眼生之物，也無異樣之處。

又將屋地拾包袱的原處，也持燈照看了，照樣瞧不出一點形跡來。回頭來看，再照南牆，猛見正對門窗處，插著一物。老茂一眼瞥到，忙取下來看，是一隻銅管，細長中空，一端有螺旋蓋，一端有銳形鐵尖，彷彿是一隻自來水筆，又像小孩玩的袖箭。老茂反覆看來，試擰一下，恰巧把螺旋擰掉，從銅管中抽出一幅素紙短籤，展開來看，上有：「憐汝夫妻窮老，銀物均以贈汝」十二個字，這短籤是素紙墨色花邊，下端一個圓形圖章，恰恰又是那個死人骷髏和一把短刀，老茂暗吃一驚，忙唸給田氏聽了。田氏也驚疑不定，尋思一會兒，便將掌燈後，自己獨在房中聽見門響的動靜據實告訴老茂聽了。又想一想，搖頭道：「不妥，不妥。」點上燈籠，開了風門，齊到院中尋看，門口窗臺都照到了，雪地上連個腳印也沒有。

這時候已過半夜，風聲愈緊，寒氣侵人。老茂夫妻血脈沸騰，被風一吹，頓覺清醒。急急回到屋來，再照看四面，見紙窗上戳破一個洞，絲絲的貫風，此外再不見甚麼。老茂將那銅管紙籤放在燈前，掀開被，把馬褂洋錢首飾，又一樣樣打疊起，照樣包好。對田氏說：「不好，還是扔出去吧。」說罷站了起來，還又坐下，瞧著包袱，只捨不得。正游移間，聽轟

的一聲，外屋一道白光，如電火般一閃，照得布簾驟時通明。嚇得老茂夫妻毛髮悚然，縮作一團。一時風沙怒吼，門扇振搖，窗紙撲哧一下，鏘的一聲，似從院中穿進一物，隱隱聽得窗外幽然悄語：「周老茂不要多疑，念你年老無依，包中財物好好收用，不要聲張。」以後聲息寂然了。

老茂、田氏相對驚愕，不敢作聲，好半晌大著膽向窗外問道：「誰呀？」外面並無動靜，依舊風動殘雪，沙沙作響而已。

夫妻倆挑起門簾，往外屋探看，只淡淡有幾縷輕煙籠罩上下，一個人影也無。端燈出來，照見屋牆上，又插著一隻銅管。老茂抽出紙籤，念上面字句道：「神憐爾苦，以重金惠汝，其徑納勿怖，亦不得顯露。」又一行是：「天與不取，必受其殃，周老茂知之。」正是：「正財忽從天外來，神道還蒞人間世。」

第三章
客窗見冥鏍魂驚羈旅
荒亭埋地穴寄頓俠蹤

　　周老茂邀天之福，意外發財，果然決心留下，依著田氏的話，焚香叩謝神明。那邊阻雪住店的任和甫，在臘月二十七那晚，挑著燈籠，從周家出來，天已不早。和甫幾杯酒落肚，風一吹，走起路來，飄飄的有些蹌踉。不意半路上，劈頭遇見一個醉漢，貼近身一碰，幾乎將和甫撞倒，把燈籠也燒了。那人很不通情，反而揪住和甫打架。和甫大怒，回手扯住吵鬧起來。正在這時，黑影中又來了兩人，忙說別打別打，將二人拆開。

　　這意外的橫逆誰也不肯幹休，和甫大聲叱道：「你這東西太可惡，幾乎碰倒我，燒了我的燈籠，你還先動手要打人？」

　　誰知那醉漢不生氣了，對勸架的說：「要不看你兩位，我非打死他不可。」一擺手，哈哈笑著走了。和甫忙伸手去抓，那勸架的單臂一格，力氣很大，和甫竟過不去。和甫嚷道：「這是甚麼事，他碰了我，還要打我。怎麼你們二位倒攔我？」那兩人勸道：「算了吧，你出門在外的人，還是快回店吧。」和甫氣憤憤罷手，剛走了幾步，想道：「咦，他怎麼知道我住店。」再回頭看，連個人影也沒有了。乾生了一肚皮氣，又加路生，深一腳淺一腳，直走了一個多鐘頭，才踱到店前，就聽裡面吵成一團。和甫站在門外，連喊帶敲，好半歇才叫開。開門的夥計，劈頭一句話：「任先生剛回來，你瞧，三更半夜，咱們店裡會丟了人了。」和甫詫異道：「誰丟了？」夥計道：「就是咱們店裡的客人呀，不但丟人，還丟了馬呢。一共五

個人，四匹馬，全丟了。門可是鎖著，一點形跡也沒有，您說怪不怪。」

和甫一面聽，一面往裡走，果見院中站著不少人，掌櫃、夥計、燈倌、更倌，都提著燈，各處亂照。細問才知是隔壁八號裡一位寓客，和當晚進店的四個騎馬客人，住在二十三、二十四兩號房間的，不知甚麼時候走掉了。和甫心中一動，曉得是那幾個穿黑衣服的人。又聽大家七言八語，紛紛稱怪。據說先是更倌覺察出馬棚丟了客人的馬，慌得告訴店主，一面查找，一面通知客人。誰想屋裡燈點著，叫喚不應，等敲開門去看，人影不見，物件全無，便喧嚷動了。掌櫃大聲對眾人說：

「諸位請回屋吧，查點查點，看丟了甚麼沒有？」

和甫忙回到自己屋門前，開鎖點燈，看了一看。只見土炕鋪的皮褥上，放著一個包，正好像行李捲中密藏的那只錢包。

他這次出門，一共帶著九百五十塊錢，生恐初次做客，會遇見竊賊打眼，所以將錢分別包放著。內中五百現鈔票打一包，四百元現款另打做一包，再總包裹起來，分裝手提皮包行李捲中。只那五十元零款，充作往返路費，為順手用著方便，裝在皮夾裡面，帶在身上。剛才資助周老茂，就是從這裡傾囊拿出來的，並沒有打開手提包，也沒有拆動行李捲。如今皮褥上，忽又有兩個包兒，和手提包行李捲中的九百元錢一樣，明擺在外面，好教他暗吃一驚。忙伸手去提，沉甸甸很像是錢。

和甫驚出一身冷汗，便甩去大氅，急急將包拆解開看，果然是小包包紮五百元鈔票，大包包紮四百元現款，都好好照樣包封著。還不放心，忙忙的撕開紙封，逐一細細察看，正是一點不錯，白花花的洋錢，嶄新十元一張的紙幣，數目也正對，獨不解怎的會弄到外面明擺著？稍一尋思，看了看外面無人，轉身掩上門，加了閂，急忙剔亮了油燈，搬過手提包和行李捲將提包暗鎖打開，把行李繩扣也一齊扯開。卻是奇怪，掣出錢包來

看，那裡面照樣也有那兩個包，包皮顏色大小形式，也都不差。提起掂一掂，份量也不相上下。

和甫暗道：「鬧鬼麼，怎麼兩包銀錢會變成四包？」只管想著，忙隔著封皮，用手按一按，那五百元鈔票包，一疊一疊緊紮著，依舊不短。又掏出那四百元現款的大包，用力按下去，那洋錢邊紋，棱然觸手。這一來越發出人意料，扭頭看了看門窗，伸手先撕去洋錢包封，咦，那裡面嘩啷啷散露出來，卻也是洋錢，一塊一塊就燈光看，似乎顏色發青發暗。又通通撕開，這才看明白，行李捲中的這些洋錢，不知何時變成了假的，都是些鉛質贗鼎；又急去撕那鈔票封，這個更奇了，原來一疊一疊的，雖都是紙幣，而紙幣發行的行號，都印著「酆都中央銀行」。百元一張，千元一張都有，更沒有一張是人間通用的紙幣。

任和甫愕愣半晌，將那皮褥上的真錢、行囊中的偽鈔，都收拾掩藏了，便叫夥計來問：「我出去這半天，有誰到屋來找我沒有？」夥計擺手道：「沒有，你臨走不是鎖了門麼？」又問：「李三來過沒有？」夥計答說：「也沒有。」任和甫想了想，便叫夥計生炭火盆，沏壺茶喝著，也想不出用甚麼法來究問。又在屋裡屋外，察看一回。忽然心中一動，若有所悟，忙持燈照看四壁，果在門框上，又發現了那死人骷髏下橫短刀的粉筆畫！

任和甫害怕起來，滿頭冷汗淋漓，忙向大氅兜內搯取手巾。有一物觸手生硬，想起這是周大栓的照片，順手掏出來，哪知道照片已不翼而飛，竟變做一張硬白紙片。和甫越發驚駭，拿紙片就燈光看時，紙片上寫著一行字，是「告沽上來客，非法之財豈可求？救人之事獲現報！」讀了又讀，搔頭回想，想到路上被那醉漢一碰，原來是妙手空空兒故意逞能，把照片竊走。自己頭次出門，竟被黑賊打眼，前途路上更不知有何顛險，不覺惴惴惶惶起來。轉念自己不過是個落拓世家子，此次赴熱河，求取非分

之財，也是被逼出此下策。偏被雪阻在客店，偏又遇上這些尷尬事；所有九百塊錢，是怎麼被人調換，失而復得，自己竟一點覺察不出，自己還是一個書痴，太沒有自衛的能力了。錢財被竊，又被送還，莫非自己資助周老茂，露出白麼？那個黑衣人行蹤如此飄忽，必是劇賊，他們緊跟自己，更非無故，難道自己當真教人窺破行藏了麼？

那麼，這一路上，是吉是凶，自己是退是進，殊不可測。和甫暗暗猜思，驚疑不定，一夜中翻來覆去，如何睡得著。那店中人亂了一陣，也就各自歸寢了。

但是任和甫這番猜測，居然猜對。那幾個黑衣客果然不是尋常人，現在他們五個人，四匹馬，忽從店中失蹤，他們潛投何處去了？

原來距離祥順店不遠，往南三里多地，靠城邊空巷盡頭，有一所傾圮的大院落。正不知是誰家的別墅，滄海歷劫，年久失修，便漸荒廢了，院中才剩得枯池亂草，殘磚斷垣，只一角涼亭，頹然尚在，隱埋在荊棘叢莽中，其實看不見；這幾天狂雪橫飛，漫得裡外皆呈白色。二十七這晚，雪勢稍煞，夜暗星黑，只聞得萎草枯楊，伴著陣陣悲風，瑟瑟哀嘯，遠近寂然，人跡不見。忽聽敲打三更，黑影之中，雪地之上，三五錯落，由北來了幾個人。個個烏衣黑帽，行走如風，霎時聚齊在荒亭裡，拂雪披榛，在亭畔巡迴。

幾個人忽將亭階刨開，把階石掀起，四五尺長的石條，一層層挪開，暴出一大塊方板，上有鐵環，一個人揪住鐵環，較了較勁，猛一搬。方板開處，露出一洞。洞穴很深，洞口有階，幾個人踐階走下地穴，另留一人，在亭上眺望。探穴數人中一人，先把手燈捻亮，才看見這座地穴，有很長的道地，入口不遠，是三間屋大的地室。但裡面空氣陰沉，塵垢甚厚，像是久廢不用的樣子。地室中雖無桌凳，卻有一卷新蘆席，和地毯大

褥，像是最近預備的。各人展巾拂塵，打圈坐下。有幾隻手提包，隨便放在當中，各人膝前，雜陳餅乾肉脯。另有盛酒暖壺，幾人輪流傳飲，悄聲商量事情，問訊近來作為。

內中有兩個人，對面側坐，一個擎著手燈，一個拿一本手冊翻看，抽出水筆，寫了幾句。想因天寒指僵，復又住了手，自去啜一口酒，吃塊乾肉。外面那一人，不時蹬著亭欄，隔叢莽向外探望。有好半歇，低低打一聲呼哨，地穴一行人哄然站起來，說：「來了，來了。」便有一個黑衣人，從東南越過斷垣，躡腳擇路，疾走過來，到亭前問訊一二語，那人便蹬著亭欄，四下里眺望，悄然說：「還好，你們都來了麼。」先來的幾人，齊聲報導：「二哥，四哥，六姐，七弟，我們四個今天趕到的。五哥本早來了幾天，現在上北關去，大約快回來了。」

後來的那人看了看，招呼眾人，走進地室。

這個後到的人，正是這小小部眾的領袖，青衫粉骷髏黨的第一豪，綽號胡魯，姓胡名聲伯。生得體質瘦小，微生鬍鬚，也披著黑大衣，戴紫貂帽，架墨鏡，只左手套著一隻白銅指環，上鑴圖記。他一揮手，請眾人打圈坐下，自己居中，彼此引杯傳飲，這首領隨即問道：「九弟沒到麼？」一人答道：「九弟的事還沒有完，那天接著首領的急報，已把盤報譯妥，原想差支線副手送來。隨後我和他商量，還是連同錢碼，由我帶到這裡好。這次下手倒很俐落，同伴一個也沒失手，報上也始終沒有見，想是對方膽怯，明知亡羊，認吃暗虧。只是那十二萬全是現貨，保藏運匯，都費手腳。九弟就留在那裡佈置，要等風聲稍緩，再掃數解北分區去。他說就在分區，聽候首領的信箭，打算不再趕到這裡來了，現在他正忙著下窖。」

首領聽完話點頭笑說：「他們這夥貪吏武夫刮了地皮，只知道存現銀好，放在家裡妥靠，還不相信存放銀行，倒像給我們添許多麻煩，回頭勞

你替他托盤罷。」又問：「八弟呢？」一個胖大魁梧的黑衣青年，膝前放著個黑包袱，應聲答道：「他還在大連等著呢，據說一時還不能下手，要請首領加派副手，或請知會附近支線派人協助。」首領道：「一個色屬內荏的汙吏，還不好對付，八弟也過於仔細了，您知道近情麼？」答道：「我不詳細，還是前六天，得他一封信，現在我帶來了。」首領道：「好。」

　　幾個人喝酒過話，少緩片刻，首領對眾發言道：「兄弟們準備著，先報一報。我還有急事，等商量定了，要趕於五日內，動身到熱河，再轉回上海。上次那個戀家鬼，又弄出麻煩來了。」說著，側首一個黑衣人，瘦長身材，旁邊放著手提皮包，便是日間騎馬過來，要對李三掄鞭的那人，此人便是骷髏黨的第二豪王彭。王彭應聲說：「哪位兄弟先報？」群豪同聲答道：「就請二哥先來，都是一樣。」

　　二豪王彭道：「我就先說了。剛才我和五哥，已經先後各到西街去了一趟，路是探好了。于善人家，上下共是六十幾口，有更夫和護院的五六個人，都有火器，前後三層院，跨院前面馬號，後面是小花園。內有于氏家塾和藏書樓，並請著一位家庭教師，一位西席。外院有外書房、大客廳、帳房，住著七八個管事的和好些朋友，正在那裡忙年、算帳、打牌。門房下房有十幾份鋪蓋，推算起來，當有男僕雜役十五六名。內院是住宅，上房五間，暗三明兩，西套間看是于善人之妻的臥房，箱籠銀櫃，那裡最多，東西廂房都住內眷，後罩房七間，是女僕下房和內廚房。據聞于善人尚在北京辦事，要趕年前回家過年，李三今天在于家，整混了一下半天，沒再出門。我去的時候，他哄著兩個紈絝小孩，拉胡琴唱戲，現在已經在外房南客廳裡套間睡下了。他對人說，他被風灌著了，肚子疼，要帳的事沒聽他說起。這裡套間一共兩架床，他睡在迎門床上。靠裡面對著窗戶那架床，想是于宅司帳人的宿處。所有出進路線，我這裡畫有草圖，大

家可以斟酌。再有于善人的身世此地人傳說紛紜，多不深悉，據說他並非本地土著，清末才遷來的，此人是將軍府的將軍，能騎烈馬，善打雙槍；有人傳言他還會武術，不知確否。」首領道：「哦。」二豪王彭又道：「至於于善人的為人，據我打聽，和五弟告訴我的，很令人動疑。耳聞他在北京政界，幕後非常活躍。今日那祥順店門口看熱鬧的人有的說：甚麼善人，還不要了人的命！我又訪問于家左右近鄰，都說：咳，左不過是那檔子事，善人善人空叫響罷了，我若有錢，我也是善士云云。只有兩三個老人，還說于善人本人不壞，不知是好人難做，還是欺世盜名。」

首領側耳傾聽，插言道：「但據察看情形呢？」

二哥道：「這裡有五哥的筆錄，我可以代讀。」便誦道：「十一點半，我從小花園假山前，穿到于善人之妻的臥房。恰好窗前有穿廊花牆影著，我就伏下去，戳破紙窺看。見他躺在狼皮褥上，吸食鴉片；地下跪著一個美貌女子，半新布衣，好像是個婢妾，或窮人家的女孩子，只在床前叩頭泣哭；那位太太伴伴不睬，就是聽不出說甚麼話。」

群豪愕然道：「唔？」首領忙問：「還有呢。」答道：「還有在內廳，見一老一少兩個華服紳士，拿著一紙，鬼鬼祟祟，不知作甚麼，後來便點火燒了許多。還說，教這些窮小子們吃一驚，又叫進一個僕役來，吩咐了幾句話。那個僕役出去了，我暗跟在後面，貼屏門廊柱，聽他罵道：『老頭子再不出好點子！』尋到外院，帶進一個短打扮的中年男子，聽那動靜，一進門就跪下，想是磕頭央告甚麼。隨後抹著眼淚出來，好像從身上掏錢送給那僕役，這個僕役大剌剌的罵著收下，卻將男子推到一個黑屋子裡，鎖上了門。少時又有一個使女模樣的女孩子，手挑著燈籠，領一個青年女子，從後院沿遊廊走來。那青年女子。一面走，一面也是抹淚。等到了內客廳，使女退出來，那華服少年紳士也笑著躲到一邊，只有那華服老頭

子，留在屋裡，和這青年女子說話。我忙繞到後窗偷看，見女子也只是磕頭。忽見老頭子笑嘻嘻伸手拉那女子，女子忙站起來躲閃，看面目，才知並不是剛才在于善人之妻面前下跪哀求的那一個。這一個模樣更俊俏，衣履也比較入時，看年紀，不過二十一二歲。此時因聽見後面有人喊叫，我忙著躲開。稍隔一會兒，再去伏窗竊看，見這女子已自靠茶几坐在小凳上，掩面不語。那老頭子站在她面前，把鬍鬚說話，只說：『你要想開了，在這裡吃好的穿好的，大太太又沒脾氣。』女子只把頭微搖一搖，忽然，只那老頭子往前探一步，張兩隻手去抱住那女子，伸著脖子強要接吻……」

首領手把鬍微哼一聲道：「往後如何？」二豪王彭道：「那女子殺豬也似的慘嚎起來，兩手亂推亂抓，只叫殺人了。登時聽見那邊跑過幾個僕婦使女來；老頭子鬆了手，在一旁嘻嘻哈哈的笑，並說道：『好厲害丫頭。』那女子卻往外跑，想是剛到外間，便被人攔住了。只聽見亂吵亂叫，碰得東西響。當時我聽後面又有人開風門聲，只得轉到前面。聽那大客廳裡打牌玩鬧。人聲嘈雜，說的話也都脫不了勢力臭味，全不像行善人家氣派。有個麻子，論起索租的事，張口便罵：『槍斃了他。』也不知要斃誰。那氣焰煞是肉麻，想都是于宅的高親貴友，清客篾片。等我再溜到隔壁，聽那短襖中年窮漢關在裡面，走來走去，只有嘆息。半晌，敲板牆道：『老爺們行好，上去言語一聲，放了我吧。』反覆說只是這個意思，也沒人搭理他。」王彭述完，便喝一杯酒，又道：「他家有這等情形，究竟該怎麼辦，聽首領分派。」對面那個魁梧黑衣少年，將膝蓋一拍，插言道：「這不用說，這是強逼良家女做妾。那中年男子必定欠了他們的錢，硬被扣起來了，好個善人！」

中坐的首領暫時默然，仰臉想一想，沉著說道：「明天通查各方盤報，

後天你再細探聽一回。如果劣跡確實，便即下手做他；李三正是所謂豪奴面孔，也休要輕易放過。只是你畫的房圖，線路雖探好，四下的形勢，還須顧及。鄰戶都是甚樣人，這也要探明。」二豪王彭道：「這層我也約略探聽過，還有沒探過的地方。至於如何進步，還聽首領支派，看該有幾個幫手。」

那青年黑衣人，即是七豪孔亞平，挺身道：「這妙極，首領，我願隨二哥、五哥同去看看。二哥，那老頭子可就是所謂于善人麼？」首領側臉看一眼道：「恐怕不是他，七弟你願去麼？這也好。二弟，還是你同五弟看事作事，不必拘泥。」又沉吟一回道：「我是急待要走的人，臨發動那天再看。如果你二人還分撥不開，就叫七弟助你。他現在沒事，又願意去，目下本幫大長還在青林，三弟是正養傷，六妹妹可以多留幾天，幫個小忙，再看三弟去，可以麼？」說時一笑。原來三豪馬桐和六豪女俠盧正英乃是夫妻。首領胡聲伯又道：「我接到十一弟來報，大約屆時也會趕到。那時他也可以伸手，便有五六個人，足夠了。並且還可以臨時從古北口，調幾個副手。只不知於家有多少底子，二弟你要探好。」

二豪王彭笑道：「我這裡有一張清單。」一按手燈，照著手冊，上面羅列清晰。田地房產不計，珍貴衣飾除外，共計現款約達二十六七萬，元寶金錠，也不在少數，在小小縣份也算最大富戶了。首領看畢說道：「你同九弟經辦的事，可再托盤報說一下。」

二豪應了一聲，取出密碼，誦了一遍，並提出要點，對大家申說道：「這件事當地支線很幫忙。計從上月初計劃，直到十九才得手，共收現貨十二萬。貨是本月十二上午四點過付的，票是當日下午，拿車送到原交換地點。共開銷不到六百，撥給支線二千，九弟和我備用四百，其餘十一萬七千，就解到北分區。錢碼盤報，請首領收起。」

　　首領接過密碼的報告和帳單，對右首一個黑衣人說：「四弟你呢？」這青衫第四豪名喚吳朗，粗聲粗氣說道：「我這回又失腳了。」首領笑道：「又遇見女偵探了麼？」四豪抱慚道：「哪能總遇見針扎，我這回是上了騙子當了。我遵大長的吩咐，從某相家，取了十萬鈔票，去上河南交給藝軒主人準備動用；不意半路上遇見學生打扮的一個少年人，竟叫他全給拐騙去了。恨得我立刻要追緝他，後因首領限我年前趕回來，不得已，請當地分區幫忙，另從一個退職軍家，挪動十萬現金，交割給藝軒主人，我就忙著回來了。沿路經過支線，我都通傳過了，我想抽空找他算帳。」

　　大家聽了，不禁失笑道：「四哥專遇這些事，可真是狼銜來，教狗吃了。到底是怎麼一個圈套，快些說給我們聽聽。」

　　四豪吳朗笑道：「說總要說，不過說出來，真是丟人。那天我搭車，走過保定時，同車中有一個學生失竊。據他說，不但皮夾裡的錢全被掏去，並連車票也一同丟了。當時為查票員所窘，急得他要跳下火車。我看他不過二十來歲，穿戴齊整，外表似是個少不經事的書痴，我便幫了他十幾塊錢，給他補了票。他感激不盡，敘談起來，說是鄂籍留京負笈的大學生，現趁著放寒假，回家完婚。身邊原帶著一百三十塊錢，不知什麼時候露了白，給綹竊全數偷了去，所以弄得如此侷促。問起我來，知道我是上南方去的，便要跟我一身走，還要請我到他家去，一者是還錢道謝，一者是盤桓盤桓，結識做個朋友。他那態度雖然表示感激，卻保持高介，處處不脫大學生氣習。又問我職業行蹤，我含糊應著。到了鄭州，我下車住店，要訪問我們的同路，他也竟跟下來，意思很懇切。誰想就在那天，我又看見一個被指名追捕的異路朋友，才教暗探跟逐下來。我忙關照當地分區，設法轉移視線，並搭救他，安插他。哪知這個學生竟趁隙偷開了我的皮夾，盜著鈔票走了。十萬元一點沒剩，臨走還在皮包內，給我留下一封

信，一張名片，內說他家貧母老，度日窘苦。今迫於母命，借貸完娶，以延嗣續；暫借義士之款，別有所為。他日但獲寸進，定圖重報，不敢便爾負心也……他竟跟我玩了這樣一套把戲。」

　　首領十分注意，遂問：「他自說叫甚麼名字？」四豪道：「據他自稱，叫盧笑鄰，我怕是假托的，或是借用別人的姓名。我這裡還留著他的信籤名片。」珍重取出來，內中一人忙再擰亮一隻手燈，爭相詳看。這張名片印得很精雅，七個字：「盧笑鄰，湖北漢陽。」首領捏著那張螺紋短籤細察紙色墨跡，用指甲輕輕一彈，墨跡竟隨手脫落許多，只淡淡留下幾行微黃色的淺痕。眾人齊聲詫道：「這是鯛墨，好四哥又遇見高手了，他是安心跟我們過不去。」首領沉吟不語，擎起紙籤，留神映看紙紋，把名片也細看了。半晌，將紙片好好包藏起，對四豪說：「這人究竟是甚麼模樣，有無隨身行囊，會否遺落下東西。」四豪吳朗道：「我也詫異著，他只披著皮大氅白圍巾，手提一隻很大的皮包，又一隻手巾包，並沒有書篋被套，也沒遺落下東西，只一份晨報，丟在店中，日期是當天在北京車站買的，上有消費社的戳印。這人的模樣，倒也平平常常，沒甚特異之處。面色微黃，臉是圓的，身材不高不矮，不瘦不胖，和七哥差不多；眼睛好像近視，架著一隻銅絲眼鏡，看年紀不過二十三四歲。他雖自說是湖北人，聽談話口音，柔和清脆，好像是浙江人。如今追想起來，他比較異人處，只有鬢角生著白髮，額有頭紋，似曾飽經憂患，口唇兩角下垂，微帶堅決冷笑的神情，兩隻眼睛虛瞇著類似近視，瞳子炯透，顧盼卻甚銳利。又他左手上有一隻指環，是金質燒藍，映出文字。」

　　首領道：「可還記得甚麼字？」四豪笑道：「這倒留神了，是心印兩個字，我因為這不像人名，所以倒看著注了意，猜疑這或是訂婚指環。」首領點一點頭，大家便一杯一杯飲著酒，紛紛議論起事，並再三向四豪詢問

種種情形。接著首領說：「好了，大家記在心裡，現在且丟開。六妹妹你呢。」

那對面的黑衣人，應聲說出話來，柔腔細語，恰是個男裝女子。此人正是青衫第六豪盧正英，接聲說道：「奉命辦理的事，我已經辦完，當地報紙已見披露，不過稍有不符。現在我已剪存，請讀給大家聽。」隨即取出一段剪報念道：「本市近發生一離奇之綁票案，租界寓公許某之愛女許季美女士，日前偕女友赴影院觀劇，突告失蹤。當晚許宅接到勒贖函一件，條件之嚴苛，措辭之詼諧，頗堪疑駭。尤其令人咋舌者，索贖現鈔十萬，不準報官，並指定交款地點，限三日內，預置伊女妝閣鏡臺抽屜內，屆時準派人送票提款。竟不畏探警圍捕，豈非大膽已極。許紳家本豪富，愛女心切，又震於撕票之慘酷，及贖票之非法，當時未敢聲張，亦未報警。竟一面照函貯款備取，一面潛聘私探，暗布宅次，以為接票及緝凶之計。許紳自身，則攜眷離宅，避居他處，以防意外。在許紳本意，不啻暗張網羅，貯款作餌，詎有出人意外者，次日（即昨日）下午，伊女竟攜女友翩然歸來，詢其行蹤，實為女友強邀到家小住，並非被綁。比詢勒贖函件之由來，則係女友十五歲幼弟之惡作劇。

彼讀慣偵察小說，幼童無知，出此戲舉云。言訖一笑，即偕女友入室，並電告伊父速攜眷歸家，遣去私探。本案至此，似已告一段落。乃當日薄暮，奇峰陡起，在許紳命駕言歸之前，伊女許季美女士忽又失蹤，並十萬現鈔亦同時失去。據詢許宅留守之女僕及司閽云，四小姐昨晚歸後，偕其女友同歸妝閣，小休片刻，即手提皮包，與女友相伴，緩步離宅。司閽敬詢小姐何往，則稱係送女友歸家，兩小時後即回。並飭告老爺太太，晚餐可不必候伊。且語且行，一去未歸；唯察其面容，似微含慘戚。於是闔宅驚惶，四出探詢，然竟杳如黃鶴。現許宅深疑此女友或係綁匪同謀，

許女之再度離家，必係被迫。所可疑者，此女友以前雖疏往還，在最近半月中，實與許女過從甚密，曾屢相訪候，亦嘗下榻。兩人聚談甚歡。詎意出此？且綁票志在得贖，當時留質自衛，事後似當放還；何以許女從此失蹤？案情惝恍，頗滋疑竇。聞許紳頗為悲憤，已具報警局，並延私探多人，從事查緝云云。」

六豪盧正英讀到這裡，笑一笑又道：「還有一段剪報，是出事五天後登的，略云：『本市富紳許氏愛女失蹤一案，業志前報。本社當時即疑案情離奇，恐非綁案，內幕或當另有別情。唯許宅堅決否認，諒有隱諱之處。茲經本社特派記者，從各方面切實調查，已得真相。許女之失蹤，實係攜愛人出走。愛人之名字未詳，但聞姓荀，係某大學學生，與伊相偕之女友，即此大學生所喬飾者。緣許女之愛人，多才貌美，而家計清貧，嘗一度求姻，為許紳所拒，然男女兩人心心相印，已誓白頭，遭此打擊，許女士情出無奈，特弄此狡獪，從伊父手，騙取奩資十萬，以與愛人偕逃。據聞刻已與其愛人正式成婚，將相偕買舟西渡，赴美留學云……彼於離境前，有函致家。文云：父母親大人鈞鑒，敬籲陳者，女前訴下情，未邀俯許。現女迫不獲已，持款告別，自闢生路去矣。女此次所為，似於孝行有虧，其實女長終須嫁人，與其嫁不相識之男子，何如自擇良偶？此十萬金，女今持去，即用為來日生活之費，望父無須追究，徑視為賜做女兒妝奩費可也，不告而取，女誠自愧，然若不出此計，恐大人賜金為數必無如是之多，且婚事亦恐不諧。女之忍於罔親，女之不得已也，現女已與婿正式成婚，即將買舟西渡，赴美留學。他日學成歸國，再向膝前伏罪盡孝，望勿以女兒為念。今當遠別，臨稟泫然，諸乞矜鑒，更懇千萬守祕，不足為外人道也。女季美叩。」

六妹念罷，眾人大笑道：「妙不可言，這報上所謂愛人，一定是六妹

假扮的了？」六妹笑道：「就算是我吧，便是這封告別信，也是我擬的，原為轉移他們的視線，果然連警探都信實了。」群豪道：「六妹和三哥真是我黨健將，難為這假中假的假局，你這麼想來。現在我們的新同道來了沒有？」六妹道：「現在許季美已經輸款加入北分區，她志願參加走盤工作，但是檢驗她的膽氣體力，多有未合，已經介紹她到保定女校當教員，同時暫委她籌備當地東道主的工作。她的真愛人，也由總幹介紹到保定去了。我經辦的事就是這樣。還有黃家那個孀婦，我曾假托婦女救濟會調查員，訪問了兩次。自經我們強制設法，嚇住她的無恥謀產的夫兄，替她賣去田產，除支線收留八百，其餘共折給七千五百元。她得款後，已經和她的夫兄分居另過。她的夫兄黃文靜起初還要囉唆她，後經我打破他的慳囊，割去豚尾，並在佛堂留下黃柬，說再不念亡弟手足情，逼嫁孀婦，唯婦言是聽，則此不肖子孫，觸怒神明，必禠其魄，地下先人亦難籲救。這樣一來，黃文靜嚇得說，祖宗怪罪下來，果然痛改前非了。」

說到這裡，首領一揮手，仰望星月道：「五弟怎麼還不回來？現在時間來不及，你們有紙面盤報的，都交給我。有不必商議的，便不要口頭再講了。」幾個人聽了都將密碼文書交出，只有那個魁梧青年，便是七豪孔亞平，搶著訴說：「只是五哥的物件都還在我這裡，他的事也要我代他報告。他說他跟的那人，叫任和甫，怕是要撒手的了。」便打開提包，拿出一本手冊，看了看說道：「據五哥說這任和甫是上熱河販私貨的，他家住在天津三條石，原是不通世故、不明世艱的紈絝。他父親從前任官，已經歿了。因為金山乍倒，依傍毫無，他母子坐守遺產，日用排場不能撙節，便日苦坐食山空，反覆想找出路，那時節，正是樹倒猢猻散，束身自好的戚友，因他孀孤沒有遠見，信甘言不聽忠告，多相率避嫌。偏那些寄生蟲，不肖親友，有的飽颺遠颺，有的還啃住不放，乘機誆產騙財。或慫恿

他做生意，或勸他買差事，甚而至於連他家一個拙裁縫，也哄他在布店入股。他父生前的一個車伕，居然也騙動他開車行，出賃馬車洋車。最可笑是一個老媽，竟勸得老太太要到三河縣置地務農。於是實心劃策者無人，隨緣覷產者大有人在。偏他娘倆走入迷途，一心要發財，好恢復往日風光。他一竅不通，百端營運，左上當，右學乖，六七萬的家當，竟不上五年，全毀掉了。這也由於他父生時，只儲浮財，不置產業之故；更加上他讀書呆子，多遇壞人，才落到這般結局。最近他因事無可為，天天憂慮，又聽人攛掇，將他父生前的藏書，變賣了三千多元，身帶一千，要上熱河呂巴溝，販賣阿芙蓉。並找當地一個做廳長的老世交，就便打秋風謀差事。臨行之前，他家母子哭泣通夜，引起五哥注意。跟了他一路，已經是下了他的手了，將他五百元鈔票，四百元現金，全數竊盜在手。但因一路窺察，見為人行事，良心尚好，所以未忍滅絕他的生路。正在考慮著，不料今天他竟在這裡，做了一件慷慨的事。五哥便決定了主見，今晚把錢如數退還給他。並因他走入歧途，五哥說，還要設法警誡他，保護他。」

首領道：「你說的不是他曾賙濟老茂嗎？」孔亞平道：「五哥正是看取他這一點。大哥你說這人不也很難得麼？」首領解釋道：「這還得分別看。他若純為惻隱起見，自屬可取。假使他只是和李三賭氣，那麼一個販私貨的落拓公子，使氣揮財，又值甚麼呢？這等五哥本人回來，問明再計。你們誰去找五哥去？七弟，還是你辛苦一趟。」眾人一一聽著，那魁梧青年便站起來，扎束停當，出地穴下荒亭，黑影一閃，如風馳電掣，徑奔北關去了。不一時，五豪秦錚、七豪孔亞平，兩人一同回來。

五豪坐下說：「周老茂確是很窮。有一個兒子，前年內亂失蹤，大約流落在熱河一帶。有張相片，交給任和甫，現在我已取過來。任和甫憐老茂謀生無路，剛才又幫助他十幾塊錢。」

　　首領道：「哦！他竟有此熱心？」五豪秦錚道：「因此我已把那九百塊錢又還了他了。」二豪問道：「怎麼個還法？」答道：「原是任某喝醉，從周家出來，我故意撞他一下，把他手中的燈籠撲滅，趁勢取出周長發的相片，打算就此將錢包還他。後來七弟找到，又想錢多包重，況他夜深酒醉，恐出差錯，所以交七弟拋在任某住的店房裡。」七豪笑接道：「那時祥順店正吵鬧我們人馬失蹤的事，亂嚷胡猜很是可笑。我稍一遲延，險教燈倌碰見。我只得將錢包留放在鋪上，來不及抽換手提包，行李捲中的假貨了。」

　　首領正色道：「這宗舉動不大妥當。雖然我們以任俠集款，以震俗集眾，可是晝投店夜潛蹤，多餘的惹人驚怪，大可不必。若竟遇高手，反致誤事。再者既決要退款給任某，我以為第一先撤回偽幣，使他不覺。憑白惹他駭疑，便不免引他趨避，這都不好。」五豪、七豪低頭說是。五豪掣出兩件東西，擎著說：「這是周老茂之子周長發的照片，請首領收下，可不可以交熱河支線備查。這是周老茂的借據，原是二哥從李三馬褂內取來的，交給我教我順便還給周老茂。因我另想出一個辦法，所以又帶回來了。我的意思，打算借于善人的名，寫信直接寄去。就算善人新年恤貧，捐金贈契，倒還不突兀。」

　　首領道：「這個很好。我還打算在這裡或古北口，再設個支線。新年我探著一個消息，不久這熱河地方，又要劃成戰區了。但是這裡一個東道主也沒有，生下手很難。我的意思，要酌量情形，利用周老茂一下。因此我想先設法多資助他些，對他動之以利，脅之以威，更誘之以代覓失蹤的兒，然後教他給我們做眼線，做東道主。前次我踏勘本地，發現這道地穴通城外，可惜出口被人建房，現時又有人住著，我打算設法租買來。由我們出頭，不如利用本地人，可以在那裡開一座商店或是學校，暗作我們的

西北路機關。這可以相機買說周老茂的。還有在這兩個月來的成績，非常之糟。我們人又少，路又遠，算來盡跑了道了。」

四豪說道：「大哥何妨再收羅幾個同道，分散在各大埠，沿著一條鐵路，多成立幾處支線，豈不省事多了？而且消息也靈。」首領笑道：「談何容易？殊不知我們的生涯，人少則易守祕密，利於進行；人多則樹大招風，難免有敗類混入。我們現在只有老巢一處，分區兩處，支線數條。主幹共計不過二十來人，同心同德，事事妥靠易舉。你還記得霍雲路麼？我們好容易把他試探好，檢驗合格，又好容易將他訓練成了。我們仍不敢過分信任他，只不過教他采探消息，傳遞電信罷了。我們的老巢和內部組織，還未告訴給他。誰想他眷戀一個女學生，求愛呀，失戀呀，害得丟了魂似的。雖不致變節賣黨，可是他總是中道而廢。當他看穿愛的假面，痛不欲生的時候，便將我們的消息阻延；險些你找不著我，我找不著你，是多麼誤事呀。現在將他解往南洋，永不許回國。到底我何曾放心？生恐走漏我黨的機密，大長勸我除掉他，究竟過於殘忍。所以當強盜的最忌同夥洗手，也就是多此一層疑慮，我又焉敢隨便募集同志呢？」說時喟然一嘆。

沉吟片刻，首領胡聲伯又道：「現在我們到場的一共六人，可以定規一下。第一件，密雲縣于善人的事，我交給二哥、五哥，六妹、七弟、十一弟算是副手，人不敷還可電調。這限三五天內動手才好，辦法是自行規擬，較為妥當；或仍舊用劫奪黑珠的成例也可。周老茂的事，任和甫的事，算是附帶著辦。另由四哥擔任臨時走盤的工作。」二豪王彭、五豪秦錚應了，記在手冊上。首領又道：「可惜雪天太壞。緣因我們最喜星黑風高，最忌明月積雪。只好見機而進，切莫像三哥那般執拗，以至棘手不退，便失策了。第二件，北京的事，二弟事後可徑會同九弟，將那十二

萬，從北分區抽提，抽八萬，解交雲軒主人，再候我的電信，並可以順便探聽那個盧笑鄰。第三件，寓公的事，八弟既覺不好對付，七弟也候這裡事畢趕回去。拿信箭，教支線照派助手。如仍不敷，或是費手腳，可和三哥、六妹商量。信箭等明天譯好給你。第四件，盧笑鄰的事，這時雖來不及找他，四哥可以趕回京城，告訴三哥，請他畫一張像，發交各線注意。熱河有一個慘無人道的仇殺滅門的案件，當地孫家立全家四十餘口，被仇家諸石夷誣作匪人搶殺。案發之後，諸石夷仗著財勢，被捕下獄，應得之罪迄未判決。我這回去，是要設法給他戳漏的。事後我打算趕回上海，候大長將那長腿將軍購運槍械的合約、經手人、交貨上岸的確期，一一清查報到，便即設法進行。這一層辦到，比這次工作又強十倍，從此何愁沒有工具。只是幾天沒接來電，好教人懸切。」說至此，點一點頭道：「你們自己計議去吧。」

　　一聲呼哨，哄然起立。於是地穴復閉，雪跡重鋪，聽更鑼已打四點，這六個黑衣人各自散去。殘雪橫飛，夜氣慢散，轉瞬間雞鳴破曉。到了臘月二十八，內中兩個黑衣人，匿跡密雲縣城，把通盤計劃打好。這便是王彭、秦錚所要做的事。二豪王彭自去關照六妹盧正英和七弟孔亞平，同時十一豪祁季良，也已趕到。四豪吳朗則是遄赴北京，傳遞消息。五豪秦錚改裝混在一家小茶館內，用筆起草電報函稿，又到電報局郵政局去了一趟，應用的衣飾器械箱籠禮物，一一安排好。最感困難的，自然是雪天，又苦無集合地點，他們有的是勇氣智謀，這也不怕。於是忙碌了一天，等接到北京回電，就要進行預定的辦法，正是：「安排羅網擒飛翼，垂下香餌釣遊麟。」

第四章
信道燕覆巢宿留佳麗
驚傳鬼瞰室盜劫善人

年關已到，密雲縣城裡于善人宅，內外上下，忙碌異常。

于善人在京辦事，原說年前趕回。所以于府有些個事，不能就辦，要等于善人回來，才定主見。至於眼前的事，內宅由于太太做主；外面是于三太爺，和趙師爺、馬七爺，會同照料，管事人等只聽候指揮。于善人名鴻字仲翔，曾做過將軍，後來厭倦宦海生涯，才專辦慈善事業。在北京政界上，他的活動能力很大，消息也很靈通，人緣也很不惡。他的家庭戶大人眾，有一妻一妾，二子一女，和一個本家老叔，人家稱為於三太爺，字叫曉汀。又一個堂侄，名喚繼武，都住在于氏密雲本宅。還有兩位西席，一是書記姓趙，一位教師姓梁字蘇庵，是山東曹州人，年約四旬，在于府設帳，專教兩個公子，紹武，繼武，和一位小姐絢武。此外便是管事僕婦護院了。

臘月下旬，于宅執事人，奉命從城外，抓獲一個男子，兩個女子。那天把女子隔別詢問一過，又將男子嚴訊了，囚在室屋中。臘月二十八夜半，內客廳裡，于三太爺正和趙師爺對坐，商量往北京發快信。忽然街門敲響，值夜的開鎖，接進一封電報。拆開譯呈，見是于善人從北京拍來的急電，上面說：「急，曉汀叔鑒：刻因要事留京，年後方回。濤公內眷來密借寓，鴻已允，速將婉室騰出應用。濤妻錢蕙如等三口如到，應優禮，對外勿播。余函詳。鴻勘。」

　　三太爺看罷，不曉得這濤公是何等人物，想著許是政界的要人，可是怎麼寄眷到這僻遠的地方來呢？便叫侄少爺繼武，去到內宅告訴一聲。現在已經是臘月二十八，趕快佈置一下，省得明早客來，沒處安置。又囑咐打聽一下，看這位濤公與宅主是甚麼交情。繼武答應著，拿了電報，面見于太太，講說一回，又請問姨太太。

　　這位姨太太，年才二十一二，生得姿容秀麗，細腰朱唇，並且粗識文字，常替于善人掌理機要文件。她名叫楚婉華，原是個被難女兒，教于宅解救了全家性命，現在嫁給他作側室。

　　當時要過電報看了，也不知濤公二字是名是字，說：「等我查查。」到西套間尋找一回，拿出兩張名片，說道：「這張是寶晴濤，字錦明，是個高級軍官。這張是吳峻，字松濤，是財政部次長，都和將軍有來往，不知究竟是哪個。」又想道：「恐怕是吳松濤。報上不是說他下臺了麼？」于太太道：「仲翔來電，既這麼緊急，不拘是誰，想必交情很深，我們總得招待。要真是吳松濤，那更應該。聽仲翔說過，他們曾在湖北共事很久。等明天叫他們收拾屋子就是了。不過人家是女客，想必還帶著人，讓在上房住，不大方便。況又是大年下，二妹妹可住在哪裡呢？要不，咱們住在一塊罷。」姨太太笑道：「他做事不許別人異議，只可先依著。等他回來再說，我就同您住罷。」

　　商量一會兒，侄少爺回去告訴三太爺，並知會門房。當晚無事，次日上午，又接到專差急遞的一封密信。內中說明北京政變，事情緊急。于善人大約在正月初六以後，方能離京。又說同寅摯交吳松濤，此次政潮，慘被犧牲。他的財產有一部分幸未籍沒，現正由于善人設法代為起出。他的如夫人錢蕙如女士，攜女僕即日來密避難。

　　應留她借住內堂西耳房。婉華可速讓出臥室，暫住東廂，與女兒絢武

054

同榻。好在女客只寄留一週半月，容事稍緩，于善人將財產交清，還要送赴大連。又此遞信專人，應特別優禮。

此人實係松濤的內弟，名錢平歐，可留在內客廳與三太爺同住。這封信字跡潦草，下不具名，只著「仲翔」二字的陽文圖章。函尾並注有「閱後付內室，詳詢平歐兄」字樣。

三太爺看完信，忙交給侄少爺，低聲囑咐幾句，教他拿著原信，進內宅去說一聲。這裡趕緊將來人讓到內客廳，淨面遜坐，獻茶敘談。看來人約二十六七，身體魁梧，雙眉濃重，面皮微黑，穿戴粗敝，氣概豪爽灑落，是像個改裝下人的模樣。

問起來，原是吳松濤的妾弟。吳氏本人現在已被通緝出走，家產也被查封。所幸內眷承蒙于善人預先送信救出，現在前站，下晚可以到縣。錢平歐說著，很是道歉稱謝：「正趕上新年，府上添麻煩，還求千萬對外守祕。」說時流下慚惶之淚來。三太爺再三勸慰，說是：「仲翔與濤公至交，應該分憂，借住不妨，勿嫌簡慢。至於對外，盡請放心。因為仲翔早有急電預囑，就連僕役也都不知真相，今早也已特別吩咐他們了。」平歐又道：「來時倉促，也沒帶一點人事。」從身上掏出四十塊錢，送給小世兄們買花炮。寒暄一會兒，侄少爺出來，叫廚役預備便飯。又叫從內宅拿幾件長衣服，給錢老爺換上。

飯後敘談，遂又說起此次政變的緣由經過。平歐說要人殉命的有兩個，被通緝的有十幾個。在座數人聽了，共嘆政海風濤險惡。約到晚八點左右，才聽街門外轎車，在轆轆聲中停下，吳太太已到。

于宅家人照料著。卸下幾件箱籠，慌忙報進內宅。于太太率領內眷，在二門迎接。只見進來一個苗條婀娜的少婦，手提一隻皮包，後面隨著一個粗眉大腳的青年老媽，捧著許多禮物，都是進了密雲縣城現買的。端詳

這位吳太太的裝束：穿著灰色短襖，青布長裙，頭挽盤髻，鬢壓絨女帽，項圍紫毛線長巾，下面敞腿深碧色緞褲，露出尖尖的兩隻小足，盈盈瘦小，走起路來，娉娉婷婷，越顯得細腰纖影，如春柳迎風。只是身材稍高一點，臉上粉香脂膩，眉鶯微蹙，雙眸下垂，似於悲惶中略露羞慚。說起話來，卻很透亮，一口清脆的北京話，與乃弟錢平歐不同。一面走著，一面問訊，相讓至內堂東套間，敘禮攀談。

只見這錢蕙如羞怯怯的說：「我們次長遭這膩事，他自己跑到東交民巷去了，家裡一點信也不知道。多虧了于叔叔，冒險透信，救了我們一家性命，又設法替我們保全財產。姐姐，我們可是來的冒昧，有甚麼法子呢？您要多多擔待吧。」叫那大腳老媽，拿出各種禮物；又從小皮篋中，取出一包，說這是我孝敬姐姐的。茶話一時，請于太太領到各屋，拜見各房內眷，隨後開筵接風，于太太和姨太太相陪。問起出逃的詳情，女客一一說了，又道：「那天軍警杜門搜查，沒把人嚇殺。直到如今，我還心跳呢。」飯後，由姨太太陪送到西套間，裡面早已佈置好；女客帶來的箱籠等件，也都放置妥當。當晚敘談到夜十二時。吳太太行路辛苦便道了安置，攜女僕李媽回房，扣門就寢。外面錢平歐，不住聲打呵欠，也早於十一時，拉開他的褥套，在內客廳睡了。唯有于宅上下，因為明天過年，上下還都沒睡。

三太爺在內書房，吸著水煙；心想正值年關，偏來避難借寓之客，真是忙上加忙。忽聽門外一聲咳嗽，那位家庭教師梁蘇庵，掀簾進來，悄聲說：「有幾句話，要對太東翁講。」一使眼色，小童退去，梁蘇庵道：「翔翁有信來麼？」笑道：「昨晚來了一封電報，今早又來一封專信，他年前不能回來。」蘇庵道：「晚生要多嘴，聽說由京來了男女三位客，要在府上借居。依晚生看，這事有些尷尬，不可不小心。現在騙局盜案很多！」三太

爺道：「哦！」蘇庵道：「晚生此疑，並非無因。那位男客，我剛才會過，神色太不對。我叫學生問內宅，也說舊日並不熟識，不知翔翁電信怎麼說的？」三太爺哈哈的笑道：「仲翔電信切囑款留來客。他們是至交，還能假冒不成？再說咱家還有人敢來搗鬼麼？」蘇庵把臉一沉道：「那就是晚生多慮了，太東翁留神後看吧。」站起來告辭，徑回花園家塾。把護院張二叫來，暗囑幾句。遂將自己小箱打開，拿出一隻鐵弩，一包鉛丸，哼哼冷笑一陣，熄燈上床閉目而坐。

宅裡面內堂上房西套間，新來女客睡下不久，帶來的大腳青年李媽，復又開門出來。見到椅子上，坐著兩個值夜的丫鬟，便過來悄問：「你們太太睡了沒有？」丫鬟答道：「沒有。您一路辛苦，怎麼還沒睡？」李媽道：「不怎麼，我們太太要大解，勞您駕，給開開屋門。」丫鬟道：「外頭怪冷的，這裡有便桶。」這青年李媽笑道：「不成，我們太太用不慣馬桶。」丫鬟忙到東外間取鑰匙，開了屋門，又點上燈籠，李媽扶著吳太太去了。半小時後，錢蕙如淨手回來，自進西套間，和衣睡下。

那個李媽打著呵欠，和值夜的使女，有一搭沒一搭的閒談。問起五間上房共有幾人住，回答說平時就只主人妻妾三位，分住東西套間。每間有值夜的兩個使女，一個女僕。小姐和舅太太、乳母，住東廂。西廂本是女客廳，今天才騰出來，歸姨太太暫住。這兒都有值夜的女傭，男僕不準進內院。夜晚護院的，也只在東西夾道巡邏；但如有動靜，還可以由四隅角門進來。李媽又問：「老姐們都住在哪裡？」回答說：「不值宿的統歸後罩房休歇。」又問：「于太太這早晚還不睡麼？」兩個使女笑了，低聲說：「她老人家是吸鴉片煙的，現時還在東套間吸菸呢，就是那個值夜的媽媽伺候著。」說了一會子，李媽回到套間睡覺。先將屋門閂好，又將油燈捻得小小的，在地鋪上躺下。

約到四點以後，便跳起來，輕輕叫了一聲。那位吳太太一躍而起，坐在床頭，揉一揉眼，解下長裙，將敞腿褲捲起，翹起尖尖的四寸蓮足，卻用手解開雙行纏，把鞋腳一齊褪下，露出兩隻天足，原來纖纖雙鉤，只是踩得一對木屐。急換上軟底鞋，扎束俐落，一躍站起，將紙窗戳破一小孔，往外窺看。這窗外迎面堵著畫廊花牆，再前便是西廂房山牆，阻成死夾道；雖有假圓門，虛設不開。這女客點一點頭，又驗看窗縫。跳下來，和李媽商量，悄說：「上面紙窗劃開難免有縫，起玻璃如何呢？」女僕點頭，手裡正拿著幾條鋼絲，比著蠟模子，用來剪趕做鑰匙。不一刻做成，忙輕輕將屋內箱籠銅鎖，挨個打開；又輕輕搬下掀起，輕輕翻動。

那女客錢蕙如，也將窗上玻璃，輕輕起下一扇；站在床頭，比量一下，嗖的一聲，竄出窗外，側耳聽一聽，別無動靜。即在窗前牆下，轉了一圈，靠牆角插了幾隻長釘，登上去四面眺望；取出手巾，將雪跡掩平；跳下來，復將腳印擦去。

一按窗臺，又嗖地竄進屋來。忙將玻璃慢慢安上，從包中取出鰾膠，抹上穩住，灑上灰塵，看沒有甚麼形跡，才住了手。李媽此時，已將各箱各櫃，翻了一過，做了暗記。卻仍舊鎖住，安放原處，輕籲一口氣說：「這也有限。」錢蕙如說：「本來是姨太太的屋麼。」遂將妝臺抽屜，床頭小篋，逐個弄開。又將信札文件，幾上書冊，檢查一遍，也照樣放好。

主奴忙了一陣，覺得天已不早。錢蕙如又將腳纏裹上，穿好弓樣小鞋，繫起長裙，扯被上床，垂帳就寢。那個大腳李媽，呵欠一聲，也倒在地鋪上，不一刻睡著。

一夜無話，次日已到除夕。于宅上下照往年一樣，忙個不住。送禮收禮，人往人來，街門大敞，凡出入門口，都懸燈結綵，天井更高懸著紅燈，氣象顯赫。只那位家庭教師梁蘇庵，年假無事，在館中坐不住，默默

尋想一回，抄著手，由書房花園，到馬號、門房、後院、跨院、夾院、後門各處，往來散步。只是內宅不便去，也到角門屏門邊，站了一會兒。忽然失聲說：「對了。」急忙叫書僮要鑰匙，將藏書樓門開開。也不嫌風勁天寒，獨在樓頭，盤旋半晌才下去。到了下晚，辭歲迎神，滿院燈火輝煌，爆竹亂響。闔宅內外，更形熱鬧。前院酒闌筵罷，先生們打麻雀，推牌九，有的就擲骰子，押寶；兩位公子拿出鑼鼓敲打，叫李三唱戲，李三滿面燒紅，酒氣噴人，直著嗓子唱：「嘩啦啦打罷三通鼓，蔡陽的人頭落在馬前。」奇腔怪調，引得少爺們哄笑。於是外院兩處大廳，喧成一片。

到夜十二點左右，內客廳借寓的錢平歐說：「喝醉了，要吐。」推簾出去見風。站在廊下，看望屏門。一霎時那個李媽從內宅走來，說道：「舅爺你過來，太太教我告訴你。」平歐忙迎上去，找了個僻靜所在。李媽悄聲問：「空屋囚著的那人，到底叫甚麼？」平歐道：「親口問他確叫陳老麼。」李媽詫異道：「他不叫秦璧東麼？你怎麼問的？」答道：「說是巴溝人。帶著胞表妹妹，進京送親，被于宅因債務扣留了。我已暗和他約好，聽動靜放他逃走。」李媽忙道：「使不得，剛才探問兩個女子，答話滿不接對。我先問年長的女子，願欲離開此地麼？她竟瞠目不答。再問你願和你哥哥見面不？她掉淚說：『哥哥秦璧東失陷窟窿，要見怎能夠呢？』提到陳老麼，她說不知是誰。問她何以至此，她說與不相識的兄妹二人，搭伴逃難被截。再問那幼些的女子，竟說沒有哥哥。有一個人拐騙了她，可不是姓陳。到底陳老麼是個甚麼人，又因何被囚此處呢？」

平歐摸不清頭腦，沉吟不語，半晌道：「唔，這樣看，對這兩女一男，是不可冒昧的舉動了。」李媽道：「我找你就是為此，剛才已和六姐商量了。她的意思專辦正事，這附帶問題，不妨訪實再計。你預備著罷，哥們都來了，準三點一刻見。」說完進了內宅。

　　這時候于府內宅女眷，也都齊聚在堂屋，樂度新年。姨太太和小姐，邀著舅太太們和新來女客，猜枚搶紅，擲升官圖，玩牙牌葉子戲，種種玩具。那錢蕙如，也煞有興趣，忘了遇難做客，腕鐲掄得叮噹，直玩到兩點以後。于太太由東間出來，要催小姐歇歇，好起五更吃餃子。一見女客，又不好意思開口，便笑道：「玩的好熱鬧啊。」錢蕙如忽放下手中玩具，眉峰一皺，雙手按著小肚子。于太太忙問：「您怎麼了？」錢蕙如搖頭，李媽在旁邊便笑道：「于太太您不知道，我們太太有三個月的孕了。許是驚嚇勞累，動了胎氣，昨晚上疼了一夜呢。要有鴉片，吸口才好呢。」錢蕙如紅著臉啐了一口，道：「多嘴。」于太太笑道：「您有喜了？這怕甚麼，妹妹跟我來。」把錢蕙如讓至東套間去，擺上煙具。

　　外面小姐姨太太們，還是玩著。那個李媽和本宅女僕相伴，只在圓桌左右伺候，這時候，聽壁鐘已打三鐘。李三在外院，早唱啞嗓子了，大呼小叫的說：「打牌吧，打牌吧。馬七爺，我替你打兩把。」剛剛就座，把牌推得嘩嘩的響。忽然哎喲一聲，直跳起來，仰面往後，連椅子一齊摔倒。眾人一怔。

　　只聽窗外一人叫道：「有鬼！」廳中十幾個人一齊驚尋，咦，門口掛的棉簾忽支起一角來，探進一顆人頭，白磷磷毫無血色，兩眼眶漆黑，鼻頭如墨，嘴大張著，也是黑乎乎的豁開；伸出一隻枯瘠慘白的手腕，在這裡搖晃。

　　眾人大驚，忽然嗤嗤幾聲響，滿屋燈盞蠟燭全滅。又吱的一聲慘號，滿屋鬼聲啾啾，嚇得屋中人，黑影裡亂撲亂叫。紙窗外面，也黑暗不見院中天燈壁燈的光影，只聽得狂風翻積雪，沙沙打窗。遠近爆竹還是乒乓亂響，廳中兩位小少爺嚇得哭喊，不住聲叫媽。一個聽差膽大，摸著一匣洋火，剛劃得亮，突一股冷氣打來，他哎呀一聲怪叫，撞倒在地，將桌椅撞

翻，把別人也碰倒。

俒少爺于繼武，膽氣本豪，素又多智，雖也碰倒，驚魂乍定，心裡猛想：「唔？」急從黑影中向外爬摸，約莫到屋門，提椅子猛碰數下。卻不料門雖碰著，只是拉不開，仗膽摸去，有一條鐵鏈將門鎖住。

于繼武正在驚慌，亂叫：「值夜的護院的快來。」卻又聽西跨院靠後邊，砰砰啪啪一陣發響，似爆竹又似槍火，跟著轟隆一聲，好似晴天霹靂，又宛如地雷爆炸。聽一個山東口音的人，在高處大喊：「護院的快上來，快敲鑼，快開槍，有賊有賊。」趕著乒乒亂響，似已開火，夾雜著嚷罵：「好賊，好大膽，你不打聽打聽！」這一來，竟嚇得大廳內的人，全躲倒在地下，沒一人敢出來。正在害怕，隱約又聽見後面內宅，有一個女子聲音慘叫，又噹啷一聲，啪嚓一聲，似摔出一樣響器，一件瓷器，又似玻璃窗碰碎。

于宅護院的六人從夾道撲出來。男僕十幾人，也有幾個提著火槍、刀矛之類，搶出來亂喊，向天空連放幾響，各處連叫有賊，馬號車門嘩啦一響，竄出兩條黑影，沿小巷躲躲閃閃跑去。俒少爺到底能事，情知屋門難開，定一定神，就大廳黑影裡，摸到玻璃窗前。卻喜百葉窗沒上，登上窗畔桌子，使勁猛踢一腳，玻璃粉碎。大叫：「你們快奔內宅！」一面竄出來，奔更樓拿槍。那些護院頗有懂武術的，就分兩路搶到第二層屏門，打算入護內宅。哪想剛貼著遊廊柱，一步步往前進，卻從黑影裡，唰的射出一物，為首一人應聲倒地，一夥人嚇得往回跑。

忽見跨院門開處，護院張二吆喝著跑來。他預受塾裡教師梁蘇庵密囑，如今趕到，連喊：「別退呀，別退呀，賊在後罩房夾道，梁師爺開弓打他們哩。快跟我來，由這邊抄過去。」

便從西夾道，繞至內堂角門，其時角門早已緊閉。張二搶上前，當的

就是一腳，竟踢不開；原來裡面倒鎖上了。正設法要攻，後面佽少爺于繼武率男僕持槍趕到，更樓上鑼聲也隆隆的敲起。一見角門不開，忙喝眾掀起一塊石階，扯上門楣結的綵綢，四人掀起石階，晃兩晃對準門扇，盡力一送，嘭的一聲，嘩啦啦將扇角門砸下來，眾人一擁而進，早聽見上房裡面，女人叫，孩子哭，已經不成人聲⋯⋯這時候，按寄寓客錢平歐的手錶，時計正指三點十分。在兩點五十五分的時候，于宅眷在內堂樂度新年，女客錢蕙如忽然肚疼，于太太素有煙癖，便笑說：「這個我能治。」

將蕙如讓至東套間，對面躺在床頭。錢蕙如微呻著，重坐起來道：「姐姐您先用，我這就來。」走出東套間，到東外間門簾前，將隔扇門輕輕掩上，扣緊門閂。原來這內堂五間，東西套間而外，正房是兩明一暗；西外間和堂屋打通，只這東外間也有屋門的。錢蕙如再進東套間，一面關門，一面回頭對于太太說：「大姐姐，我有幾句心腹話，要單跟您商量商量，我先關上門。」回轉身來，眼望于太太，正在燒煙，便輕輕走到近前，從衣底取出一方濕巾，上面黃濃濃飽漬著不知甚麼水，舉著說：「大姐姐，您看這個。」

于太太抬起頭來，剛要問：「甚麼？」猛覺得口鼻上，濕漉漉堵上極強烈的惡臭東西。錢蕙如早電光石火般一躍上身，兩襠跨項，只膝壓腕，一手扣咽喉，一手持濕巾下死勁蒙臉。于太太虛弱身軀，倉促掙扎不得，氣堵眼翻，雙足漸挺，不一分鐘，懵然喪失知覺。那女客緩一緩手，嗤的一聲，袖中射出一物，透窗穿過。剎那間，紙窗悠悠掀起，嗖的竄進一人，黑衣蒙面，電炬短刀，一把手槍斜插在腰。蹲在床頭，將于太太捆上，口裡勒上嚼帶。急急的撤下床頭的被罩棉褥，把于太太做一卷捆牢。悄叫一聲：「接著！」窗外早又伸進兩隻手，把人輕托出窗外，也一躍進來。那女客急忙扯解長裙，掀去假髮，解下雙行纏，把弓樣的纖履剝落，連木

展作一堆，投入火爐，登上天足軟鞋，將全身男用短裝結束俐落，一躍至妝臺，翻出一串鑰匙，遞給先來那人。暗囑：「東西在鐵櫃裡，別無毛病，須小心鎖手。皮箱也有些，我都畫暗記了，臨走千萬抹去。我可先走了。」後來那人忙道：「快去快去。西北角扎手，請財神的釘著哩。六姐姐快幫一把，我們勢孤，耽誤不得。」女客依言，一躍出屋。

于太太已遭暗算，堂屋十來位女眷，還是熱鬧鬧玩著，不知禍之已臨；鬢影脂香，笑語喧騰，不曾辜負了除夕良宵。忽一個老媽跑到東外間，這手提一把水壺，那手便捧棉簾。卻見門扇雙掩，試推一把不開，猛撼一下不動。這是從不會有的事，不禁自說道：「怎麼關上門啦！」在座女眷齊回頭看，姨太太楚婉華便放下手中牌。當此時，不知是屋裡屋外，哎呀一聲：「嚇死我了，有鬼！」闔屋婦女驚忙四顧。卻聽噓噓噓，連響數聲，滿屋燈燭全滅。一時屋中桌椅亂砸，人聲鼎沸。

姨太太楚婉華，是個聰明女子，忙閉閉眼，按方向探身舒腕，將絢武小姐摟住，才對耳說道「不怕」二字，覺喉頭有一隻手來扼，懷中有一人來撕奪。心中大駭，狂喊一聲，趁勢向前一撲。剛剛兩手撈著一把，裙下一隻腳，卻被人猛踩了一下，痛入骨髓，不禁蹲倒。恰又頭碰在木器角上，眼冒金星，幾失知覺；纖弱的身子早禁不住躺下了。黑暗中，聽得小姐亂叫：「媽呀！」隨即哭聲悶啞，進了西套間。楚婉華情知不好，便不顧一切，急急暗認方向，爬滾到窗前，扶搖立起，順桌面亂摸一把，恰抄起一把茶壺，一隻銅盤，拚死力對玻璃猛擲去。大叫：「救人呀，上房！……」銅盤破窗落地，庭前大響一聲。忽然，腰際著人環住，一扯而倒；跟著耳門轟的一聲，目中金花飛迸，楚婉華不聲不動了。

上房昏暗無光，正門早閂。黑影中猛撲過來一人，將那絢武小姐，扣喉夾起，認準地步，嗖的竄入西套間。西套間窗扇大開，屋門驟塞。電炬

一閃，一個黑衣人也將一塊醮黃濕巾，裏住絢武小姐口鼻。取一條長巾，把她馱起，一躍登床，穿窗落地。那大腳李媽褪發解衫，投入火爐，急急的開箱倒櫃，收拾現成打好的四個包，肩背腕跨，也一跨出窗。將窗倒扣，攀上花牆。猛聽啪一聲響，忙往牆外看。見前行的黑衣人，在平地應聲一躍，立刻回頭。接著啪啪啪連響幾聲。立時辨出聲從西南角房上發來。前行那人左閃右竄，恍惚失足，一倒復起，背後獲得之物已經脫下。情勢緊急，響聲不斷。前行人就地一滾，這才夠著隱身牆後。也把手連揚幾揚，對來響處，突突的還響數下。

那壁廂，大腳李媽站在牆頭，早已看明白，急急將腕提黑包遙拋出牆外。登時跳在西廂山牆後，將全身隱住，身帶手槍，握在掌中，保險機搬開待放。卻又一尋思，只將右手一揚，也突突的連發數響。北風怒吼中，音聲不大。一霎時房上牆上地上，做成三角形的攻鬥，一來一往，只聽得突突啪啪，在雪光中響個不住。地上兩包物件，一個肉票，竟取攜不得。

內宅綁票，外廳鬧鬼，于府內外亂作一團，但是外廳諸人已知是盜警了。于善人的族叔，於曉汀三太爺嚇得抖抖擻擻的嘶聲叫人：「快快快報官。」佺少爺于繼武率個有膽男僕，攻進內院，要救上房。若干人漫散著破門沖進三層內院。其時壁燈天燈齊滅，天井上積雪雖除，雪痕猶在。借映餘光，見有一隻銅盤，幾片碎瓷，撒落廊前。看上房正室三幢，黑成一片，門掩窗碎，沖出婦女驚喚聲音。顧盼四面，黑影沉沉。才待登階，內中一個男僕眼尖，嚷道：「賊在房上呢。」大眾回頭上看，內院四合房，果然南面房脊上，一片雪光中，黑乎乎伏著一人。五六只大槍立刻瞄線扳機，轟然亂射；那黑影昂然不動，護院的大詫，疾將標槍遙擲，一聲恰中，黑影隨槍滾墜，撲噔一聲，落在中層階前。齊嚷：「打著一個賊，打著一個賊！」

幾個人跑過去，拔開穿堂門閂，跑到中院，果然階前一人。一個大膽男僕，挺花槍戳去，竟挑起來。繼武喊道：「快進上房吧，這是假幌子！」照樣硬開堂屋門，挑燈籠撲進去，借光照看著，先點上屋中燈盞。四顧周圍，才見桌翻椅倒，舅太太抱著一個丫鬟，做一堆發抖，其餘內眷、使女、老媽，都嚇得藏在屋角。又看西明間，姨太太楚婉華，死人般橫躺在地板上，額角汩汩出血。窗前玻璃已碎，東西暗間，門都緊閉，繼武催女僕快扶救婉華，迭聲問：「太太、小姐呢？」急奔到東間要緊所在，硬開格扇，繼武連叫：「嬸娘，三妹妹！」寂無人聲。繼武心中狂跳，挑燈照看東套間，滿屋箱籠全都打開，掀得衣飾東一堆西一疊。于太太、于小姐影也不見。一行人急急搶到西套間，也將門敲開看，滿屋凌亂不堪，那位避難寄寓的女客錢蕙如和她那大腳李媽，蹤跡渺然。

　　繼武大愕，心中有幾分明白。幾個人滿屋亂嚷，折回堂屋，叫女僕快把姨太太楚婉華搭上床，極力灌救，並盤問女眷，驗看賊蹤。東西套間，早有人登床尋見窗縫折裂，知是賊人出路，佟少爺忙叫大膽的掀開東窗，跳進夾牆看。這人一到夾牆，即叫道：「這夾壁地上有個被捲，好像是人。」招呼幾人跳入，捲起來，仍穿窗抱到屋內，打開看，果包的是于太太，面色慘黃，瞑目亡魂。佟少爺慘然叫人灌救，又留人保護上房，加派人再去報官緝賊。心想嬸娘既已尋著，三妹妹也許在西套間窗外。便照樣率僕撲到床前，剛叫人登床推窗，卻是窗縫雖裂，關得很緊，一時推不動。正要用鐵器硬打，卻聽窗外不遠處，砰砰繼續發響，賊人原來還沒走！

　　窗前站立的，驚叫一聲，失足倒地。人人大駭，急急後退，端槍當窗，連放數下。于繼武悄叫：「你們幾個人在這裡把著，我帶人繞出去。」急急招呼幾個護院，退回堂屋，要大轉彎繞出西角門，截堵後門斷賊出

路。正忙亂處，只聽一個人吆喝著，跑進內院，連叫：「侄少爺，我是王三，我是王三！」

于繼武忙止住眾人，幸未開槍。王三喘息道：「賊沒走淨，還在後跨院後罩房吶，是內客勾進來的。梁師爺教我來報信，我好容易才溜過來。」眾護院一聽齊嚷：「賊在那裡，快開槍追。」

虛張聲勢，要撲奔西角門；王三忙道：「那裡過不去，賊卡著呢。」對繼武說：「侄少爺，您快分派。梁師爺說，要分撥護院緝賊。緝賊的一路從東面繞過去，一路抄花園開槍，還要有人堵前面。再叫一兩人瞭高，千萬留出後門，好把賊嚇走了。」

繼武聞言，立刻分派，家中男丁上下將近三十名，能事的也有一二十個，查點家中槍火，共步槍匣槍八九支，手槍六把，刀矛充備，卻喜未落賊手。便悉數找齊，分給眾人。繼武急問王三：「賊有多少？怎麼進來的？你怎麼知道的？看見小姐沒有，可是叫賊架去了？」王三搖頭，只連聲催促道：「快點快點，我怎麼知道的，人家梁師爺昨天就看透，避難的客來得尷尬，三太爺只不信，當真出了事啦。小姐麼，沒看見。賊都得手啦，搶走好些包裹，多虧梁師爺截下些個，如今還盯著呢。露面的賊就有六七個，快上啊。」

繼武聽罷，始明真相，男女三客果是臥底之賊。便叫管事親友，分護內堂外廳各處，要緊是保護兩位少爺和三太爺。教他們爺三個全躺在地下，千萬別站起來。又命護院眾僕，有動靜儘管開槍，自家人要先打招呼，自己報名，更樓上仍飭人繼續鳴鑼驚賊。又叫大眾抄賊的，分地上房上兩路。平地上的不可一直跑，要貼牆攀廊，逐步自障，蛇行雀躍，忽慢忽快，遇敵更要小心自相踐踏；上房的要登梯扶脊，眺高擊賊，切不可露全身。如見有短衣人在房上，或單人在院，形跡可疑，儘管開槍打。囑咐

已畢，便叫王三領兩個護院、五六個男僕，抄花園，奔西路搜賊。那東西一路，須穿東夾道，這些下人個個持重，不敢猛進。氣得于繼武嚷罵一陣，許下重賞，這才親自督率著三個護院、七八個男僕，持械穿過夾道，到上房東套間的後牆外。見花牆根，對面鄰牆下，都掉落著一片一片的雪，分明這是賊路。繼武便叫眾人分散尋查形跡，又叫一人搬梯瞭看，早已不見賊影。

這時槍聲已絕，外面爆竹聲卻東一處，西一處亂響。眾人往宅後一步一步地搜。忽然又聽吧吧的連響兩聲，其聲清脆，又似槍聲。登房瞭賊的一個男僕，猛然狂喊一聲，嚇得掉下梯來，叫道：「賊還在後面呢。」繼武急命衝破後罩房東角門，進入後院，先四面查看，並無可疑。才待穿西面角門，又聽見一聲破空疾響，後廂房後簷簌簌掉雪，跟著一團黑從上面滾落下來，大眾連嚷：「賊，賊！」一個護院膽大手快，挺手中槍刺，跳過去猛扎一下。那人遍體黑衣，剛要翻身躍起；這一槍恰戳住小腿，血流濺地。只見那人一退身，騰的一腳，將槍踢飛。

如電光石火般，又一個箭步，竄近東角門。轉身一槍，啪的打倒瞄槍待放的另一個護院。

這時節，倉促遇賊，于宅在場八九人，少數亂喊，多半亂竄。于繼武驚叫：「快放槍！」剛錯落響得三五聲，角門扇上穿透兩孔，那黑衣人又撲倒在地。家人亂叫：「打倒一個賊！」卻不意剎那間，後房起脊樓上，火光四射，槍聲陡作，本宅又有兩人倒地。在場的空有三支快槍，一支手槍，五六把刀矛，早嚇得散退西隅牆後。那黑衣人就勢一滾，逃出角門，借現成梯子，越牆跳入鄰院。繼武大憤，手槍連舉，喝命開槍。對鄰院連發十數響，再窺探上面，不見人影，也不聞還擊，後院只剩受傷的二人，嚇倒的一人，掙扎爬起。繼武氣極，立逼餘眾拾械追出角門，四探早不見賊

蹤。卻聽西面槍聲又起，夾雜著呼喊聲，便催著沖開西角門，馳往擊賊，墜房中彈的賊趁此逃脫性命。這賊便是青衫盜群的新人物，第十一豪祁季良，喬裝年輕女僕李媽，混進于宅的。那吳次長的如夫人錢蕙如，和妾弟錢平歐，便是青衫六豪盧正英，七豪孔亞平分扮的。他們按預定之計，打劫于善人，看著得手；卻偏遇上一個西席梁蘇庵，便給擾了局！正是：「除夕突來不速客，深宵倏見粉骷髏。」

第五章
捉弩彈鉛挺身急主難
遊刃穿窬到手失掌珍

那梁蘇庵，從除夕前晚，看出破綻，情知這男女三寓客，突如其來，其中挾詐，料定宅內要出事故，卻不知賊用何法，何時發動。到大年夜，他託病不赴席，獨飲酒數杯，換上小皮襖，全身青色短裝，鐵弩鉛丸短刀，都拿在手頭，把護院張二找來，細細告訴他一番。張二半信半疑，自去預備，實抱著有備無患的心。又藉詞教王三，從管事那裡，借取一柄短槍，以備必需，卻只給得兩排子彈。管事說：「師爺，這不是鬧著玩的。」蘇庵一笑接過，裝上一排子彈。到十二點後，隻身出去，踏看一回，料想過兩點出動不妨。只是賊人既伏有內線，須多防一手，便提早預備，出塾仰看，天色如墨，雪光平鋪，心中微動。便轉身取白布小褂褲，勉強套上，外面更加罩一件青長衫，低囑塾役數語，穿過花園，上了藏書樓。這樓高峙西北，與東南更樓遙遙斜對，當初建造，不為無意。若登臨俯視，便可將全院一覽無餘。

蘇庵隱身四眺，院內燈火輝煌，院外雪路漫漫，只當不得寒風砭骨。兩小時後，竟見後罩房東，鄰院牆頭背陰處，有兩條黑影搖曳，梁蘇庵心想：「來了，這是探路。」忙一摸鐵弩，暗道：「可惜距離遠點。」遂端出手槍，想這一下打中，可以將他驚走；只是宅內臥著禍水，怕別出花樣，還是容他動手，再截擊他，也給于老頭看看。諒這賊必是設局暗竊，當不致傷動人命，便又耐住，只睜眼看他動作。那牆頭黑影連晃數次，只是不

去；後門起脊門樓上，忽見火光一閃，心想：這是手燈，巡風的。看前院廊下，也閃出一線白光，東牆頭黑影一長，似兩個人鶴行鷺伏，爬奔上房，倏忽不見。又從後罩房後面，露了一條黑影，爬下夾道。少時後門樓，上房兩側，電光交射，一連數次。

蘇庵道：「不好，快動手了。」急急下樓，奔赴花園，到假山腰洞窟，暗打招呼。護院張二持械鑽出，問：「師爺，怎麼樣了？可是真的麼？」蘇庵冷笑道：「怎麼會假，都快下手了。」

張二吃了一驚，忙問：「有幾個？」答道：「看見進來四個，怕還有。」張二扭頭就走，蘇庵急忙叫住，切囑須按預計，分兩路截斷賊人出入線，逼他必走後門。再跟蹤暗緝不捨，擒賊劫贓，此為上著，以速為妙，別亂開槍。囑罷，張二馳去。

蘇庵脫掉長衫，至跨院中層，攀牆四窺無礙，便爬上西平台。這臺位置恰好，北靠高軒，南接院門，東面長牆，夾道即在腳下，宅內上房，後院街門，也都一一在望，是日間尋妥的所在。只有內宅東面，被牆遮蔽不見。蘇庵從平台爬上高軒，伏脊伺察，一連見前廳和內院，倏上倏下白光迭閃，有三四條黑影，公然分踞前後房脊。蘇庵大驚道：「這是多少賊呀，看這來派，又不只是偷盜。」暗恨於曉汀老頭子太仗勢疏虞，急急探身挺弩，極目下窺內院。

廊柱後人影憧憧，出沒隱現，空際咻然一響，院中燈倏然多滅，堂屋外廳也頓時黑昏，雖遠隔不聞聲息，情知賊已發動，方搓手自慮勢孤，瞥見上房西耳室花牆上，竄出一人，背負一物。蘇庵略一游移，先不開槍，鐵弩騰的打出一粒鉛丸。只見那人應聲扭頭一閃，蘇庵吧吧又是兩彈，好像打中要害，那人一跌復起，正是青衫二豪王彭。如電馳般棄物在地，躍奔十數步，到達夾道牆角，探頭揚腕，找尋對手還擊。蘇庵三彈發出，一

伏身，從高軒溜回平台堆後，花牆上早又竄出一人，正是假李媽十一豪祁季良，也便送上兩彈。卻被十一豪瞥見，棄手中包，躍藏牆頭西廂房山牆後，張袖發箭，直擊平台，下面王彭勃然大怒，喝問：「對方是本宅，還是外路同道？」

梁蘇庵並不答話，更不還擊，他藏之處，甚妙，單等地上的賊要轉身拾贓，牆上的賊要探頭下牆，便開弓放弩，一心牽制取勝。卻不道青林二豪王彭支持不住，豈可戀戰，將懷中電炬取出，沖北連照，後罩房頂，後門樓上巡風同夥，立即回應，一霎時，白光頻閃，有三個黑衫客，是五哥、七弟，從東西分道抄來。五豪吳朗急助二豪裹傷退走，七豪孔亞平繞跨院，企圖轉移戰線，轟然一聲，放出一顆炸彈，跨院外牆憑空添多一條出路。十一豪截留在西套間花牆上。遠聽炸彈已發，近聽屋內人聲嘈雜，敲窗欲出。事機已迫，勁敵當前，竟進退不得，急當窗虛發手槍震懾。砰然連響，果阻住窗口敵人。趁空向夾道牆角，暗遞口號，七豪才趕來，據守牆角出入線，知十一豪身陷重地，不能脫走，便還報暗號，冒險徑去花牆下面搶贓。那牆下兩包財物，一包肉票，就是被麻醉失知曉的于絢武小姐，童軀蜷伏不及三尺。梁蘇庵在平台分明看見，只料是贓，並沒想到是人。七豪孔亞平右手開手槍拒戰，左手掄飛抓，倏竄倏跳，試離牆角，如此幾次，蘇庵兩眼直注，早借雪光看見，大喝一聲：「好大膽的賊，還敢戀贓不退！」忙開弩連發十數彈，七豪公然不懼，竟發槍仰擊，一面探抓，要揪地下包裹。

蘇庵大怒，掣手槍砰砰兩下，平台上周圍火花迸射。七豪早一溜煙，貼牆逃回，剎那間，十一豪乘隙撲到花牆北頭，剛剛爬到上房頂。蘇庵偏一眼瞥見，叫道：「中了賊人聲東擊西之計。」竟不是搶贓？是解圍？蘇庵道：「好賊！」急轉身，對上房扣動扳機開槍。說時遲，那時快，牆角七豪

早左手虛放一槍，右手張袖發箭，借蘇庵槍口火光，認準立身地位，騰然一箭，如電馳般射出，劈風嗤嗤有聲，已到蘇庵身畔。

這一箭來得極驟。蘇庵只顧轉身瞄擊房頂奔逃之賊，聽槍轟箭嘯，交攻之下，急避不迭，箭穿左肋皮襖，貼肉刮過去，就在此時，他那右手的槍，不覺砰然自發，槍瞄得極準，經此一閃，結果是失之毫釐，差之千里。十一豪在上房頂大吃一驚，他才聽七豪孔亞平開槍，誤認是敵人所發，驀地一躍，回頭驚顧，便身失重心力，緊跟蘇庵槍聲繼作，急向後檐竄避。

偏房檐太坡斜，竟踏滑瓦屋上雪，站立不牢，直溜下來，墜落後院；幸身手便捷，一躍而起，又被護院兜上來，腿部受了一槍刺，仰伏巡風的同伴，開槍相救，忙逃奔東鄰院牆，扶梯而過，只因傷痛，腳步稍嫌笨重，被東鄰住戶聽出。這家已知于宅有警，嚇得閂門熄燈，伏地不動。忽聽院中有人去開街門，仗膽問聲：「誰呀！」十一豪祁季良應聲叱道：「借路的，不干你事。」竟得逃出巷外。

當其時，其餘同黨，多半退出于宅，只留四個人，散伏要路，接應落後之人，于宅院內暴客，還剩下五哥、七弟，絆住梁蘇庵，估摸負傷同夥已得脫身，便各隱有去志。一時槍聲繼續，尚在互擊。雙方瞭高的人，齊見西南屋頂牆隅人影憧憧，火光隱隱，護院張二一行人，步步逼來。于繼武等東西一夥，截擊十一豪未獲，追尋槍聲，才從西角門抄過來。卻頓違蘇庵給賊留後門的切囑，相距不過十數丈，把個青衫第七豪截在中間。他又貼在房後牆隅，還不知後路已斷，危險萬分。巡風的雖然看明，不住的閃晃電炬，警告風緊，偏七豪一心援救十一豪出籠，只顧和蘇庵拒戰，背後電光射來，迄未措意。

這一來，倒把五豪秦錚急煞。他救走同伴後，又放炸彈，攻倒一堵

牆，預留出路之後，疾奔到跨院後層，登高極望，一見西路全局，敗在梁蘇庵一人之手，便勃然大怒。蛇行近前，咬一咬牙，撲到平台下，搶左手飛抓，對蘇庵打去，打個正著。那梁蘇庵棋勝不顧家，眼見宅內援手已到，賊人陷入圍中，就故意緊一槍，慢一槍，和對方作耗。出其不意，被人抓著一隻腿，只往下揪，才知背後有敵人拚命。叫聲不好，肘扳臺堆，翻手打出一槍，又不曾打著。當下砰然一響，身體已被人憑空拖下。

五豪口打呼哨，一個餓虎撲食，搶上去，先奪住蘇庵拿槍之右手腕，騰出一手，便挺短刀，對右肩頭急刺。蘇庵更不弱，身雖倒眼不亂，爭撒手擰腰，飛起一腿，正踹著五豪的膝蓋，掄左手鐵弩，打飛短刀。五豪急退不迭，也閃倒在一邊，那隻手槍卻搶奪到己手，蘇庵早一躍而起，也張兩隻手，撲過去搶槍。兩個人，四隻手，扭住一把手槍，下面各用腿腳，對踢對絆。五豪乘機早將敵人相貌看清，心中暗暗詫異，此人似曾相識。

倏然間，又有一條黑影，翻過夾道牆頭，口打呼哨，如箭馳來，五豪忙叫：「粉骷髏，快來拔刺。」

梁蘇庵也大喊：「賊在這裡，快來救人！」當這刻不容緩、間不容髮的時機，護院張二一夥人，恰有半數在房上，一眼瞥見，大喊：「平台這裡有賊，快來人呀！」啪啪幾槍，直往下打來，立刻將奔來馳救的青衫七豪截回，不能前進。張二連叫：「往這邊打，別傷著梁師爺。」跳下房來，飛奔平台援救。七豪早退到牆隅，探頭一看，忙抽槍截擊，逼得張二趕緊退回。一霎時，群豪巡風人，也見情勢緊急，越房攀垣，趕來搭救自己的人。偏有侄少爺于繼武一夥撲來，從中截斷，這兩面開火對打起來。在跨院後院一帶，一上一下，各據住藏身地點，槍彈往來砰砰飛嘯。那平台下，五豪和蘇庵，一個膽大力猛，一個武技超越，互扭奪槍兩不相下，拆離不開。那平台後，七豪一人隱身牆角，和藏在那邊亭階旁的護院張二，

錯落互擊。只是兩相牽住，不準對方上前。

東路抄來的于宅打手，分從西南面高處放槍，彈如雨下，聲聲亂喊，都不肯捨命近前。又是投鼠忌器，不敢往平台那邊打。這一來愛屋及烏，五豪倒得保全性命。這其間于宅不知賊有多少，未免驚惶。到底主客異勢，最危急的還是青衫群盜。

五豪和蘇庵一面拚肉搏，一面心中焦灼，恐持久落網，連吹呼哨求救。七豪旁觀更著急不能相救，又恐怕子彈將盡。一面斷續開槍擋著，一面再將飛抓取出，冷不防，躍身轉出牆角，掄抓打去，抓著蘇庵的腿，急撤身退回，用力猛揪。五豪乘勢將蘇庵按倒，搶得手槍到手。就借蘇庵為障身物，就地一滾。夠著牆角，急躍起會著七豪，貼牆根且戰且走。

那梁蘇庵生平未曾如此狼狽，奮不顧身，摘抓拾刀，隨後追去。護院張二也挺匣槍，大呼追出。西南房上打手見了，又不敢開槍，只一片聲亂喊追賊。那五豪、七豪兩人，便乘隙貼牆急退。因五豪披著鋼葉護甲，便教七豪前行，自己斷後。抄到跨院後層，翻上一堵長牆，停身四顧。早瞥見巡風副手，射來紅光燈號，忙取電炬，也連連搖閃。卻將藍光回射過去，這才跳下牆頭，眼望前面炸開的牆洞，如魚得水，一直奔過去。

不意猛回頭看，梁蘇庵已經跟蹤趕上，正攀牆探身，似乎也要跳下去。護院張二領三個人，也從牆西面盤繞過來。兩路夾進，槍聲已作，鐵弩也發，五豪大恐，四顧急切無處退藏，便急奔到附近花房裡。這裡面漆黑無光，只有幾顆寒花。五豪秦錚忙將身上一個布囊摘下，遞給七豪，卻要過七豪掌中的手槍，急急裝彈，左右手雙槍並舉，伏身地窖扳機拒戰。

蘇庵一見大笑，高叫：「快來人！賊黨鑽入花房了，快來堵住花房後窗！」張二也大喜，喊嚷：「看你哪裡跑！」只聽嗶嗶啪啪一陣亂響，花房玻璃窗碎了好幾扇。那裡面青衫七豪，早從皮囊中，取出一對銅盅，將螺

旋扣緊，合成一隻銅球，等對面整排的槍聲響過去，便也喊一聲，當門拋出去，轟然落地爆炸，濃煙瀰漫，將整個院落籠罩在黑霧之中，對面不能見人。

　　就在這時候，後罩房西跨間夾道前後，于繼武一夥伏身牆隅截擊房上巡風賊人。忽見上面電光連閃，槍聲頓住，正不解其意。瞭高的僕人大喊：「賊溜下去了！」繼武催眾尋緝，趕到花牆下，立刻發現賊蹤。忙叫人打開，竟是絢武小姐，試一試，還有鼻息。于繼武大喜道：「好了，三妹妹救出來了！」就分人護送到內院灌救，自己仍帶人追賊，照樣一步步試探前進。只聽西面轟隆一聲大震，如地雷從天而降，方在張皇，卻又聽北面槍聲連綿不斷。半晌，又聽正院偏東面，砰然一聲巨響，似炸彈爆炸，北面遠處更聞得一片吶喊聲音。正是：「劇賊脫身飛煙幕，壯士驚心平地雷。」

第六章
張虛勢隊官誣良拚盜去
辨偽書宅主勘賊邀探來

　　除夕夜裡，密雲縣東街富戶于宅，通宵鬧賊。到上午四點半，天色未明，雞聲已唱。青衫暴客五豪、七豪兩人斷後被圍，退據花房。見本宅鑼聲響動，生怕警捕掩至，脫身不得，先後擲出兩顆煙彈。乘著濃霧迷濛，闖出地窖，拔槍越牆，向後街退走。房上巡風副手接到號燈，故意連吹呼哨，在北面亂開空槍。臨走埋下兩顆炸筒，撥好機針，一顆過五分鐘響，一顆過一刻鐘轟炸。于繼武正要追賊，忽聽後面震響，果然害怕賊人再襲內宅，急率打手還救。撲到內院，不見賊蹤。忙叫人登梯瞭望，並往各處各屋搜查，自己先進堂屋，慰問內宅。內宅已有十多人，各均持械伏地，看守門戶，西套間是賊人出入線，也有人把住。繼武稍稍放心，便告訴他們，賊已趕跑，不致再來。說著走進內室，見女眷十數人，俱都鋪褥臥地，驚慌滿面，不敢言動。衣飾什物散落得不堪，桌椅木器也多翻倒。這時于太太和姨太太楚婉華，都已救蘇，只絢武小姐，被蒙藥迷得工夫過久，還是昏迷不醒。教僕女撕開衣領驗看，後脖頸上腫起一個紫泡，都血湮了。家人看了，俱都不解。再想不到這是被架時，教梁蘇庵弩弓打傷的。姨太太頭上纏著一條絲巾，一根腿帶，連藥也沒顧得找，正掙扎著要起來查點失物。

　　舅太太忙搖手將她止住。于太太面色青黃，呻吟不已；她驚悸過度，幾乎張口說不出話來。

　　繼武見此情形，又慚又忿。覺得對不住出門的叔父；自己看家，竟出了偌大的差錯。剛對著于太太，叫了一聲嬸娘，忽聽南面轟然一聲，宛然又似地雷爆炸，嚇得眾內眷失聲驚叫。

　　繼武顧不得說話，連忙拿了手槍，又奔出去。招呼護院打手，各處查勘；就在中層院牆後東角落，發現平地炸起兩座深坑，把東廂房後牆，也掀起一個窟窿。料是賊人埋放地雷，卻又炸力很小。繼武不解，便叫眾人快快查找，又不見有賊。大眾正在房後，來回盤查，忽聽瞭高的僕人大喊：「有一個賊鑽進馬號去。」

　　繼武又驚又怒，這賊竟如此膽大，直鬧了半夜，劫了贓，交了手，還敢逗留。恨得跺一跺腳，催眾持械，撲奔跨院，到夾道角門，貼牆窺看，果見一人正在偷開車門，已經拔閂扳閘，推開門縫。繼武一聲斷喝，兩支快槍，一支手槍，砰然齊響，直奔那人下部射去，只聽哎呀一聲，那人竄出車門。眾人急忙趕出，眼見那人在街頭踏雪貼牆，奔跑十數步，撲地栽倒。大眾齊喝：「站住！」那人掙扎起來，扭頭一看，抬腿又搶行幾步，一聲慘叫，重複跌倒。幾個打手挺槍哄然跑過去，繼武連叫：「留活口！」便掉槍狠搗數下，解帶捆上，捉進院內，關好車門，交給留守的家丁看住，暫不盤問。

　　繼武遂遣護院到跨院花園，細細尋查。自己先到書房，見三太爺和兩位少爺，有人保護著，俱都無恙。便慰問了幾句話，才知派往報官的，先後遣去兩撥，業已多時，只是還不見官人到場。李三此時，已有人將他救起，左眼左肩涔涔出血，躺在地板上呻吟。繼武遂問這是怎的，僕役拿著兩支短箭，說：「李三爺是受這暗器傷的。」繼武恍然，忙把箭接過收起，叫家丁快到內客廳，將那個男客錢平歐遺留的物件，一齊拿來，以備搜驗。又查問受傷的人數，答說共有護院兩個掛綵，現在下房，幸喜都不是

致命傷。

　　繼武略定心神，剛要站起，只見另有兩個護院，慌慌張張闖進來，說道：「侄少爺，梁師爺他不知哪裡去了。」繼武愕然，急領眾撲到跨院，在花園、平台、涼亭、花房、家塾、書樓各處，細細巡繞了一圈。但見平台下一把短刀，花牆根一個包袱，雪地上足跡縱橫，隱有血痕；花房前淡煙未退，輕霧朦朧。只是前前後後，不見半個人影。遍尋梁蘇庵和護院張二，俱各不見。繼武心中驚疑不定，便叫著護院男僕，再到後面尋找，只見後院門扇大開，那炸倒的院牆洞口內外，有許多殘磚碎瓦。一直出院到後街，小心察看，但見這雪色漫漫，寒風嗖嗖，街東街西渺然不見人影。只見街門、街心，和破牆洞，印著散亂的行人足跡。可是這雪昨日白晝已晴，早教人往來踏亂，如何能看出形跡？繼武至此，顧不得照蘇庵預囑，再分途跟緝賊蹤了，且查找自己的人要緊。這時候已快到五點，心上茫然無措，只得叫著眾護院家丁，閂門堵牆，折回花園家塾。

　　挑燈進屋，查看一遍出來。且在這平台、花房一帶，蘇庵拒賊的所在，前後來回，喊叫了半晌。聽得假山上，似有動靜，又湊近叫了一遍，才見山腰洞中，鑽出一個人來。忙掄槍逼住，喝問是誰。那人兩手高舉道：「別打，是我。」繼武喊問：「你是誰？」那人答道：「我是小五。」

　　繼武才知是家塾書僮，急問：「梁師爺哪裡去了？」小五戰戰兢兢說道：「嚇死我了。」氣得繼武頓足催罵，小五吃吃的說：「我不知道，師爺叫我藏在這裡瞭賊。我……我害怕。師爺他和賊打起來了，賊會妖法，下子一陣霧。回頭看見兩條黑影，冒出來，一閃上了房，不見了。回頭師爺喊叫張二，要手槍；槍響啦，又打起來啦；回頭霧散了，師爺不見了，張二也不見了。」繼武聽了，越加納悶。心想梁師爺萬一叫賊綁了票去，怎好。況又是大年下，我怎麼對得起仲翔叔父？正自著急，一個家丁近前搖

手說道：「侄少爺你聽。」繼武側耳聽時，東北面槍聲又作，頓吃一驚。急登假山亭遙望，隱隱望見遠處火光散漫，忽高忽低，從東面迤邐而行，辨方向，似正漸往東街這邊推進。跟著槍聲哩啦，恍惚夾雜著衝鋒喊殺聲，聲聲不絕，越逼越近。

繼武心中疑懼，無奈天色尚黑，看不分明。為防備萬一計，就招集闔宅男丁，催他們各自補充槍彈，持械嚴守前後大門。唯有後院炸破的牆洞最不好守，想起宅內原有許多蓋房的木料，便催人搬來，將洞口好歹塞上。剛剛佈置粗定，漸聽人聲嘈雜，槍聲噼啪，已迫臨切近。卻又豁地分成兩路，將于宅前後包圍，於是吶喊聲四起，銅笛亂鳴，槍彈砰砰直攻進來，高牆屋頂，已有多處打壞。驚得于宅全眷不知所為，都道是剛才強賊把大批土匪勾來了。

于繼武只得退據後罩房，對後門擺好排槍，嚴防賊眾攻進，那前院街門，跨院車門，也叫男丁退藏要路，裝彈備御賊人沖入。只聽得東街後街，人聲沸騰，笛吹槍鳴，往來腳步奔馳踐踏之聲不絕。直亂了好久工夫，漸漸聽見槍聲止住。又過了好久工夫，才聽見有人砸門。登高一望，門前乃是一隊黑衣人，像是地方隊警，接著隔門縫探問：「賊跑淨了沒有？」繼武至此心知無礙，剛要上前開門，一個持重的家丁，連忙攔住道：「侄少爺使不得，萬一要是為使詐語呢。」說著躲躲閃閃，湊到街門側首，站好了避彈退身步。然後冒險問道：「喂，你們是幹甚麼的？」門外哄然答道：「我們是隊警，來你們這裡拿賊。」

繼武不禁失聲冷笑，剛要答話，門外迫不及待，迭聲迫問道：「你們宅裡到底還有賊沒有，快說呀！」那個持重的家丁，還要盤詰，繼武忍不住一肚皮氣，搶過來，嘩啦啦將門拉開。

剛一抬頭外看，不覺驚得向後倒退。原來當街不遠，正沖院門，早支

著一架機關槍，若干武裝隊，嚴陣以待，如臨大敵；門兩旁挑出八九支快槍，槍口枝枝交指，直對繼武心窩，舉槍的便是隊警。這十幾個隊警，是懸賞選出的衝鋒敢死隊，個個英雄，才聽門扇響動，個個瞄槍扳機預備放，那情勢好不緊張。

繼武抬頭望時，對宅鄰房上，還藏伏著兵，暗影中不見人面，只見槍，槍刺映閃白光。再望兩旁，一條街由東直到西，每逢路角牆隅，影壁土堆，凡形勢之地，都埋伏著人，黑壓壓看不清，估計至少也有四五十名，街口小巷內，更隱隱有炬光人影，影中露出一匹馬頭，騎馬的是個隊長，只見相隔太遠瞧不分明。這是後街警察隊剿賊的佈置情形，全以于宅後門為中心，還有東街前門，是由保衛團擔任剿賊，那情形更為嚴重。

隊兵往來梭巡，遠遠喊叫拿賊；東西街口，有兩架機關槍卡住。若還有賊，插翅也難逃，只是出其不意，倒嚇得繼武倒吸一口涼氣。還未等說話，八九個敢死隊，一擁上前，將繼武圍住，七嘴八舌，亂問：「你是幹嘛的，怎麼攜帶槍火？可是這裡鬧賊，有多少個？都打跑了麼？」

繼武怒氣滿胸。旁邊一個家丁，忙說：「這是我們少爺。你們先別問，請你們長官來吧，賊早搶完跑了。」這才有一個警兵跑回去，到小巷口內，面稟隊長王榮升，說：「失主宅門已經攻開，賊都打跑了。」王老爺聽了，立即催馬出巷，舉著指揮刀，一聲吹笛，將部下集合在一處。便忙傳令，派十個人架機關槍，嚴守後門；二十人隨官進宅，查勘賊蹤；其餘隊警，立命排散開，沿街盡力搜查，左右鄰舍尤為注意，要嚴密翻搜一遍，恐防窩藏餘賊，隱匿遺賊。然後順著這條街，挨門挨戶，排搜出去。直過了街口半裡多地，可惜不見一個賊。只在西口，抓獲兩個嫌疑犯。本想帶來見官邀賞，不意內中一個敢死隊，不肯答應。他說：那個嫌疑犯，實在是他舅舅，就是天天在縣衙街前，賣老豆腐的沈老椿。沈老椿卻又說：另

外那個嫌疑犯，是他的表侄女女婿的叔伯哥哥。因為今天大年初一，兩人要出城門下鄉，給親戚拜年去，走猛了些，路過此處，聽見人喊槍響，嚇得急藏急躲，竟被老總抓來。這位敢死隊怒氣衝衝說：「小舅子誰沒親戚，誣良邀賞，我老子不惱，我老子也幹過。怎麼他娘的誣到俺家親戚頭上！」比手畫腳，罵不絕聲。同隊弟兄哄然一笑，只得釋放了，空手進于宅，見官交差道：「賊都打跑了。」

這時候，東街剿賊的隊兵，也由一位施連奎施排長牽領著，做完了四鄰搜緝的工作，便分兵設伏守宅。自己帶著部下，偕同王老爺，進了于宅。由事主陪伴，到前後院，跨院花園，各處細細查勘一回。察到東西夾道，上房花牆根一帶，上下雪印依然。王老爺哦的一聲，便對施老爺點點頭；施排長微微一笑，又到內堂。此時女眷早已迴避，就在堂屋盤旋一回。

直過了一點多鐘，才折回外客廳坐下。三太爺于曉汀、侄少爺于繼武、書記趙師爺、管事馬七爺，都陪著談話，細訴失盜情由。一位隊長、一位排長，教一名識字警目，拿著手冊，在旁聽一句，錄一句；警兵都在院裡院外，探頭探腦，登梯上高，大呼小叫。卻是跟隨王老爺的警卒，都噘著嘴；跟隨著施老爺的隊兵，個個都很得意。

原來施老爺率部進攻東街于宅前門，在半路上，居然和打劫的賊黨交了仗。據報有幾十個賊，都有飛簷走壁之能，多虧施隊長臨敵無懼，指揮若定，將機關槍架上，掩護匣子炮快槍，一陣苦戰，士卒用命，便將賊擊潰。當場槍斃的，已經被活賊運屍逃走，不知實數多少，活捉的可真有五個賊首。施老爺指手劃腳，興高采烈的，正對事主和同事王老爺，誇說作戰經過。那五個遭擒的賊首，五花大綁，捆牢雙手，兩個臉上蒙著白巾，三個暫由隊兵脫下單衫，將頭矇住。這是施排長出的高招，生怕被人識出

賊人的面貌，傳說出去，發生劫牢的變故。同時也怕賊眼看人，誣攀泄憤。常言說，賊咬一口，入骨三分，更不可不防。還有賊人明知是死，必定惡聲罵人，狡詐的又要極口呼冤，所以將五個賊頭臉包住，個個口中又塞上一個麻核桃，省得他亂叫喚。就教二十多個隊兵押解著，暫推到于宅，在下房拘留，等回隊再加訊問。

官紳在客廳說了一回話，天早大亮，壁上時鐘已過七點一刻。所有開失單、勘賊蹤，也都辦完。施排長興沖沖首先站起告辭，于三太爺冷笑說道：「我們報官很早，貴隊何故派來很遲呢？」那神情很不客氣。施老爺一團高興頓打回去，便與王隊長，說明耽誤的緣故。無非是因過年，各處彈壓的公事太忙，兵隊臨時集合，又費時間等話。報案的人沒有說明，誤是東街別家出了大竊，最後便說：「好在當場捉住了這幾個賊首，回去嚴加審訊，必能究個水落石出。只要得著餘黨窩藏地點，那時破案追贓，手到擒來。」

繼武聽了，便插話道：「我打算看看被捉的賊。」王隊長道：「可以。」施排長道：「這個……」似乎面有難色，又想一想，才教隊兵押上來。繼武過去，要扯賊人蒙的手巾，施隊長急忙攔住道：「使不得，閣下別忘了賊咬一口，他要趁勢給你手指頭來一口呢。」說著便叫：「孫得勝，你給解開。」隊兵孫得勝忙道：「著！」上前替賊解開幕面白巾，繼武等一看賊人面目，不禁失聲驚叫。你道這賊是誰？原來正是于宅一個護院打手，名叫牛二愣，牛二愣倒綁二臂，張嘴瞪眼，只是搖頭，繼武見了，如墮五里霧中。忙要求隊兵，將賊人蒙頭巾，逐個解下，全露出廬山真面目。繼武一看，更吃驚不小，這賊裡面，就有一個是百覓不得、仗義拯難的教師梁蘇庵，第三個是護院張二，第四、第五，也是于宅家人。他們五個就是除夕聞警，東路拒賊的那一夥人，不知怎的，被隊警當賊拿住。

　　繼武駭得半晌莫知所措，便叫道：「這是怎的？」蘇庵怒目不語，他嘴中也塞著一枚麻核桃，自然有苦難訴。要問這是什麼緣故，說出來好像不近人情。昨夜兩點以後，蘇庵看情形不妥，私遣塾役，去警局馳報盜警。那時節正是大除夕，隊長早回公館過年，警隊值班查夜的未回，不值班的呼幺喝六，飲酒耍錢，憑空來這大煞年景的事，都很不悅。一位鬍子警目，出來詰問幾句，對這盜警二字先挑了眼。他說：「本城治安甚好，盜風久戢，何來這種謠言？要是年根鬧個把小竊盜，還許有的，賊又沒動手，你怎麼知道是明火綁票？」瞎吵一頓，塾役急得搓手，那警目便支使塾役去找就近的崗警。不意三太爺第二批派來報官的也趕到，滿頭熱汗，劈面就說：「十幾個強盜動了手啦！」

　　鬍子無法，暗叫一個勤務警，悄往隊長公館送信，這裡且辦報案的手續。鬍子拿著筆，詰問出案的地點，事主的姓名、年齡、籍貫、職業等等。又對于宅家丁說：「你應該遞呈文，填報單。報單兩角錢，呈文紙也是兩角，另有一元錢的代書費。」從兩點直磨纏快到四點，好容易才把隊長請到。隊長進署，罵罵咧咧問道：「誰家鬧賊呀？黑更半夜，大年底下，真他媽的不揀好日子！」于宅家丁從旁插言道：「老爺，是我們東街于將軍府上鬧賊，你瞧著辦吧，賊可開了火啦。」隊長一聽是于將軍，失聲道：「嚇，我的姥姥！」慌忙傳令整隊出發。一面知會保衛團派隊會剿，一面罵值夜警太混蛋了，「他老人家宅裡出事，怎麼還這樣不緊不慢的，送信也不提明！」勤務警忙說：「回老爺，他們頭一撥報案的，只說是東街出了竊案，本來就沒提官銜麼！」

　　當下兵警雙方亂抓一陣，急湊足五六十人，由施排長、王隊長率領，打著火把，匣子炮，快槍刺刀，長槍大砍刀，亂哄哄出發。一路上鳴笛吶喊，只欠沒有吹洋號，打洋鼓。總算軍警會同亮出隊伍，上街剿賊。二位

老爺先商量方略，決定大周轉，繞道前進，好截斷賊人去路。這時候，青衫暴客一放煙彈，早逃出于宅，往後街西面退走。梁蘇庵定計綴賊，暗領護院張二一行人，追出後門，到後街街心一望，眼見兩條黑影，往街東奔去，已出了東口。他不知這是青衫盜群打接應的人，故意誘敵，便緊緊跟追下去。連轉了幾個彎，遙見遠處黑影憧憧，忙相率撲過去。這一來竟被引入歧路，和保衛團走個碰頭。忽然一片喊聲如雷，蘇庵剛驚慌四顧，只聽得喝道：「站住！」語未了，槍聲砰然已作。

蘇庵一夥急退不迭，聲辯無從，立被十數枝快槍包圍，喝命：「舉起手來！」張二還要支拒，蘇庵卻懂得，連忙棄槍在地，將雙手高高舉起，悄叫張二等，快快照樣辦，否則對方人多，自家勢孤，一個便宜不了，走不脫。這五人剛剛將手舉起，那十幾桿快槍便緊湊過來，直對著胸口。從後轉出幾個拿匣子炮的，上前將蘇庵五人，先解除武裝，次搜檢身體；便掏出法繩，挨個捆上。張二忙說：「我們是好人，我們本是……」

一個兵謾罵一句，掄手掌劈面一掌道：「好人挾帶槍火，半夜滿街跑！」蘇庵這時一語不發，只細察對方的神色。見得不是賊黨，料無大礙；又明知此時多言取辱，便默不聲辯，任他擺佈。張二還要說話，又一個騎馬的，過來喝道：「堵上他的嘴。」

五個人一夥兒，便這樣生生當賊遭擒，押到于宅。即撤去蒙面巾一看，真是出人意外，于宅上下譁然，無不驚詫。經一番嚴辭交涉，先給蘇庵五人解了縛，掏出口中塞的麻團，嘔吐一陣。這一出活劇，當場鬧得不好下臺；倒把個王隊長笑得兩嘴角差些豁到耳根。像這捉賊誤綁失主，原是太嫌冒失一點；施排長當不得前後左右被王老爺冷譏熱嘲，早窘得面紅過耳。

他起初不肯認錯，還要抱怨蘇庵等，應該早些說明。張二是一肚皮氣

苦，便瞪著眼喊道：「你們讓人說話麼？你們張嘴就罵，抬手就捆，這可真是拿人當臭賊。施老爺，你瞧我這半邊臉，教你們打的。誣良為盜，好嘛，賊就是教你們耽誤跑的。等我們將軍回來反正有地方說理。」說著氣哼哼，竟當著主人，一屁股坐在小凳上，閉目搖頭，那神氣好像欠債的抓住了債主的把柄。倒是梁蘇庵，經學東懇切慰謝，獻上藥物酒食，他都屏去不用，略喘息一回，先告退回塾。自取藥敷治浮傷，倒在睡椅上，懊悔自己失策。遭這挫辱倒是小節，由此露出真面目來，預料于善人等，必要探詢自己的身世，和諳習武術的原由，那時如何回答？況且只截回肉票，賊人逃走，還怕有後患。想到這裡，心上忐忑不安，也是不住的閉目搖頭。

那邊客廳中，于三太爺自以城中巨紳，年關失盜，對於有司這樣的玩忽縱賊，早含不快。偏又出這差錯，更是忿不可遏。竟不留餘地，抵面痛加詰責；直逼得施排長惱羞成怒，雙方言辭衝突起來。他道：「肇事地方，遇見形跡可疑的人，當然要抓，這是我們的公事。請問一夥人拿著槍亂跑，是不是有嫌疑？老實說吧，這錯過是府上。若在別處我還不能當場就放哩，嫌疑犯也得過堂訊供。」

王隊長一見情形要僵，忙站起來勸解道：「倒是綁得冒失一點，不過賊一遇官面，往往使詐語，冒充事主，不留神就上當受害。總之事是過去了，我們回去，務必嚴限緝拿，務必人贓俱獲就是了。」施排長也趁風轉舵，再三道歉。兩人又道：「將來將軍回府時，還請三太爺美言。我們絕不敢不盡心，我們一定趕快辦賊。」侄少爺也說：「咱們辦正事要緊。」

三太爺點頭不語。繼武便將三個不速客遺下的物件，和從房頂打下來的那個皮假人，交警官檢查。從中找出賊人的標記，每塊包袱上，都繡著粉白色一顆死人骷髏，下面插一把短刀。那個皮人腦部，也繪著同樣的

圖案。另有一卷白絹，藏在那個假吳太太的皮包裡面，絹上題著「懲治偽善」四個字，繼武立刻藏起來，沒教官人看見。王隊長道：「既有這賊人的標記，就好踩緝了。」便和施排長告辭，將全部軍警整隊撤退，單留二十人，臨時駐守于宅，防範賊人再來。

這一場風波，發生在大除夕，賊去官來，是在元旦。越是噩耗，越會不脛而走。什麼青衫賊夜劫德人，留下粉骷髏標記；什麼梁蘇庵以一個文弱書生，單身支弩拒賊；什麼官面上誤拿事主，放走了賊……等等話頭，當午已經傳遍全城，聽見的人個個駭異。唯有祥順店過客任和甫和北關貧民周老茂，他兩人都親眼看見過粉骷髏標記，不覺特別驚心。和甫忙起身，離開密雲縣。老茂悄和妻子商量，那晚憑空來的財物，定是賊贓無疑，現在既無拋去之理，只可不動聲色，祕藏緩用。就中最苦了于宅上下，通宵失眠，個個面無人色。想不到留下三個不速客，過了這樣一個熱鬧年。

于繼武和三太爺強打精神，先拍一封急電，報告京城。隨後親友鄰舍紛來道驚，縣長也差人拿名片來慰問，只得應酬一陣。提起賊人明留標記，都道，這賊忒也膽大妄為，只怕是成幫的巨盜，倒要嚴緝務獲，免留後患才好。入夜于宅自不免提心吊膽，多加防範。卻喜連夜沒事。于太太和絢武小姐，卻嚇病了，自請醫診治著。繼武又去縣署，面見縣長，詳說盜情，拜託催案。整亂了好幾天，連發去四封快信，只不見于善人從北平趕回，更不見只電寸札寄回。到了破五，本地緝賊的事渺無頭緒，于宅上下焦灼起來。

忽於正月初六日，下午四點半鐘，接到一封信，滿盼是于善人的家報。看下款，卻寫著「濤自津寄」。繼武忙拆封皮，從封套中又挈出一個復封來，用桑皮紙緊裹，份量很重，上題「于仲翔兄密啟，內詳，外人不

得私拆」等語。繼武忙持函請三太爺商量，恐怕有別的事泄露了，受家主抱怨。那梁蘇庵在旁，眉頭一皺道：「不然，依我看，還是拆閱。翔翁至今不歸，不是學生又多慮，這還怕有別情。」原來自經事變，梁蘇庵在于宅地位陡增，事事都要請教他。三太爺想一想道：「就拆開看看吧。」

　　繼武用剖紙刀輕輕啟封，抽出五頁長籤，另外附著一封短函，內寫「轉交梁蘇庵先生親拆」。蘇庵心中一動，忙將短函要來，察看筆跡，也是沒有下款，只題「內詳」二字。蘇庵道：「繼武兄先看看下款，是誰來的信。」繼武抽看底頁，叫道：「沒有下款，只蓋著一個圖章。吭，這也是那個粉骷髏，下面還橫著短刀！」三太爺大驚，蘇庵微籲一口氣道：「繼武兄可否唸唸？」繼武眼望三太爺，三太爺皺眉略略點頭。繼武道：「這個開頭也沒有稱謂……」遂念道：「此函警告偽善隱匿之于鴻……」才唸到這裡，立刻嚥回。原來函裡面羅列罪狀，直許于善人假名善舉，賊民營私。最重一款說他私拘平民，侮辱良女，凡是臘月二十七日，青衫盜群夜探于宅所見聞的事，都條條列入，責令回覆。並說：「如此惡行，似此敗類，吾黨誓予糾正。茲依黨規，先予以事實的警告，次予以文字的警告，限於一星期內明白答辯，若有理由，另法對待；倘猶漠忽視，若掩惡飾詞，決殺無恕。」這分明是粉骷髏青衫盜群一封恫信。

　　繼武吞吞吐吐唸完，在座的人相顧失色。暗想二十七夜間，賊已潛入本宅。還有李三索義債毆貧叟的話，也不知真假，可是怎麼又教賊知道了呢？這封信的來意又在哪裡？梁蘇庵聽完信詞，只是沉吟不語，暗自斟酌話頭，要試探三太爺，因何調戲良女，私拘平民。這裡三太爺等，眼望蘇庵，將賊人附寄給他的短函揣起，意思也要蘇庵當場拆閱，大家好明白，卻一時都不好措辭互詰，只泛泛的討論應付辦法，打算次日派人，上京找宅主。到晚間議還未定，忽聽庭前有許多腳步踐踏。繼武才要探問，院外

有人回道：「好了，將軍回來了。」

　　于仲翔赤面矮身，唇有短髯，相貌頗形厚重，兩眼卻有精神，此時滿臉塵汗，伴著一位男客，下了汽車，走進大廳。一見繼武，忙問：「家中有什麼差錯沒有？」繼武暗吃一驚，忙道：「二十七，有男女三客，拿叔父的電信來借寓。除夕三點，勾引外賊，入宅打搶，留下粉骷髏標記。」仲翔頓足道：「果然。」一陣懈勁，撲到睡椅坐下。又問：「傷人沒有？丟了多少東西？報了官，捉住賊沒有？」三太爺等據情詳說一遍，仲翔一聽女兒被綁搶回，便上下眼瞟著蘇庵，深深道謝。三太爺問：「家中連給你去了兩封電報、四封快信，你怎麼今天才回來，也沒發回信？」

　　仲翔搖頭道：「休提！我在北京，上了賊的圈套，前晚好容易才出來。」家人一齊吃驚要問，仲翔忙止住，眼望家人，介紹這位來客道：「此位是北京密探長，邵劍平先生，特為來此，踩緝青衫粉骷髏黨的。你們只道咱家出事，還不知道這夥賊聲勢浩大，在京城連連做案哩。」又咳道：「想不到他們竟光顧了我，到底為什麼呢？」說著，叫家人竭誠招待來客，敬煙獻茶。自己忙忙的進內宅，詢慰妻女。那梁蘇庵一見于善人陪著探長來到，說幾句客氣話，乘隙回塾，賊人給他的短函，到底沒當眾拆閱。

　　繼武看邵劍平探長，年約四旬，果然精神滿面，兩隻眼很凶，閃動如球，一面喫茶，一面跟三太爺、侄少爺談話。但是他極少問賊情，只繞著彎子，探詢家庭教師梁蘇庵的年貫身世，就館多年，何人薦介，素日如何，此次與賊拒戰又是如何。問得侄少爺繼武也納罕起來。

　　到晚飯以後，仲翔問明家中被盜情由，又看了賊人來信，不禁恍然大悟，勃然大怒，曉得這賊必非尋常。究竟他們這夥青衫黨，是為俠為盜，姑且不論。自己二十年經營，負此善人空名，想不到家人不諒，做出那類

事情。就算居心為好，可是形跡上太有嫌疑，無怪惹毛賊打眼，招盜俠嫉視，以致妻女險些被綁。想到此憤火中燒，按捺不住，便叫家丁，請李三爺來，李三左眼已瞎，肩傷未癒，忍痛過來。仲翔便將賊人警告函，擲給他看，痛罵了一陣，力逼李三，明日到周老茂家賠罪。還有三太爺于曉汀辦的事，前在莊下抓住拐犯陳老麼，既是人贓俱獲，就該送官訊辦。無端把他扣在家中，豈不違法？

又自恃年老，不避嫌疑，無端要試驗那兩個被拐女子的貞操，故意做出逼姦的把戲，也嫌過火了。但三太爺是于善人的堂叔，又是年老的人，怎好深深責怨他？于仲翔想了想，也命人把三太爺請來，商量補救方法。那兩女子一時無家可歸，只得暫且留下，慢慢替他們查詢親屬，陳老麼除夕乘亂逃出車門，腳中彈傷，也只好從權調治，容後送官。

仲翔草草定好了，便眼望三太爺道：「叔父，您可是做錯了。」三太爺默然良久，才說道：「我原意是想你一兩天就回家，所以沒將陳老麼即時送官，好等你回來，再定規辦法。誰知第二天夜間，就被賊看到眼裡，列為罪狀，如今倒無私有弊了。想什麼辦法辯解呢？這夥青衫盜到底是哪一路盜賊？若真是任俠一流，我想終好辦吧。」仲翔搖頭不語，尋思一回，便將匿未交官的賊人遺物，冒作留客的急電專函，連同失單，和剛接來的警告信，都取來細細推敲。他手指粉骷髏圖案，說道：「我在京也見到此物。」繼武忙問：「叔父在京，究竟遇見什麼了？家中去的函電，一封也未接著嗎？同來的這位探長，可是特邀來的？」仲翔嘆一聲，說出誤中青衫黨調虎離山的詭計。竟被盜群由北京誘到天津，由天津押到濟南，囚禁了多時！好容易掙脫出來，唯恐家中出錯，才連夜返回密雲。不意賊早得手，事已無及了。于將軍為人機警，是不容易上套的。

青衫七俠預定三著，同時並舉，直到第二著，才得成功。他們開始活

動那一天，正是臘月二十八。

　　那于仲翔將軍系從臘月中旬，離家進京，一來提款，二來辦事，同時參加政治上某種活動。到臘月二十六，諸事完結，就要回程。二十八傍午，忽接上海急電，內稱：「北京打磨廠于仲翔兄鑒：菊沖因事在滬被扣，刻正設法營救，火請年前來滬，共商保釋。華峰叩。」拍電人袁華峰，乃是上海富紳，與仲翔相識。這被扣的菊沖姓沈，乃是仲翔最莫逆的朋友，五六年前脫離政界，在滬經營實業；近來與于仲翔，久未通音訊。

　　他此次在滬，到底為了什麼被押，自然揣摩不出。仲翔自己雖與上海軍政當局，有相當聯絡，若不明案情真相，貿然赴滬，當這年底，似無益於人，有礙於己。

　　仲翔沉思一回。先發一封快電，給一個接近上海當局的至友，探詢菊沖究因何事被拘，及可否保釋等語；又拍一電，答覆華峰，內說：「要務羈身，年前難遠出，菊沖何事被押，請詳示，再定行計。」兩電立刻拍發出去。仲翔自己在寓所，默想應付辦法，又通了兩次電話，請託北京要人，去電給滬方，查詢案情，商酌保釋。忽一位公府武官來訪，便提到此事。那位武官詫異道：「我聽說袁華峰已赴南洋，怎麼還在上海？」仲翔聽了，越費猜想。

　　正在談議，司閽僕從忽投進一張名片。仲翔接來一看，上寫：「大律師霍雲軒，江蘇吳縣。」還題著一行鉛筆字，說是：「有機密事奉商，務請一面。」仲翔不認得這人，便向僕役盤問來人形容服飾。僕役回答：「來客年約二三十歲，像位紳士，是坐汽車來的。」仲翔叫請進來，那位武官見有生客，起身告辭去了。于仲翔接見生客，一看此人身長貌美，衣服華麗，手擎呢帽說：「閣下就是仲翔將軍，久仰久仰！」遜坐獻茶，一番寒暄了後，主客開談。

　　來人霍雲軒低聲說道：「小弟此來，非為別事，乃是受人重託，和閣下商量一筆百萬巨產，捐作善款的問題。這裡面曲折很多，咱們打開窗子說亮話，請您斟酌，可行則行。原因天津某租界，有一位寓公，久在北京政界活動。後來罷官改途，投入實業界，又在一家銀行入股，生平積蓄資產，不下數百萬金。可惜他髮妻早卒，雖有姬妾，卻是膝下無兒無女。近年才過繼了一個侄兒，在他膝下承歡，日後便承受這份遺產。哪知道這裡面忽出了岔子！他這侄兒年甫弱冠，素好文學，向日品行也還不錯，父子感情倒也看得過。翔翁，咱們是照直的說。這位寓公有四位如夫人，他那第三位如夫人，本是個時髦女學生，知書識字，又會跳舞，據聞也是極嗜好新文學的。這位如夫人和他那繼公子兩人，在名義下，有母子之份；在藝術上，卻是一對年貌相當，趣味相投的同志。因此兩人感情既然接近，形跡便稍微的親密一點。翔翁當知道，大凡富貴人家，人口繁多，人心不齊，上上下下，免不了七嘴八舌。思想再舊一點，眾人之間，有時就泛出些閒話。種種猜度之詞，其實都是望風撲影，毫不足信。偏值這位寓公，事務繁忙，不斷進京辦事，在家納福的時候，反倒較少。金屋既貯多嬌，任藍田坐荒，根本原是失計。那位繼公子和如夫人，有時在內書房，聚談新舊文學，言笑甚歡；有時偕往電影院走走，本算不了什麼，這位寓公不是不知道，他自己也碰見過。卻由不得下人嚼舌，曉得不大好聽。偏這時那位四姨太太，對這位繼公子，潛存不利孺子之心。據繼公子說，她很有幾次，露出不大好的態度，繼公子只有退避。結果是用情見拒，變愛成仇，從中多加了幾句妒言妒語，兩路夾攻，竟然弄得他們父子不和。寓公最近嚴申家法，禁止男進內室，女會男親。繼公子和如夫人為避嫌疑，欣然照辦。誰知上星期，寓公帶著上海新到的豔月樓校書，去三和飯店開房間的時候，忽瞥見電梯上，有一男一女，這寓公手指目注，低哼了一聲，

頓時氣壅色變，幾乎暈厥。」

那律師說到這裡，啜了一口茶，接道：「次日寅公臥在病榻上，預寫遺囑，要將全部家產，重新分酬。還要提出一百萬元，捐作善款，一者懺悔自己浮沉宦海的政績，二者報復繼公子的特別孝心。這自然是他一時的感情激變。然而當地許多專門營業的善紳，都聞風興起，要包攬善事。不過在寅公心裡，似對他們，未必信得過，聽他打算要將這一百萬金，一次捐給某某某善會。這事卻被繼公子探得，恐慌萬狀，極力設法挽回。因為若照新遺囑這樣分法，攤到繼公子名下的，還不到十五萬元，豈不白辜負他一番繼承的孝心？如今經他定計輾轉懇求，應繼承的遺產，已由十五萬增改至三十五萬。還有那一百萬善捐，也得想法子保留。因悉翔翁是我們北方唯一信譽素孚的大善紳，人人都欽仰，繼公子便想出一著。他的意思，是要委婉設法，介紹翔翁去見他繼父，下一番佈置，費一番說辭，必能得到信任，將這一百萬指作善捐的遺產，一手弄過去。繼公子情願從中只承七十萬，其餘三十萬，仍充善款，交由閣下任意支配用途。三七分帳，公私兩得，想閣下必然贊同。他的繼公子特托我來致意，只要閣下認可，請即刻赴津，與繼公子商訂條件。料想閣下在慈善界的高名盛德，敢斷這三十萬金手到拿來。至於寅公那方面，已是快死的人了，無妻無兒，也無近親，並且他對於閣下的仁風義舉，久已信仰。日來繼公子暗暗託人向他繼父探試，他繼父果然也說，如果于善人在津，我全數捐給他也願意。總之這是恤嗣保產，分金助善的好事。只仲翔翁首肯，便坐得三十萬金。用來發慈善，推廣事業，同時也助了繼公子，使他得享遺產，竭盡繼子之情，真是一舉兩得。」

律師霍雲軒滔滔講說，于仲翔聽了，低頭沉吟，這筆款是有些蹊蹺的，但若得三十萬金，貧民造紙廠的計劃，是可以實施了。便問律師道：

「寓公是誰？繼公子叫什麼？與執事有何雷幾個買辦，的確沒聞有姓沈的。更沒有叫沈菊沖的。怕是您聽錯了吧？」

　　仲翔聽了，頓時迷惑起來。過了半點鐘，公府專差將電報送來。又過了半點多鐘，交通部楊次長代詢的覆電也轉到，內只說：「遍詢沈菊沖未在押，靜叩。」十個字。仲翔越發糊塗了，眼看這兩封代查的滬電，心中暗想：「我直接收到的，和托友代查的，三起五封電報，怎麼有兩樣情形呢？我直接收到的滬電三封，初次聞耗請救，二次詳復催程，公私兩面，都證實了菊沖被捕，案情重大，而間接代查的兩電，同由滬發，卻根本都否認菊沖有案。這到底是怎麼回事呢？又是誰的消息算對呢？」

　　仲翔尋思一回，便取出直接收到的三封滬電，將原封原紙，就電燈細細察看，見得封皮電紙確是真的，也有戳記，發電日期和到京時刻，推算來卻也相符。發電處署著上海電報局，收電人寫著北京打磨廠于仲翔，這也毫無可疑。仲翔反覆看來，猜不透內中情弊，便將五封電報排在一處，再細細的比較。忽然掉頭道：「哦，是了。這直接給我的三電，一定是誰冒名拍出的假電稿。」想自己家居密雲，雖然時常來京，卻無一定寓所。與袁華峰又久未通訊，他怎麼知道，我正當年關，恰巧在京，又怎麼知道我恰巧住在打磨廠？由此看來，這電必非華峰拍發的，並且必有陰謀詭計在內。

　　仲翔口銜煙管，瞑目深思。覺得這猜想很有道理，只是左思右想，想不出冒名拍電的人，究竟是誰？騙他赴滬，到底安的是什麼心？因把僕從叫來，嚴加詢問。又給電報局，打了一個電話，卻也沒有究問明白。那僕從發誓說：「老爺拍往上海的兩封電報確已遵命送到電局，中途並沒偷懶，也沒叫別人看見。」電報局方面，經查問收電處，確曾接到上海來「寄交北京于仲翔」的先後三封電報，已經專差照送，收據亦經蓋章。仲翔到此

也就無法，因道：「好在他騙不動我，我更無心赴滬，去他的吧。」打算著隨後再留心調查，倒是明天上天津的事，若無干礙，不妨去看看。和寓公的嗣子面計一下，那百萬遺產提三成的善捐，果能合法取到，用來完成我心中的計劃，倒算是適應之財。仲翔盤算一回，熄燈就寢。

次日早晨，律師霍雲軒坐汽車到來。這時距特別快車開行的時刻已近，主客兩人略談幾句話，仲翔預備完畢，便坐著霍律師的汽車，一同赴站。律師伴行的僕人，早在那裡候買車票。兩人便一直登車，占據頭等車一個房間。腳伕將律師的四五件行囊，搬來放好，討賞自去。霍律師打開手提包，取出一匣雲茄煙，三兩包糖果；又買了三四份報，一壺茶，請仲翔享用。少時鐘鳴車開，律師吩咐從僕，掩門出來，不叫不必來。

兩人才談起事情來。仲翔又細細叩問寓公父子間的情形，斟酌進行三十萬善捐的辦法。

約過了三點多鐘，車快到天津新站，霍律師另取出兩支雲茄，自吸一支，遞給仲翔一支道：「翔翁嘗嘗，這是十七元五角一匣的埃及煙。」劃著自來火，讓仲翔吸著。自己仰靠車座，徐徐噴吐著，眼望仲翔道：「味道怎麼樣？」仲翔點頭說好，連吸數口，覺到另有一種風味。約莫過了兩三分鐘，仲翔深吸了一口氣，忽然迷糊，斜倚車座，昏昏的瞌睡起來。對面霍律師叫道：「翔翁睏了麼？」

仲翔閉目搖頭，鼻發微鼾，恍惚做了一夢。見那寓公昏在床上，手裡拿著十幾封電報。那繼公子面對自己微笑，遞過幾張支票。他照樣伴同律師出來，要上汽車。猛然大雨傾盆，把自己渾身淋濕，臉上直滴水點。于仲翔心中著急，忙要躲避。

忽覺撲的一聲，那汽車直闖過來，將雨水濺起，直濺了自己一臉。仲翔大怒，卻兀的眼澀難睜，要舉手揉眼，手腕偏抬不起來。

　　正自惶惑，耳畔忽聽吵嚷，似有人喝道：「別裝死，快給我滾起來吧！」跟著肩頭被什麼東西猛擊一下，痛不可禁。仲翔哎喲一聲，努力睜兩眼，只見前面站著一人，手托水盅，正口含涼水，要劈面噴來。仲翔使勁掙出一句說道：「別噴！」耳後又聽人叱罵道：「這傢伙還裝死哩。」

　　仲翔心裡迷迷糊糊，側身肘地，好容易坐起來。才覺左右兩臂，已被人用白繩紮上，自己正在磚地上坐著，身上只覺寒噤。愣愣的環顧四面，早景物皆非，全不像頭等車室。這是陰暗暗的一間空房，只有幾條長凳，小門小戶，擋著百葉窗。空氣陰沉，彷彿像個拘犯所，又似架財神的票房。四周還圍著十幾個人，只三兩個穿便衣的，其餘全穿著灰色和黑色短裝，手裡都攜著武器，正像軍警。在裡邊凳上，還放著四五隻行囊皮包，全已打開。三四個短裝人，一個便衣人，正在那裡逐件翻檢。

　　仲翔醒來多時，心中有些明白，竟不知此刻自己置身何地。忙尋那位同行的霍雲軒律師，卻早不見影了。仲翔心頭跳動，暗道：「糟了。」站起身來，要想門外探看。那身旁一人像個軍官，見狀斷喝一聲，一張手抓住，就勢用力一推，把仲翔直推到長凳上，喝罵道：「奶奶的，你哪裡跑，槍斃了你舅子的就是了！你們檢出什麼來了？」圍著行囊搜檢的三四個人，忙直腰來回道：「給副官回，這不錯，大概就是他。」仲翔這才知道不是綁票，竟像是辦案，又像是檢查。

第七章
窮林失路孤雁觸機關
探阱救人聯騎試身手

　　于仲翔方待聲訴，忽聽門外嘩啦啦的響，走進一個灰色短裝人，對那領袖說：「回副官，警廳王長勝王老爺來拜。」那領袖立刻脖頸漲得粗紅，拍著長凳高聲說：「去他奶奶的吧。你告訴他，我們老爺擋駕，這差使立刻要趕津浦特別快車。解到濟南去，忙得很。督辦有話，不許耽擱！怎麼他要公事，要他娘的什麼公事？你告訴他沒有。他一定要交代，叫他們頭兒打電報上督辦公署去，咱們管不著。咱們就知道奉令辦案，辦了案，就解走。」

　　仲翔至此，又聽出原是緝犯。不知自己以何等罪名，遠隔千里，得罪了那位殺人不眨眼的常督辦，要解到濟南去。偷眼看著，容他們把當地官廳拒絕出去，便對那位領袖屈副官婉言道：「你們諸位多辛苦了，我有幾句話請教。剛才檢查的那些行李，不是我的，是一位同車赴津的律師的。這怕有別情。我和常督辦素無來往，我是密雲縣人，我叫于仲翔，原任鎮守使，現充將軍府將軍，諸位想必也有個耳聞。」

　　那屈副官一臉不耐煩，聽到于仲翔三字，面色忽然鬆緩下來。笑嘻嘻的說：「你是于善人于仲翔？」仲翔暗地驚喜，稍覺放心，忙答道：「正是，我正是于仲翔。」屈副官含笑問道；「哦，哦，你可是跟一位何藝先何律師，搭伴上天津去麼？」仲翔道：「不錯不錯，是霍雲軒律師。」說著卻有些驚異，他怎會知道呢？便接道：「可是半路上，他給我一支煙吸，我就

昏迷過去了。因此我猜疑……」

那位屈副官越發高興，笑道：「好了好了，不用說了。來呀，趙諜報員。」只聽門外應了一聲，進來一個黃瘦的灰色短裝人，站在面前，行了個軍禮。屈副官開言笑道：「果然一點也不差。」手指仲翔笑道：「他果然說他是于將軍。」又掏出手錶，看了看道：「是時候了，走罷。」趙諜報員喊了一聲，門外走進八九個人，七手八腳，將行李皮包搭出去，次後張過手來給仲翔上綁，並且要罩面塞嘴，仲翔慌忙站起來，叫道：「慢來，我還有話。屈副官，我們都是軍界人，請你稍留體面。我實是于仲翔，這裡軍政界要人，多有我的朋友。請你准許我通個電話，他們準能做保。」屈副官笑道：「善人老爺包涵一點吧。」

仲翔焦急萬分，忙又說道：「到底我為什麼案情，勞動諸位？」屈副官鞠躬道：「將軍大人為什麼案情，就為你是將軍大人。咱們有話到濟南說去，你多屈尊吧。」扭頭發令，手下幾個兵，立刻將仲翔頭臉蒙上。只聽說一聲走，推推搡搡，恍惚出了屋門。到外面，人聲嘈雜，一陣皮靴刀練聲，旋被推上車，輪動身顛，走了不遠，又被推下來，又被架上去。仲翔隱約覺出身已在火車上，少時汽笛放響，車輪晃動，漸漸離站。

一個人走到面前道：「夥計，我給你摘下來吧。」蒙頭布應手撤下來，仲翔吐一口氣，張目四顧，果然是在鐵棚車中，不用問，這定是津浦車了。于仲翔便是這樣誤中圈套，被解到濟南去的。

這時節，直魯正有聯結，互派著代表，分駐在天津、濟南。這山東督辦第二十七房姨太太，恰於半月前囊括金珠，與她姘識的男伶何藝先，席捲金珠，攜手不翼而飛。那督辦裝在鼓裡，不知被何人誘拐，只猜疑她必逃回天津娘家。便拍一封密報，拍到駐津辦事處，嚴令牛處長，代緝逃妾，以憑歸案團圓。但大海撈魚，無非是拖泥帶水，未得跡萍。誰知兩日

前，忽接到一封告密函，指稱著名拆白首領倪四鐵頭，窩藏逃妾男伶，現在他們要來津銷贓，倪四冒充善紳于仲翔將軍，男伶冒充霍雲軒律師，定明後日偕乘特別快車來津，函中附著兩人照片，詳註年貫口音。告密人自稱是同黨，因分贓不勻，忿而告密，說來好像近情近理。當天晚上，趙諜報員又從一家旅館裡，采探著一些消息，正與上事有關。兩面印證起來，越覺八九不離十。牛處長便認做奇功一件，立刻打電報到濟南，派遣兵弁出發。果在今午火車進站時，從頭等車上，搜得于仲翔，斜坐在車廂昏睡。看相貌與照片正相符合，以為這人一定是冒牌的善紳，拆白黨倪四了。結果弄真成假。再急找那何藝先，卻已不見，只丟下四五件行囊皮包。由屈副官督眾動手，連人帶物，一齊搭到察督處。

經加訊問，于仲翔已中雪茄煙的麻藥，只是錯沉不語。屈副官疑心他是裝著玩，用冷水噴臉，連踢帶打，才將仲翔驚醒。等到訊問起來，仲翔越自認是于仲翔，他們越猜是冒充。

又搜行李，雖不曾尋著金珠財物，卻發現一把手槍，許多文件，件件坐實了冒充善紳，誘拐督辦逃妾的案情，這一來更以為是真贓實犯。結果就由屈副官，搭順路車，一徑解往濟南。

又偏趕上過舊曆年，在魯垣押了好幾天。還虧仲翔素日交遊廣，情面寬，等到開訊，頭一堂便摘弄明白。公事上批了「事出誤會」四字；私談上說了「很對不住」四字，也沒交保，將他釋放出來。

于仲翔一肚皮悶氣，發泄不出，去到督署，看見那告密函件抄本，才曉得是受了暗算。與騙他赴滬的電報，聯想起來，恍然大悟，暗幕中有人一意要誆他離京。但誆自己離京，有何取處呢？由此推想下去，恐必有人要利用機會，假借名義。想到這裡，不勝焦急，連夜搭車趕回北京。他再想不到粉骷髏此番設計，不為誆他離京，乃是阻他遲歸密雲。

　　于仲翔到京後，急赴打磨廠寓所。家中拍發的函電，一封也沒接著；卻有一封異樣的函札，放在案頭。仲翔拆開來看，劈頭見到粉骷髏的標記，仲翔大驚，忽又聽僕從傳報，偵緝隊邵劍平探長來拜，仲翔慌忙延入。正要將自身連日遭遇的事說出來，請教應付趨避之策，邵探長卻先說道：「仲翔兄，這兩日沒遇見什麼特別事故嗎？」仲翔睜眼反詰道：「你怎麼曉得？」

　　邵探長不語，兩目炯炯注視桌上；伸手將那粉骷髏標記的信籤取過來，自語道：「又是粉骷髏幫鬧事！」

　　邵探長對於粉骷髏盜群的陰謀活動，早有所聞，公府三小姐的十二顆葵形鑽鈕，被人用十二顆死人骷髏形的贗品，在宴會席上，抵換了去，二十多天沒有破案。目下邵探長正從事偵查，他手下檢查密碼商電，蛛絲馬跡略得端倪。此次來訪仲翔，乃是要證明密電是不是粉骷髏盜群拍發的。仲翔便將過去情形，連騙他赴滬的假電、誣他為匪的告密書，都和盤托出。

　　邵探長兩下參詳，料定賊謀多半要有事於密雲于仲翔家；便報告長官，要和于仲翔同乘汽車，馳赴密雲縣城。

　　啟程前，于仲翔以熟朋友的資格，向邵探長打聽這粉骷髏賊黨的潛力與內情。據說：這夥賊黨究竟人數有多少，老巢在何處迄難探悉；粉骷髏首領的姓名卻已訪出，是胡魯二字，卻又疑心那是葫蘆二字的諧音。他們作案的地點，京津滬杭武漢，以至山東晉陝等處，都不時發現粉骷髏標記。作案的方法，明劫暗竊，巧騙強訛，很不一定；只是每一作案，便在萬元以上。被害的都是勢利之家，輕易不傷人，卻敢拒捕。近據密報，說他們大批北上，好像往古北口承德朝陽一帶去。究竟他們是泛常作案，還是別有詭謀，這一點很難捉摸。

于仲翔聽了，不禁咋舌。兩人同車來到密雲。果然于宅被搶，邵探長益為先見。當夜仲翔將賊人遺物和投書，都交給邵探長偵查。休息一會兒，次日踏勘各處。到第三日，邵探長部下的副手，搭騾車趕到。邵探長揣度情形，認定賊人護贓未走。便協同當地官廳，在城內外施行搜緝的工作。凡是旅舍娼寮，娛樂場所，雜亂地方，都派人密加盤查。又購眼線，四出踩訪。一座密雲縣城，頓時無形戒嚴，風聲驟緊。

粉骷髏領袖胡魯，年才四旬，人極機警。事發後他在熱河，忽接飛報，據說作案的弟兄雖已得手，卻有兩個負傷，因當場遇著梁蘇庵一個勁敵。又接續報，利物數萬仍在城中，風緊暫難運出。負傷的二哥王彭，和十一弟祁季良，已送至古北口養傷。胡魯遙加測度，發信指示，切囑留下專人，查探梁蘇庵的底細和于善人遭搶後的態度。並說自己事結，還思過路來密，倒要會會梁蘇庵這個人。

那一邊，祥順店旅客任和甫，自兩次目睹粉骷髏標記，心中早已怙悷。到元旦聞變，闔店哄傳粉骷髏賊搶了于善人，他更暗自吃驚。急於初三日，出了加三倍的車價，弄妥一輛破騾車，離開密雲，自慶出了是非地，卻不道反蹈入險途！但凡騾車行，搭上乘客，例由車行或店家，代開包票，擔保一個人財安全，準送到地頭，不誤程期；並且也斷不會遺失財物，訛害僱主的。任和甫在密雲阻雪落店，誤雇了捎腳短盤的車，一到年關，車行歇業過年，非過初六不能上路，任和甫心焦要走，竟又急抓了一輛短盤車。既不在車行，又未開包票，那車伕高二，直眉瞪眼，相貌粗野，他自承趕車外行，這只是趁年下抓把外找。也是和甫沒出過遠門，孤身攜帶著千把塊錢，竟敢放心大膽，搭上他這樣一輛沒來由的車。

從密雲出發的那天，按車行向例，都是搭夥兒在半夜四更動身，傍午進棧打尖，到晚四五點落店投宿。正所謂結伴登程，早行早住。這車伕高

二，卻劈頭來了個生面別開。照尋常走近道的時刻，約莫七點半鐘，他才套車。並還說天才剛亮，早著哩。一路上孤零零，再會不著同行車伴；直走了兩點多，才到站頭。打尖以後，已快三點半。棧房勸和甫：「還有四五十里路。」高二冷笑一聲道：「那還趕不到！」鞭子一搖，踏雪登程。

山風甚大，殘雪翻飛，四望白漫漫無垠，天地一色相接。

當真走不上十幾里路，便走岔了道；因為是新正初四，又錯過行旅時間，半路上幾乎遇不見行人。並且那些慣家，每趕車爬嶺，車後必支一根木棍，下坡時再橫拴在輪前；為的是輪行阻難，不致溜翻滑倒。高二偏就不懂，上山難免倒退，下山一直奔馳，險些摔斷了牲口腿。多虧他力大，把韁攏住，一步步蹲下山來，騾子腿瘸了。直弄到夜十點以後，才算爬上古北口那座山鎮。半夜三更打店，驚動了店中早到的客人。

任和甫非常懊喪，高二又找上來，要借那一半的車價，給騾治腿，給自己打酒。和甫不依，高二更不依，兩人吵嚷起來。店中的堂官燈官，先後進來勸解：「天晚了，別攪了別位睡覺。」又悄道：「隔壁住著兩個病人，人家剛才就問下來了。」

正說著就聽隔壁叫道：「茶房過來。」聲音洪亮，似南方口音，堂官應聲出去。

任和甫無法，只得打開皮包，拿出兩塊錢，擲給高二才罷。和甫越想越氣，高二的神氣，實在凶橫。因想起車船店腳牙，果然難對付。舊小說上常描寫行旅中圖財害命的故事，自己現在獨行曠野，未免擔心，夜宿賊店，尤其可怕。和甫閉著眼亂想一陣，隱約聽見隔壁有三五個人，繼續談話，聲音乍低乍高。忽然「啪」的一聲，一人提高喉嚨說：「告訴你行路最難，自小沒出過裡門，竟敢孤身遠行，攜帶巨款，又不搭伴，要多危險有多危險，你要想想。」一人笑接道：「取瑟而歌之，書痴未必懂得，五哥還

是你辛苦一趟吧。」又一人道：「同去也好，反正是順路，只是二哥你怎麼樣呢？」聽另一人答道：「我們倆也能吃也能動，怕甚麼？就是老邵親來，又算怎麼。你看一紮繃帶，不跟好人一樣嗎？」先說話的那人笑說：「看舌頭罷。」跟著一陣嬉笑，不再談了。任和甫耳根清淨，倚枕睡熟。

　　到次早整裝上路，連過了兩道擺渡，兩道山嶺，才得到站打尖。過午復又登程。和甫旅途顛頓，疲悶上來，天氣又寒冷，就用一床棉被蓋著下身，在車中半躺半靠，昏昏睡去。猛然嘭的一聲，車輪震撼。和甫頭觸在車棚，好生疼痛。茫然睜開眼看，天色漸晚，這輛騾車正走上三道梁子；這條山嶺，棧道盤曲崎嶇異常。車伕高二手拉扯手，緊攏車轅，往上趕車，卻是很覺阻難。和甫害怕車翻，忙下來步行。登上嶺巔，只覺山風砭骨，雪氣逼人。遠望暮煙蒼茫，天似穹廬，東一堆白，西一堆黑，不是山巒積雪，就是林落人家。車伕高二費了很大力，把車盤上山。歇了歇，又極力往回扯著韁，往山下盤。高二出了一身大汗，方才把車押下平地，任和甫卻被山風吹得發抖。

　　車走上平陽大道，和甫上了車。旋又走上一個險阻地段，高二一面搖鞭，一面四顧曠野，澀聲發話道：「老客，你害怕？」和甫道：「怕什麼？」高二道：「你老不知道，就是這裡，上半月出了一回路劫。搶了五輛車，還打死兩個客人。因為這客人身上有手槍，大概他要開槍打賊，反倒教賊打死了。」和甫聽了，毛髮聳然，一樁心事又兜上心來。自己孤身一人，新春出來，萬一真遇上搶匪，又假如這車伕竟是匪人眼線，這便如何了得！看那高二，東張西望，把車扯得忽東忽西，任和甫越發害怕，潛存戒心。正走著，前面愈加荒涼，前面有一道土坡，坡上有幾間破廟。坡下分出三岔，一道投西北，一道投正北，一道投東，蹄痕轍跡縱橫。高二忽然跳下車來，細尋車轍，口中罵道：「這該怎麼走才對呢？」原來他迷路了。

選了一條道，往前緊趕。任和甫看手錶，已近七點半，越走越不見人家
了。高二罵罵咧咧，一定是迷了路，他還不認帳。和甫道：「車把式，你
別瞎闖了，快找個人問問路罷。」高二氣哼哼道：「這哪裡有人？」亂趕一
陣，天色愈黑，忽見東北叢林中，火光明滅。高二道：「好了，前邊許是
鎮甸。」和甫道：「可以投過去麼？」高二道：「只要有人家，總可以問道。」
狠狠一鞭，驟車巡奔東北，漸到林間。這是幾座墳園，與荒林銜接，中間
數條狹路，曲折迴旋；偏東有一座很大的墳園，好似建著家祠，和看墳人
住房，火光便由此透漏，此外彷彿別無人家。高二將驟子揮鞭數下，直投
過去。才走數十步，旁邊一道土崗，火光連閃，黑乎乎走出幾個人。突然
間屬聲喝道：「站住。」數盞孔明燈，直射過來。高二撲噔一聲，從車轅栽
下去，爬起身抹頭往回跑，不顧一切，鑽入叢林。

　　任和甫目瞪口呆，也要從車中爬出來，卻已無及。土崗上的人連喝站
住，一夥急跑下來，直到驟車前，攬住牲口，提燈照著車廂，一迭聲叱令
任和甫：「你是幹甚麼的？上哪裡去？同行的還有幾個人？」和甫戰戰兢
兢回答：「上熱河投人謀事，只我一人，沒有夥伴。」又問：「你叫甚麼名
字？」和甫如實說了。偷眼看對方這六個人，個個是彪形壯漢。四個人穿
藍色軍裝，類似民團，手中拿著木棒花槍短刀，也有一把手槍。

　　為首那人像是個小頭目，手拿馬棒，屬聲又問：「車裡頭帶的甚麼？」
和甫道：「沒帶甚麼，只有鋪蓋行李。」另一人道：「帶著槍火私貨沒有？」
答道：「沒有。」頭目道：「這得細搜搜。」便叫一人，提著孔明燈，爬進車
廂，將行李翻檢了一遍。

　　和甫惴惴，正耽心那九百多塊錢。只聽那人說：「頭，這裡有好幾百
塊錢。還有幾封信。」那頭目接信一看，又打開錢包，忽勃然斥道：「你
說上熱河找事，帶這些錢幹甚麼？」又一人說道：「頭。還有一個趕車的

哩。」和甫道：「他不知是甚麼事，想是害怕跑了。諸位老爺，我實是過路行人，放了我吧。」幾個人哄然發話道：「好俏皮話。」那頭目便一吹口笛，林那邊，土崗後，狹路中，陸續鑽出十來個人；墳園棚門開處，也走出兩個人。頭兒和這兩人商量幾句話，便大聲傳令道：「喂，夥計們。你們快趕車。」眾人哄然答應。頭目便叫兩個人挾著任和甫，一個人持鞭趕車，一齊躲進墳園。那一來，任和甫誤走歧路，險些送掉性命！

那車伕高二，倒運是由於他，僥倖卻是他。初聽黑影中有人阻喝，他就心想了不得，準是那話兒來了。拋下車騾，更不管乘客死活，自己奔走狂逃。周圍荒林叢莽，他一頭鑽進去，不顧荊棘刺人，匍匐到深邃處躲藏。一時膽裂心搖，兩隻手堵著嘴噴氣。從林隙窺見火光人聲，分向各處搜尋。幸虧都奔大道小路走去，沒瞧見自己反在近處，喘息著稍覺安心。明知此處不是善地，該趕緊脫離。挨過一會兒，卻喜天過二更，月暗星黑，草木叢雜，便側耳聽動靜，仗著膽慢慢蹭出去。離開樹林，蹲身四顧，昏黑無人。急急站起來，彎著腰往南投荒跑去。一口氣來到高坡附近，驚悸過度，疲乏不堪，喘息不住，便伏在路旁破廟內，睜眼四望。這地方正是三岔道口，回望東北面險地，已不見火光。

高二長嘆一聲，心說：「這可傾家敗產了，我那車我那騾子全完了！」得命思財，正自搗鬼；卻聽正北面馬蹄奔馳過來。

高二心膽已落，待要再跑，只覺兩腿僵直；急爬出破廟，伏在路旁土坑內，不敢響動。轉瞬間，那邊奔馬撲到坡前，是兩匹黑馬，騎著的是兩人。身臨切近，白光一閃，起鐙離鞍，一高一矮才下馬，便捻著手電燈，在路口來回尋覓。身高的那人說：「唔，岔到哪裡去了？」身矮的說：「你來看。」兩個人湊在一處，就電光低頭細細照看地面，忽同聲說道：「毫無可疑，唯投東北去了。」齊將手電燈，向四周探照了一轉，才待扳鞍上

馬，身高的那人忽一眼瞥見，忙道：「這裡面有人。」一語未了，兩道白光不期掃射到坑邊。

高二哼了一聲，爬起來撲噔又復坐下。電光籠罩裡，分明看見兩支手槍，直指胸膛，高二半晌只叫出「饒命」二字。那兩個騎士，置若罔聞；將高二捉小雞似的拖出土坑。喝命高舉雙手，抬起頭來，將電燈照著面目。高二道：「老爺饒命，那套車騾送給老爺們使，我不要了。家裡有老娘，全指著我。」

騎士哧然失笑，拍高二肩頭道：「我們不是路劫，別害怕，你不是載那姓任客人的車伕麼？你那車呢。客人呢？」遂即善言盤問高二，何以至此。

高二驚魂乍定，身子搖搖的只想坐倒，哭聲道：「任客人這光景早教他們綁去了，就在那邊，我的騾子車子都完了。」

二騎士相顧變色道：「這人不能不救。」兩人耳對耳商量著，便叫高二：「我告訴你，我們正是辦案的，你願意將車騾找回麼？」高二兩眼放光，忙說：「敢情那麼好。」爬在地下便磕頭道：「老爺行好吧。」兩騎士齊動手，身高的手捻電燈，身矮的抽出紙本，用鉛筆忽忽寫了一些話。撕下這一頁，用絲巾包好，即囑高二道：「我們是辦案的偵探，前站有我們的人。……你認字麼？」高二道：「不認得字。」騎士道：「這好極了，我告訴你，你給我送一趟信，管保給你把車騾弄回來。」

高二又磕了幾個頭，喃喃拜謝。騎士斥道：「別打岔，你拿我這個手巾包，立刻回前站，到德發店十二號，找姓溫的客人，要親手交給他本人，他自能照信行事，派兵捉賊。」又道：「你走不快，就騎我的馬去，你會騎馬麼？你明白麼？你辦得了麼？」高二想一想道：「我行。老爺說的甚麼話？好找麼？」

騎士道：「就是你們前站住的那座店，十二號溫老爺，就住在你們隔壁。」身高的騎士，隨將所穿的黑大氅脫下，手中馬鞭也給高二，立刻催他披上大氅，將信包好揣好。臨行又囑道：「現在九點二十七分，限你十點半以前趕到德發店，可別誤了。誤了賊要跑掉，不但你那車騾完了，我還要重辦你。」高二歡喜答應。二騎士催高二扳鞍上馬，向北馳去。又追著喊道：「還要快，你只管打馬，越快越好。」目送高二去遠，二騎士合跨一馬，猛鞭數下，直奔東北馳去。

這兩人便是粉骷髏青衫黨的二健將。矮身量的是五豪秦錚，他始終暗跟任和甫的；高身量的那一個，是十豪金岱。他們劫了于善人家，先來到古北口，要從古北口，轉赴熱河，半路中才又跟上任和甫，和甫卻不知道。當時下，兩個粉骷髏俠盜一馬雙跨，不一刻來到林邊。將馬拴在林中，脫去大氅扎束停當。未入虎穴，先探虎跡，兩個人爬上一棵大樹，攏一攏眼光，四面張望，叢林全景一覽無餘。那成行的樹木，忽高忽低，時疏時密，由此看來當有幾條截林的小道，縱橫於行列間。林中還有幾座大墳園，圈著長牆，裡面時透火光，隱有人聲。兩人側耳傾聽，但聞樹搖風嘯，半晌聽不出動靜；卻只在相距不遠的路口上，見有幾條黑影出沒，那光景不似林村的住戶。

兩人下來，悄悄商量。因虛實難料，便不走正路，只穿林拂莽，向各處探進。夜影中，忽見白茫茫一條大道，向東西展開，切斷數條小路。當前擺著一座絕大墳園，把口處恍惚有幾個短衣持械，黑影中看不仔細，推測似是哨兵一類的人。五豪秦錚揣不透這是匪窟，是盜阱，還是防營；因隱身樹後，窺看這燈光閃爍的墳園形勢。一帶長牆，松林古墳，另建起一座兩進四合的院舍，像是塋地附建祠堂；也有左右廊廡，也有上墳人住所，和看墳人住房，想必是貴族的祖塋，年久失修了。

五豪秦錚，十豪金岱，覺得自己勢孤；又不知任和甫準落在何處，便不現身直闖，繞林徑奔墳園院內。火光照耀，空院中殘雪無蹤，早已掃淨。當地上停放著幾輛大車，兩輛轎車，另外一堆鐵鍬木棍繩索，卻不見有牲口，也不見車伕。也不知正祠中有多少人，更不知他們夜近三更，在這荒郊古墓，明燈輝煌的照著，將要幹甚麼事。

五豪秦錚悄對十豪金岱說：「老弟你是夜眼，那兩輛轎車，可有一輛是任和甫的車麼？」金岱搖頭，不敢斷定，卻只說：「這情形很尷尬，非盜即匪，絕不像駐防軍，也不似民團鄉勇，哥哥你不見這裡，還有七八個穿便衣的人，拿著武器把門哩。」

五豪忙投目下望，墳園柵門當真交掩著，門後有八九條黑影，逡巡往來；只是距火光較遠，看不清手中拿的是甚麼兵器。隨問十豪道：「老弟，他們手中拿的可是槍火麼？」十豪金岱仔細端詳道：「好像不是，看槍頭枝枝長過頭頂，必是花槍棍棒。」五豪道：「那一定是盜匪一流了。」金岱點頭。

卻不料他這一點頭，卻猜錯了。祠堂中差不多有三十人，雖然個個武裝，卻不是劫盜，也不是胡匪，當然更不是正規軍隊，乃是潛伏在北口數百里，占絕大勢力的一支幫會。說起來，不禁令人嘆息軍閥的毒害。這一支幫會，實是應運而興的，由聯莊會，和各大地主護院武師，合組而成，專為對付那騷亂地方的馬賊、綁匪、潰兵、遊軍才辦的。那時節，有許多沒來由的軍隊，打著各色旗號，不時來煩惱街坊，商會地主不得安生。到後來當地數度公議，不惜重資，擴大組織，編成這麼一支黑槍會。他們會中最重要的一條規則，專來保衛鄉里，維持治安。在平時也剿捕小股匪盜；遇見內戰發生，他們便替當局和鄉民做中間人，酌量籌糧秝派伕役，免得恣意的抓夫抓軍。等到戰後，有時替他們收拾殘局。

會首是著名的大地主，為人熱心公益。副會首卻是當地有名的「要人物」，姓唐名貫之，叫俗了，又稱他為糖罐子。他本是清季不第秀才，雖不甚精武術，卻身高力猛，能平地一躍上房，曾一拳打倒加門的一扇門，抬腳踢死過一條大黑驢。雖不名聞全境，卻也威鎮村坊。那黑槍會擴大組織後，倒也替地方造福不淺，做到「守望相助」四字。許多零碎軍閥，竟不敢任意橫徵暴斂，過刮地皮，官民相安多時。那大地主，當了幾年會首，賠了若干傢俬，後來得病身死。那會首一缺，應另行推舉，竟成了各方爭競的目標。嗣後鄉間一派得勝，城裡一派失勢，糖罐子一心要扶正，未得如願。地方公議，另聘一位極工拳術的武師，名叫鄧劍秋的做正會首。糖罐子一怒決裂，自率黨羽，另立藍槍會，將會中出錢的人，帶走小半。

　　那黑藍兩會，便不時衝突，發生械鬥。有許多公正士紳，為地方公益著想，出來疏通和解。說是像這樣鬧法，將來兩敗俱傷，必為地方害；甚至我們地方上的敗類，將乘隙而入。

　　無奈地方上人皆不善團體生活，皆不顧公益，兩方依然相持，並且暗幕中還有人挑撥。皆不計犧牲一切，以求戰勝對方，便這方勾結軍權，那方聯絡政界，全忘了立會的本意，自相殘殺起來。

　　當其時，早有人側目以伺其隙，乘這機會，報告了大軍閥，大軍閥一紙令下，繳械查禁，通緝禍首，黑槍藍槍果然同歸於盡。表面總算是解散了，在暗中他們都有眼，先期避匿，械藏人躲，留作後圖。等到那一位大軍閥，砰然一聲，壽終正寢。別一位大軍閥，拍出就職通電，藍槍黑槍一齊運動恢復。

　　按理說，雙雄不併立，當局如果照準，便當責令合併，以杜糾紛，再不然乾脆批駁。誰知當局，彷彿要坐觀虎鬥，以收漁人之利，而獲牽制之

功。在公文上，批的是組織不盡合法。在未改善前，應飭暫緩恢復。卻又暗地授意雙方，不妨自行試辦，等有了成績，再頒明文。換句話說，誰有神通辦得圓，便准誰明幹。黑槍藍槍果然各顯神通，爭求獨占。唐鄧二人記念前仇，更明中暗中，劍拔弩張，鉤心鬥角的亂起來。兩年間，就發生好幾次小械鬥，幸未出人命。

這一年合當有事，熱河附近，亂石寨和北梁莊，發生兩大姓間的鬥毆。富紳諸石夷與大地主孫家立，為爭一個民女，結下海樣深仇，打群架已經兩次。諸石夷正充當該處區長，不免借官勢欺壓孫姓。孫家立一怒，拚出數萬家資，將諸石夷的區長生生買掉；雖沒辦到撤職，卻調往別處。這還不算，所遺區長一職，孫家立竟然設法轉弄到自己手內，可說是錢能通神。

但是那一面上，諸石夷又驚又忿，如何甘心！經過半年的謀劃，諸石夷忽率黨羽八十餘人，下鄉剿匪，將孫家立全家四十餘口，乘夜悉數槍殺。事涉曖昧，斷不定他是誣仇為盜，還是扮盜殲仇；但中間確是由藍槍會的打手，幫了一個大忙。這一夜的屠殺，孫家雞犬不留，連傭工借寓的，也都在劫難逃。只有孫家一個兒婦，先期在娘家，算保得殘生。另外一個十五六歲的學生，在塾讀書，頭一天不知為了甚麼緣故，整日沒有回家。諸石夷帶數十個黨羽，分頭搜殺；多虧學生的教師，預知孫、諸結怨甚深，聞風將學生隱藏塾中，詐稱學生請假，往姥姥家祝壽去了；說你們找他，等過一兩天再來。這樣的設詞搭救了他一條小命，保全得孫氏一塊肉，多虧塾師出此一策。

那諸石夷將孫姓一百多萬傢俬，一把沒收；拿出幾分之幾，分給同黨走狗，其餘公然統歸自家享受。山窪中消息壅塞，有的說孫家遭了劫，有的說抄了家，除了受害遺族，事後訪明實情，其他一般民人多不知真相，

也不敢打聽真相。可憐孫姓那一寡婦，一弱子，匿跡避禍且不暇，一想到「滅口」二字，哪有膽訴冤。而且物證銷毀，人證沒人敢出頭，親戚袖手，資力皆空。誰不曉得諸石夷赫赫炙手，連大地主尚慘遭滅門，誰敢再捋虎鬚！

但這中間，突出來一個仗義漢子，這便是那位塾師，五十多歲老頭兒，姓李名靜軒。這李靜軒貪杯嗜飲，為人卻有膽量。將學生送到學生丈人家，代出主意，繕狀控告。諸石夷狂妄大膽，公然不逃避，一面捐產行賄，一面遣人恫嚇原告。錢能通神，這樣血案，事隔兩年，諸石夷竟未到案。這消息又被黑槍會探得，便暗中幫助孫氏遺族；孫家的寡婦弱子，和那塾師才得在承德安居，投訴催案。但涉訟累年，諸石夷依然逍遙法外。粉骷髏黨首領胡魯，此次北上赴熱，也就是附帶要調查這件不平事。

當時黑槍會，聲言援助唧冤孱弱後，相隔不多日，熱河當局接到天津一封電報。內有天理人情國法，名利兼收之語。到次日，當局便不避干涉司法之嫌，下令嚴拿諸石夷，歸案法辦。不到十幾日，諸石夷押在熱河城裡了。這個消息，又為藍槍會所注意，當然認為與己不利。糖罐子疑心這是黑槍會從中作祟。偏趕上諸石夷被捕前後，黑槍會首鄧劍秋恰當其時，由熱河至北京，來去匆匆，走了一轉。外間不曉得他幹甚麼去的，不免有所傳說，蛛絲馬跡，越疑心事出有因。

糖罐子一口悶氣不出，只想與鄧劍秋拚個你死我活，自此接連出事。第一次隙端，有黑槍會私購駁殼槍八十桿，由京運熱，糖罐子急率黨羽，喬裝馬賊，半途給邀劫了去。老鄧吃一個啞巴虧，是不能報官追賊的。第二次事故，糖罐子家下，和藍槍會後臺財東的柴廠，忽然同日失火，縱火的明知有人，卻訪無實據。第三次事故，雙方挑開簾明幹起來。在山溝裡，又找碴械鬥。這一場武劇，完結得出人意外，黑藍兩會沒分勝負，兩

家所有的新舊快槍七百多枝，全被官家收去了。彼此互猜，總疑是對方弄的狡猾；卻不知暗幕中，另有人向官方告密。

這仇恨越積越深，緊跟著第四次決鬥，花槍大刀，混戰一夜，死傷相當。老鄧腰膝受傷，糖罐子卻中了鄧劍秋敷毒的標槍，調治月餘才好。自以為失敗不輕，於是又有第五次爭鬥。

藍槍會邀黑槍會定期較射，規定是在百十步短距離內，手槍決鬥。他們事先耗費了數千粒子彈，將槍法熟習得百發百中。到這天，在公正人監視下，喊一聲一二三，砰然兩響，糖罐子打一個冷戰，救護人便一齊過來。糖罐子務求命中，他暗想頭部地位較小難取，胸寬易擊。便認準目標，一扳機，火光四射，果然正打中對方心窩。但見老鄧晃一晃，安然無恙。自己卻左臂痛入骨髓，氣得他昏絕於地。這分明上了當，敵人身上，不曉得暗帶甚麼避彈的東西了，可惜當時竟沒想到這一著。

棋走一步錯，他當然更不甘心，最後才設了個變形的擂臺，暗邀黑槍會前來比武。「來者是君子，不來是小人。」君子小人能值幾文錢？只是一口氣難輸。鄧劍秋也不是那懦弱的人，他又有一身的功夫，正想露一手，壓倒敵人，便正中下懷。慨然踐諾。擇在這曠郊墳園內，比較拳術，各請能人幫擂。一場肉搏苦鬥，不幸藍槍會在初幾場又告失敗。糖罐子急挽救，說是：「咱們過過傢伙罷。」一抄起兵器，由一拳一腳，一變而為一刀一槍。本是泄憤，雙方抱定出了氣，死也甘心的主見，打得血肉橫飛，一連又是幾天。他們為防官人干涉，自然比賽都在夜間；兵器既打出手，自然要傷人命。比較爭鬥劇烈的那兩天，傷了八九條人命，他們私下掩埋。次日夜間，還是照樣比武。

忽然有過路軍人一小隊，約有三四十人，巡查過來。因不知內情，沒嘗過鄉幫械鬥的厲害，便貿然干涉，他想圖點什麼。哪曉得糖罐子擺下密

計，要等殺不過時，對黑槍會施展出來。目下這小小軍官，要禁止他們，還要逮捕他們，莫說糖罐子怫然不樂，認為破壞了他的大局，就是那黑槍會首，自恃暗中有所準備，正要等著將敵人鬥得窮迫時，看他還使甚麼花招，現在眼看這個下級軍官，叱叱吒吒的神氣，也引起反感。

這三方面因態度誤會，而言語衝突。始而官兵瞄槍鎮嚇，繼而槍走火，終則為走火而激怒。只聽得一陣喝罵聲，從墳園中拉出槍火來，噼啪亂響一陣。可憐這小隊兵，才四十人；黑槍藍槍兩會徒眾，在場的和埋伏的，合起來不下二百數十人。

這一場血戰，隊兵雖然械利彈猛，吃虧眾寡太懸殊，況又在黑夜深林中，會眾被槍火轟擊，當場傷亡二十餘名，卻只是包圍戀戰不退。直耗到隊兵子彈打盡，會眾便一湧上前，刀砍槍挑，手槍瞄射，一下子將隊兵打死九個，打傷十七個，其餘俱已繳械遭擒。一群粗壯漢，氣焰方張，拿繩子槓子抬起來，打算將這捉住的二十多個隊兵，不管有傷沒傷，掃數活埋，免得放回去，引起後患。打著火把，火光熾亮，由祠堂照出來，到了土崗後，黃土坑中，七手八腳，刨坑抬人。

就在這時，任和甫迷路撲燈光，驅車趕到，假使車伕不嚇跑，和甫答對得好，或能保住活命。偏又被會黨搜出那幾百元錢，和投托熱河軍政界的幾封信，引起會黨的猜疑。大凡強梁的人，只要聚眾傷過人命，心便殘忍暴烈；並且群眾集在一處，感情更容易興奮。內中有一個人說：「也把他活埋了罷。哪有閒工夫安置他，放又放不得！」

這時候，任和甫倒剪雙臂，站在黑槍會首鄧劍秋，藍槍會首糖罐子面前，哀哀求免。糖罐子想了想，這事情鬧大了，便含笑對和甫說：「為大局起見，你就犧牲一點吧，我也沒法。」

扭頭招呼，過來八九個，伸手要將和甫架起來，和甫驚悸亡魂，失聲

狂叫救命。黑槍會首鄧劍秋低頭無語，暗想這一番聚毆械鬥，殺官拒捕，發覺出來，大大有點擔受不了。這一個屈死鬼，偏偏的趕上，就算他並非官面，既闖入重地，已勢成騎虎；就這樣輕輕放了他，怎能保住不泄露。現在眼看糖罐子，要殺他滅口，有心攔阻，卻又想不出甚麼妥當辦法，使得事出兩全，一方可救一命，一方可保大局。就在這一沉吟的時光，任和甫撲噔倒在地上叫喊，聲音已然岔變。糖罐子大惱，喝命：「快搭出去。」

　　忽一陣冷風捲進來，從祠堂後窗，黑影一掠，燕子抄水，跳進一個人。又一個虎跳，躍至門口，用手虛一攔道：「且慢。」遂雙手叉腰，當門一站，聲若洪鐘，朗朗說道：「我聽候多時了。這兩位想必是首領，在場眾位想必都是草野間的豪傑，沒有看不開事理的。你們捉住的這人，不過是一口孤雁迷羊，閉眼都可以猜出的，何苦殺害他？看在我面上，饒了他吧。」說罷，一側身扭頭，臉對眾人一轉，目光炯炯，英氣逼人。正是：「巧設連環計請君入甕，陰相慷慨士與子同行。」來的人恰是粉骷髏一俠。

第八章
突圍比武一士戰車輪
破窗增援雙豪捉糖罐

　　祠堂中東面坐著的，共十七個人，全是黑槍會有頭臉的武師會友，以鄧劍秋為首。西面坐著的，糖罐子居中，共二十一個人。多是藍槍會有才能會武術的打手和特邀來的四位證見人，也都是會家。背後還侍立著一些人；他們是正聚在一處，商量善後辦法。忽見這不速之客穿窗而入，疾如飛鳥；挺身當前，要作說客，不覺得俱都一怔。有多半人，哄然站起來，眼光不約而同，齊往窗格門口看。鄧劍秋手按鐵鞭，糖罐子左手按刀把，右手探衣襟，摸住手槍，目注來客，上下端詳一遍。

　　但見來人細高挑，蜂腰猿臂，面色黧黑，高顴隆準，眉濃睛圓，口角下垂，眼光四射。如利劍，如火炬，顧盼驚人。看年齡，約二十六七，不到三十歲；卻已額橫皺紋，滿臉風塵。穿一身黑粗布短襖緊褲，腳登軟鞋，頭罩一條毛巾，遮住紫貂帽，打扮不倫不類。

　　打手中一人搶過來，一抓來客的肩頭，斥道：「你是幹什麼的？」那樣子要拿人。只見這不速之客，往邊撤身，揚手一揮，就趁勢將打手的手腕擒住。只一帶，搶過來，又一送，那打手踉蹌倒退，險些栽倒，直閃出三四步去。眾人哄然喝問：「你是甚麼人，敢來逞強？」

　　來客含笑道：「對不住，請你們先別動手，我還有話。」轉面對鄧、唐二人說：「在下的來路，不值一問；但有一句話，請諸位推心相信，我絕

不是官面的眼線。我也是個過路人。」糖罐子又復坐下道：「那麼，你的來意如何呢？」說著與眾人和鄧劍秋等，目中打個照會。鄧劍秋道：「朋友請坐，有話好講。」

來客一看這些人，有的坐在長凳上，有的坐著供桌，有的坐磚堆，又有的坐在石器上面。來客瞧到左首，有四面石鼓，壞了一面，倒了一面，來客眼珠一轉，遂過去對眾人說：「勞駕，借我坐這個。」用兩手一撮，把石鼓撮將起來，托在掌心上。對祠堂後窗瞥了一眼，含笑舉步，走到右邊下首，顛一顛，倏然向空中一擲，脫手數尺，悠地落下來。來客雙手捧住，這才輕輕放下。眼望侍立的打手，含笑道一聲：「有僭。」

昂然坐下，朗然說道：「這位首領，承問我的來意，這是很簡單，實不相瞞。」手指靠牆根坐倒地下的任和甫說道：「我與這位任先生，同行一路。他是個好人，家中老母弱妻，景況可憐。他實想赴熱河，謀求生路，可憐他沒出過門，又是書呆子，以致誤雇劣把車，冒犯諸位的範圍地。這是他無心之過，諸位稍抬手，留他一命，諒他一個書生，絕不敢多嘴多舌，泄露機密。我敢擔保，他與熱河官府，並無干係。再者目今官府顢頇，老百姓誰也不願意無故告密，自找詿誤官司打。諸位，螻蟻尚貪生，上天有好生之德，人有惻隱之心，就放了他吧。我說的句句是實情，諸位看我的薄面，留他一命交給我，我自能送走他，並且教他遠走高飛，永不登進熱河地界。」

糖罐子啞然失笑道：「你說的都是實情？那麼你尊姓高名呢？」來客不悅道：「首領，我的來路不好明說，但不說諸位又不信我。我可以這樣告訴諸位，我不是官面，也不是民人。我是道上同源，是一路暗綴下這位任先生的。因半途看到他行事慈，良心好，這才改暗地踩盤，而為潛行護送。這也是咱們江湖上的常情，諸位揣度一下，還教我全說出麼？我絕不

能當著光棍說肉頭話，放了他吧。」糖罐子笑道：「你說的話不見得太實吧。他姓任這許是真，他要上熱河投官親去，他自己都認了，你還費心替他瞞著？」

來客道：「首領別誤會，我說的是他姓任，叫任和甫，絕不能假了。他對諸位自然說是投親，然而我卻曉得，他本是大家中落，變產求活，他是要上巴溝販私貨。他的行李，諸位想已檢過，他帶著九百塊錢，那就是貨本。你想他但得逃出活命，焉肯經官告密，和諸位作對麼？」鄧劍秋道：「朋友，你是黑道上的，這位也是黑道上的，你們二位可黑得不一樣。」來客笑道：「閣下明鑒，我也不必隱瞞，這位任先生可不是黑道，他只是販黑貨罷了。」

糖罐子道：「你猜我們呢？」來客道：「我是剛趕到，專為搭救這位任和甫先生的，我無意踩訪諸位的事。首領既那麼說，讓我亂猜幾句。我看諸位不是官軍，也不是民團，當然更不是那條路上的，因此咱們不能論彼此，或者諸位是在甚麼幫吧？」言至此，注目東西列坐的人，又道：「大概諸位還不是一起的人，必是各在一幫。但既隔著幫，卻又聚在一起，想必是有甚麼爭執的事，要在這裡當場解決。可是千般話不如一出手，諸位便免不了要考較考較，藉此判定上下。又因為考較，這才傷動了朋友；或者來了打擾的，於是出了人命；這才不願人碰見，所以才想滅口，倒楣的和甫先生偏趕上了。我說的可對麼？但是這滅口要看是對誰。」說著手指任和甫道：「請看這位，可像有膽量敢多事的人麼？他分明是個書呆子，我料他一逃出活命，便跑回家了。就請他做見證，他也怕有沾惹哩。」

糖罐子搖頭笑道：「饒有蘇張之口，難治耳聾。朋友，你倒也猜得不離，譬如你做了案，當場教人撞見，你能鬆手嗎？」

藍槍會一個打手，外號叫大牛的，從旁插話道：「朋友，你既然出頭

117

說情，請留下姓名來歷。」來客道：「這個倒不必說，你只拿我當外路朋友看，我就感激不盡了。」大牛道：「就算你是外路朋友，你們一共幾位？」來客指鼻道：「獨一個，另有一個小小的同夥。此外倒還有一幫朋友，都不在近處。」大家聽了相顧不信。又一個藍槍會的打手，名叫驢皮球的接道：「就算獨一個，朋友，你講情憑著甚麼？」來客道：「憑著江湖上的義氣，憑著眾不暴寡，強不凌弱。」說話聲音不覺提高。

糖罐子嘻嘻笑道：「朋友肚裡還有兩點墨水哩。」來客道：「見笑！」驢皮球勃然跳起來叫道：「哪裡給他說那些廢話，他這不是來講情，他是踩盤打獵來了。簡直和那隻孤雁一鍋煮了吧。」

大牛張著兩隻手接腔道：「他居然匹馬單槍的闖帳，想必有點拿手。咱們還不抄傢伙，瞧瞧他有多大的尿？」又一個打手道：「這個也沒地方放，把他倆一塊埋了罷。」

藍槍會在場的這些打手，將花槍砍刀手槍火槍，紛紛抄起。來客眼望後窗，微微冷笑。糖罐子抄手瞪目，不語也不攔。只聽哧的一聲，鄧劍秋仰面哈哈大笑道：「咱們人多勢眾麼。朋友，你單人匹馬，來得不光棍了，這裡講究打群架，不懂甚麼單打獨鬥。」一句話把糖罐子臊得滿面通紅，急站起來，大喝道：「休要倚眾動粗，還不與我攔下！」說著眼角一抹，手指黑槍會要動手的人，向著鄧劍秋一笑。鄧劍秋對自己的人發話道：「你們還有我嗎？好不要臉，居然玩出群毆單行客的調調來了。」黑槍會打手，諾諾連聲，也放下武器。

糖罐子眉頭一皺，計上心來，遂問道：「劍秋兄，這該怎麼辦？」鄧劍秋拱手道：「您是臺主，小弟是客，靜聽你的吩咐。」糖罐子咬牙暗罵：「好個琉璃蛋，有我也脫不了你。」轉過臉，對來客說，「朋友真有你的，不管放不放，得交交。你請過來，我跟你咬咬耳朵。」來客抿嘴一笑，心想：

「套兒上來了。」他這可誤會了。糖罐子的意思，要蒐羅幫手，要將來客引入己黨。來客不明其意，朗然答道：「首領有話盡請明白賜教，在下無不恭聽。」糖罐子無計可施，想了想又說：「朋友，咱們光棍做事，休要含糊，你總得留下姓名。」來客還是那句話：「首領拿我當黑道看待也使得，姓名是隨便可以捏造。」糖罐子怫然不悅道：「朋友你太小看人了，我們不敢放這隻孤雁，為的是自有苦衷；閣下一死兒拿面子要，叫我們露腳步，您自己可不肯露面目，這說得過去麼？」來客笑道：「這話有理，這麼說吧，目今江湖上，有個粉骷髏黨，諸位也許有個耳聞，在下便是內中的一個，名姓還是不必說，我早忘了。」

鄧劍秋、糖罐子等，俱是一怔。怪不得單人匹馬，旁若無人，原來是他。糖罐子遂開言道：「原來是粉骷髏群豪，久仰久仰。足下因何臨賤地，可否略說一說。我們的事不妨先告訴閣下，我們是一個地方兩個幫，因瞞著官面，在這裡辦點自己內部的事，就像您猜的，要彼此考較考較。」手指鄧劍秋說：「兩幫的會首，就是這位和在下。我們哥倆在這裡聚會，也說不到比賽，無非是以武會友罷。爭個上風又待如何，練著玩玩，逗大夥一笑罷了，但官面上竟找晦氣，來壓迫我們，不許我們交手。我們彼此立有甘結，傷亡無論，他管得著麼？然而他們倚仗勢力，開火打了我們；我們傷了好幾十人。沒法子，只得跟他們擋擋架架，他們也就傷了幾個。我們打算掩埋了就是了，不期這小子闖進來。」手指和甫說：「我們都問清楚了，他說他和熱河官面有交情。朋友，人有放虎心，虎有傷人意。就攔著您，請問怎麼個放法？」

粉骷髏十豪金岱聽罷，點了點頭道：「原來是這事，但是首領若單為防患，可以把他交給我。我敢擔保他即刻閉口回家，絕不逗留。」又道：「您問我因何賤臨貴處，即承開誠見告前情，我也不必祕著。實不相瞞，

我此來完全是為的這位任和甫先生。我們是從年前在天津，就將他綴下來，已路經北京、密雲、古北口，一步未放；並且在前站已下了他的手。但隨後看他傾家變產，來販私貨，陌路上還肯一擲三十餘元，去救助一個被債逼的窮老頭，這才知他是好人。然後還贓暗護，跟蹤到此。如此行動，我黨所為何來？無非念他家貧親老，不忍滅絕了善人。願諸位不必疑慮，把他放過罷。」

糖罐子聽了，眼望鄧劍秋，劍秋無語。又轉望在座打手，打手大牛忙說：「善人，善人！相好的，他是善人，你擔保他，誰擔保你呢？」粉骷髏金岱大聲道：「『粉骷髏』三字可以擔保我。」驢皮球道：「你倒放心？」糖罐子擺手止住，即與鄧劍秋，及幾個打手，挨個耳語。隨有兩個打手，出離祠堂屋，到外邊去了。

糖罐子乃道：「我們二百多條性命哩，不是鬧著玩的；萬不能因一個人，害了大家。就算我區區信得過，還有他們幾位呢。朋友，咱們不必廢話了；我剛才問過大家，他們的意思，闖進來的羊，一個也不能輕放。」金岱道：「這話連我也在數了。」糖罐子默然不答，再伴問道：「那麼諸位的意思可說說呀！」大牛和驢皮球等哄然說：「我們的意思，要請閣下露兩手，再商量放行。」金岱厲聲冷笑道：「好！」立刻站起來，雙掌一拍，似做了一個暗號。

藍槍會黑槍會在座打手，個個擦拳摩掌，躍躍欲動。唐鄧二人閃在一邊笑，心想：善者不來，來者不善，倒看看大名鼎鼎的粉骷髏黨，武術如何。只見粉骷髏客金岱，將腰帶緊一緊，腳上軟底鞋蹬一蹬，回手按一按背後的青布纏包。便雙手拳一抱，站在祠堂中間，忽然發話：「諸位會友，我們過拳腳，還是過兵刃？」一言未了，驢皮球跳上去，黑虎摘心一拳，道：「先領教一手。」金岱微微閃身，道一句：「慢來。」抬左手架一架，右

手金龍探爪式，直對面門發去，驢皮球急回雙手分隔，卻被一把擒住右手脈門，金岱疾撤步一轉，驢皮球還要掙扎，卻身不由己倒撐過來，將後背奉獻給敵人。金岱握住對手右臂，卻往上一端，驢皮球哎喲一聲。金岱右手輕輕一拍驢背，就勢往外一推。驢皮球一頭直衝出去；算是有一個打手手快，就近將他扶住，金岱笑道：「就是打拳，這裡也怕施展不開，二位首領騰騰地方如何？」

驢皮球站在那裡發怔，覺得金岱的招數倒也尋常，就是太快，有點照顧不來。他心中不很服氣，紅著臉對糖罐子說：「頭，咱們上前院去。」糖罐子不答，鄧劍秋卻吩咐眾人，將供桌長凳石鼓等物，俱都挪開，順在牆根。這祠堂五間大殿通開，夠三丈的進深，足夠作比武場。即將刀矛之類，也立在牆根腳下。在場的人一律徒手，靠牆站著，讓出當中三五丈地盤。並在四隅挑起所有的燈籠，又點著十幾個火把，照得祠堂如白晝一樣。

一切佈置就緒，金岱笑道：「地方不壞，又遮風，又避雪，哪位上來？」鄧劍秋忽說：「且慢動手，這還得先推定一位見證。怎麼算輸，怎麼算贏，我們靜聽公證人一句話評斷。不得戀戰不服。」金岱道：「此話真是。」糖罐子道：「還是奉煩劉五爺吧，五爺是慣家。」大家道好，所謂劉五爺閃出來，即在北面一站，臉對祠堂門。

黑槍會選出十數人，站在東邊，藍槍會也選出十人，站在西面。任和甫此時已鬆綁，即由四個人看守著，站在東南隅。

他心驚肉跳，雖沒聽明白這是怎麼一回事，但已猜出這不速之客，是救他來的，只盼這陌路的粉骷髏俠客勝了，好救自己性命。粉骷髏第十豪金岱，站在西南隅祠堂門口廊下，圍著一群人，俱是藍槍會的打手，黑槍會的打手只占少數，大部都在另一座墳園中。金岱收拾俐落，走到當心，

拱手道：「哪位先來賜教？」

驢皮球氣呼呼奔進來道：「咱們還得滾滾，剛才冷不防，是我沒留神。」金岱心中暗笑，站好腳步，叫道：「請。」容敵人探入，突然一拳；驢皮球急閃不迭，哼哧一聲，胸口早挨了一下，倒退了兩步。翻眼看金岱，還是那麼樣斜身站著，兩拳當胸提起，好像沒動。驢皮球改換架式，這回多加小心，捻拳叫道：「來來來，倒了才算……」「輸」字剛到唇邊，騰的一聲，眼前見拳影一晃，一拿沒撈著，軟肋上火辣辣著了一腳。急側身斂避，大腿又挨了一下，身往後斜傾，趕緊收步拿穩。站還未穩，後腰又整個被踢上一腳，撲噔臥倒。驢皮球一滾爬起來，張手抓去。劉五爺叫道：「盧爺退下來吧，再換別位。」說時遲，打時快，驢皮球一隻手剛搗出去，又被擒住。金岱一轉身，抬腿一踩腿彎，驢皮球哎喲一聲，不由跪地。金岱一個箭步躲開，笑道：「盧爺承讓了。」驢皮球爬起來，瞪眼道：「你小子缺德，勝敗這是常事，已分了勝負，你怎麼還踢我？」

鄧劍秋哈哈大笑，糖罐子惡狠狠瞪了一眼，叫道：「盧爺你是怎麼的，還不下去？」驢皮球訕訕離開金岱，溜出祠堂門。

一旁惱惱的大牛，從供桌上，飛身一躍而下。到得場心，側身站定，中護其襠，雙拳交掩，上護其胸，澀聲叫道：「小子，爺們幹幹，我看你有多大尿？」金岱心中大怒，面上卻笑吟吟說：「不到四兩尿，正要請教大量。」兩人抵面支好架子，只聽齊聲叫一句：「請！」噼噼啪啪，打在一起。也只七八個來回，大牛自恃勇力，攻多退少。將左手虛比，右手掌平伸砍去；金岱一閃，伸指去點敵肋。大牛順腕下剁，飛起一腿，向對手面踢去。金岱不躲，一斜腰，趁大牛腿落未收，也飛起一腿，噔的一下，踢著對方腳腕子，就勢往上一兜。大牛忍痛借力，一個倒斤鬥翻過去。雙腳剛剛落地，金岱一跟步，唰的一個掃堂腿，照下三路扣過來。大牛旱地拔

蔥，才拔起三四尺，金岱忽地一扭身，叫：「倒。」連環腿又一掃，大牛手忙腳亂，早露破綻。金岱憑空躍四五尺，雙腿齊踢，正踩大牛上身，咕咚一聲，仰面朝天，如倒了半堵牆。金岱從身上竄過去。心說：「看你口出不遜。」大牛半晌掙扎不起，熱血沸騰，羞愧難當。

眾打手譁然，紛紛議論，這不速客有點不好鬥。見證劉五爺叫道：「好俊本領，還有哪位？」東面閃出黑槍會一位會友；此人功夫甚熟，氣力稍弱，年約三十餘歲，身高四尺七八寸，名叫程鐵槙，綽號生鐵錘。緩緩走來，雙拳一抱叫道：「朋友，我來領教。」相見以禮，金岱也改容抱拳道：「就請指教。」一言未了，斜刺裡跳過一人，照金岱一拳道：「鐵錘靠後，我來揍他。」此人叫於大來，外號叫大刺刺，是黑槍會的會友。金岱急側身，單臂一磕大刺刺的手腕，大刺刺連聲叫道：「嗳喲，好小子，拿著鐵器哪。」

左手拳一搗，喝道：「看窩心炮。」金岱伸單手一找，將敵腕刁住，猛向懷裡一帶。大刺刺趕緊往回奪，卻奪不動，嚷道：「我踹你。」金岱借力一送，又一抬，騰的一腿，橫踩了腳斬踢著大刺刺膝蓋。嗳呀一聲，晃了兩晃，金岱又順水推舟一掌，嘭噔一聲，大刺刺手掩著膝蓋跑開，憨著臉說道：「倒下就算輸，你踢不倒我，真有你的。」東西壁哄然大笑。

程鐵槙用手一指，說道：「還是我來，奉陪您兩趟。」金岱道：「好。」兩人抵面而站，繞場走了半圈，留出行門過步。齊道一聲：「請！」兩下一湊，踢腿揮拳，打將起來。只聽得吧吧吧一片聲響著，兩人各顯身手，竄蹦跳躍，閃展騰挪，忽高忽矮，倏上倏下。但見燈火下兩條黑影，團團亂轉，空場中雙雙拳腳，嗖嗖揮動。藍槍黑槍兩會會友，在旁作壁上觀，無不注目喝彩。真是棋逢對手，將遇良材。戰夠二十來回，大眾忍不住大聲叫好。內中卻有鄧劍秋，回顧手下會友，暗道：「不好，鐵錘要輸。」又抵

過一刻，鐵錘喘吁吁，只覺對方招數太快，漸漸有點顧攬不過來。

忽然間，金岱手法一變，放開門戶，嗖嗖一連七八拳，倏守倏攻，忽左忽右打來。左插花，右插花，擊頂貫耳，捶胸搗肋，如急旋風般，將鐵錘裹在垓心，鐵錘竭力支撐，目眩頭暈；猛聽啪的一聲，左肩頭中了一拳。鐵錘急撤身，手腕一攬，張手去拿敵人，一把剛剛刁住。卻嘭的一下，右肩挨了金岱一拳。鐵錘就勢下死力一帶，金岱使個解法，擰單臂，反腕咬住敵手。鐵錘奪手抽身，嗖的一個箭步，縱出七八尺。金岱一躍起來，鐵錘大喜，扭身輪拳，虛空一擊，霍地飛起一腿，喝聲：「著。」金岱橫閃身讓過，鐵錘急施出玉環步鴛鴦腳，只見一轉身，嗖的又飛起左腿，惡狠狠直奔對方面門。金岱急避不迭，大眾暴雷一聲吶喊，好個粉骷髏這回可完了。說時遲即時快，黑影一晃，鐵錘左腿剛剛飛起，金岱一伏身，雙手據地，唰的一個掃堂腿，直奔鐵錘獨立的右腳蕩去，鄧劍秋、糖罐子一齊失色。鐵錘十拿九穩，不料踢空；暗說不好趕緊收招，將右腿盡力一蹬，身子往前撲去。金岱卻一轉身，跳起來挺拳打去，黑虎掏心，直奔後背。鐵錘搶出好幾步，才得站住，喘吁吁剛說得：「連輸三著，甘拜下風。」金岱認定「倒下算輸」的約言，又唰的一聲，如風捲濃煙，一抹地趕來。鄧劍秋勃然大叫：「朋友手下留情。」急甩長衫，橫身上場。猛聽霹靂一聲吆喝，燕子凌空，躍下一人，蜻蜓點水，斜插入戰團，雙臂斜分，把金岱邀住。

東西壁登高觀戰各會友，不約而同，齊睜眼注看。這一人名喚雷天縱，乃北方有名拳師雷天笑的族弟，年甫四旬，力健技精，他的功夫，向以強勁剛猛擅長，卻與金岱的那種俐落迅疾的手法，彷彿旗鼓相當。一下場，挽袖踢腿，擺好架勢，相好對手，道一聲請，突如電光閃野火發，唰唰唰連打十數拳，各無破綻。兩個人都將門戶封閉得嚴緊，一來一往，走

了五十多個回合，誰也遞不進招去。大眾齊聲喝彩，金岱暗暗盤算，一個跟一個，遲早總要累乏，便賣個破綻，豁的竄出圈外，高叫：「諸位會友，諸位公證，在下連鬥四五位，究竟該有個限制沒有？」糖罐子搶著說：「好漢子，能連戰十二個人湊一打麼？要不行，十個定輸贏。」金岱道：「就是一打，有數就好。」

說完了一拱手，又與雷天縱鬥在一處。

戰夠多時，不分勝敗。雷天縱一招一招，將對手路數探清。忽然一跺腳，將生平藝業施展開，只聽得噼噼啪啪，骨節亂響，拳打腳踢，到處生風。金岱一見敵人改招，不覺精神一振，一個怪蟒翻身，閃開了敵手的擒拿。又一進步，雙臂穿梭也似舞動，嗖嗖嗖，飛身如飄葉，揮拳似流星，驟如雨，疾如風；兩個人直打得如火如荼，難分難解。忽然間，雷天縱大吼一聲，將金岱手腕擒住，轉眼間，金岱一扣寸關尺，將招破開。忽然間，金岱兩指直取敵人雙睛；轉眼間，天縱橫掌隔住。兩條黑影，忽上忽下，一招一架，如旋風轉磨，如飛輪走環。忽聽嗙的一聲，天縱奮拳直插對手。藍槍會、黑槍會數十名打手，哄然歡叫。卻在一剎那間，見天縱一個飛腳踢出去，被金岱探爪插住足脛，只一抖，天縱翻身看看撲倒。好一個拳師，倏然來一個鯉魚打挺，雙足如立錐般站定。那金岱嗖的竄過來，兩腿這麼一轉，緊跟著左一掃，右一絆，上面雙拳如雨點般，直奔上三路，中三路，好不迅捷。燈光裡眾目睽睽，作壁上觀，幾乎應接不暇。只看見影綽綽一對棉團，穿梭往來。

雷天縱勃然奮起，拳一揮風鳴雷動，腿一踢排山倒海，又交手打在一處。只聽拳影裡，喝一聲：「著。」天縱一進身，雙風貫耳，狠命拍出兩掌。粉骷髏客金岱挺立不退，雙掌一合，往上翻，唰的分開。使出「白鶴展翅」的招數，將敵招破開。

天縱收掌不迭，騰身一竄，急握拳彎臂，對敵人劈面打來。第一著「餓虎掏心」直攻中路。第二著「黃鶯托嗉」逕取咽喉。

卻不道金岱招數變得又更快，剛撥開對方雙手，立即一伏身滾進後路，兩掌往下一抄，將敵人扣腰提肋只一撮。天縱失色，忙擰身一掙。剛掙開，唰的收招回手，用一個「關公大脫袍」，扣住敵腕猛一奪。金岱抬膝頂腰眼，雙手一提，盡力死推。天縱說聲不好，一回手要扳頸托腮；卻一撈沒捎著，只覺下面一恍，上面一擲，搶出去兩三步倒了，滿面羞慚，飛身站起。說一句：「承教承教。」默默披衣出去。

金岱軒眉一笑。笑容未斂，只聽破鑼也似一聲喊叫：「小子別狂，我來也。」藍槍會隊中，跳出黑凜凜一條大漢，是早年北京出名攛跤的勁手。見大漢奔過來，跺腳擦掌，彎著腰，蹓圈數趟。猛然張手如箕，上扣敵眉，中揪敵人腰帶，擺出那相撲的架式，兩腿翻蹬，忽然一腿起來，用勁猛踢、蹬、掃、絆。金岱不容他進身，抬左腕一磕，掄右掌一叨，未容敵人進招，先拖住大漢一隻手，緊扣脈門，向懷裡一擰，說道：「過來。」猛閃身抬腿，施一個火腿絆雞爪，將大漢挑出多遠；趕過去又一腳，說道：「倒下。」那大漢一招沒展便落敗，連呼窩心，鎩羽而去。

跟著黑槍會又下來一人，只走得三五趟，被金岱扣後頸揪倒。對手一翻身，仰面飛起一腿，要踢膝蓋。金岱急錯身，騰的一腳，坐坐實實踩下去。對手哼哧一聲，幾乎失聲叫出我的媽，惹得哄堂大笑。

鄧劍秋很掛不住，抖衣襟自要上場；藍槍會卻下來兩個人，俱都是把勢匠，踢了一腳，被金岱托住下馬，猛一端，就躺下。

然後黑槍會友又來了一位，這一位年少貌秀，貂帽羊裘，打得好一手少林拳。鄧劍秋特邀來助擂的，名字叫做塞外玉如意王良。說到功力，身架非常輕巧，身手極其靈活；只吃虧腿腳欠穩。練武家最講得兩條腿立

如扣鐘，躍如彎弓，堅挺不搖，撼之不動。金岱與他交手，一路滑戰油鬥，將門戶嚴嚴護住。連走十個來回，玉如意雀躍鼠竄，兔滾鷹翻，打將起來。

拳出去握如水平，伸如筆直，踢腿折腰，如風擺柳，那姿態很是可看。會眾指劃旁觀，個個讚揚，只有鄧劍秋捫胸不語。金岱留神引逗，將王良拳腳的路數摸清，暗說好一套花拳，如扮戲一般，又奉陪了十來趟，金岱猛撤身，後退丈餘遠，喊一聲：「朋友接招。」兩臂一揮，雙足一頓，將生平絕藝施展出來，如驚濤駭浪，滾滾翻翻。頃刻間，直鬥得美少年熱汗點滴，手忙腳亂，只有招架之功，無有還手之力。那金岱生龍活虎一般，竟將敵人裹住。

又酣戰十來個照面，金岱叫道：「朋友面子，承讓了吧。」

王良面紅氣喘，置若罔聞，將拳頭握得緊緊的，依然狠命的決賽。金岱看破他已成強弩之末，暗叫：「好一個不識趣的俏娃娃，可要當場出醜。」拳花一翻，如雨打殘荷，對王良左肩井，右肩井，左腰肋，右腰肋，俐落鑿去。喝一聲著，上面一拳是虛招，下面一腳是猛勁。玉如意急擋驟閃，步位錯亂，一隻腳險被掃著。金岱更不容情，右腿嗖的踢起；玉如意一退身，剛剛避開。不防金岱跳起來，又當的一拳，正著左乳肋。玉如意噯喲一聲，脫口罵道：「該死的，打我這兒。」雙眉緊皺，兩隻手捧胸蹲下。

黑槍會六七位會友，忍耐不住，哧哧笑出聲來。玉如意紅雲泛起雙腮，羞慚慚退到東面，取一條絲巾，落帽拭汗。金岱一眼瞥見，不由詫異。練武的人眼光犀利，燈火下，早看出玉如意長髮盤龍，雙辮絞鳳，一朵綠雲壓髮堆鴉，襯著那俊秀的姿容，柔曼的腰肢；原來她是個女子。無意中一脫帽，有心人看出馬腳。金岱眼球一轉，心下明白，很是抱歉。這

一拳未免打得不是地方，也嫌太狠了。又覺得會幫中出這等人物，有這等本領，可是怪事。心想神馳，不由得眼角一抹，連看了兩眼。

金岱在這一疏神之間，背後唰一陣風吹來，聽得喊道：「相好的接招。」倉促間急閃不迭，忙翻身迎拳。見一個紅臉劍眉大漢急襲來到，左一掌，右一掌，覷得真切，直走中三路打將過來。金岱雙拳抵住，伏身橫蕩一腿。那大漢力大身高，招急勢猛，將金岱反逼退兩三步。金岱不悅，連叫：「朋友，休施暗算，請教字號。」那大漢閉口揮拳。見證劉五爺也相幫催問，鄧劍秋高聲代白：「這位是塞外玉如意的師兄，火鏈金剛馬駿材。」金岱大駭。他連戰六七人，未逢對手，紅臉大漢實是勁敵。火鏈金剛這一回驟然下場，怒目，深惱金岱驕狂；至於重毆玉如意，更惹大漢不忿。竟不憚暗襲下場，怒焰飛騰三千丈，舞動雙拳，橫衝直掃，恨不得捉住敵人，大大捶他一頓。

金岱也不怯，撤身讓出行門過步，穩健應敵。燈火下，人群中，這個一拳，那個一腳，此往彼來，旋進旋退，如搖風車，如轉水磨；直走了三幾十個回合，未分勝敗。金岱是有名的手法快，腳步活；連使數招，火鏈金剛沉著應付，毫無破綻。金岱嗖的竄出圈外，燕子抄水三點頭，兩次疊步，躍出三丈開外；雙手一抱拳：「在下氣力不敵，方家承讓了吧。」火鏈金剛振開霹靂般的喉嚨，振聲而言：「身未倒地，拳未失著，來來來，再戰三百合。」嗖嗖嗖，聳身竄過來，張開架式，劈頭就是一拳，下面唰的一腳。金岱使一個旱地拔蔥，腰桿一挺，雙足一併，嗖的直聳起來六七尺高，將敵招讓過去。飄身下地，封拳護胸，交腿護襠。剛要說話，這大漢卻又滾到，展拳腳再鬥。

金岱冷笑，曉得此公一力降十會，法門又精，再如法搏鬥，各掩護門路，誰也得不著破綻。因想不冒險，怎能成功，便決計賣招誘敵。左手虛

晃一拳，餓虎掏心；右手仙人摘桃，向敵人反擻出去。火鏈金剛叫一聲：「來得好。」兩臂此屈彼伸，將敵腕捋住，只一帶，喝道：「滾。」惡狠狠掄起來，轉身向外只一拋，身手如風車翻轉，斜掉角偏西北落下去。全場哄然叫道：「好大膂力，粉骷髏也倒了。」只見金岱眼睜睜曲腰搶地，卻不知怎的懸空一扭，左腳曲，右腳伸，腳尖著地，兩腳岔開，只一點又躍起來。腰桿前仰後合，忽一繃，四平八穩站住。火鏈金剛力雖大，沒把他掄倒，雙手搭肩叫道：「相好的，可摔著我了，咱們就算完了吧。」火鏈金剛怒不可遏道：「非摔倒你不可。」趕過去三拳兩腳，又鬥在一處。

金岱繞圈，且戰且說：「朋友留面子。」火鏈金剛忿然張開雙臂，兩膀攢力，咬咬牙，拚命只一抖，道聲：「去！」把金岱又拋出去，不想金岱照樣又輕飄飄不翼而飛，挺然著地。黑槍會藍槍各會友，這一番早睜眼留神，但見金岱一提氣，雙臂平張弓，兩腿倒插剪，輕輕落下，似一團棉絮著地，矗立無聲。

火鏈金剛早張目蹺腿以待，急一伏腰，嗖的竄過去，趁敵人剛剛據地，虛晃一掌，騰的一腳踢去。哪知金岱嗖的一聲，聳起六七尺高，鷂子翻身，落在一邊。雙手一搭，又道：「摔著我了。」這簡直是露一手。

火鏈金剛滿腔火起，趕過去，叭的一個掃堂腿，金岱又一躍。火鏈金剛一探力，叭，又一個掃堂腿，金岱一躍又一躍，火鏈金剛竟連連撲空漏著，糖罐子等相顧不禁吐舌。卻聽暴雷一聲喊，火鏈金剛又一把將金岱擒住，雙手捋腕，霍地只一掄，暗道：「這回看你的。」右腿就勢一踢，將金岱摔出去兩丈多。金岱身手一扭達，兩腳不客氣，又復點地站牢，連個衣襟也沒掃著他。火鏈金剛暴躁如雷，追過去，繞場連走三五個照面。攻取多，遮攔少。金岱暗叫：「若不趁此下手，還戀戰做甚麼？」旋轉拳腳，容火鏈金剛急翻腕隔開，趁勢來找金岱的手腕，金岱雙手一分，用迅雷不

及掩耳的手段，一飛腿踢中敵人腋下。好個大漢，哼哧一聲，咬牙吞住；唰的抬掌，照金岱腳面砍去。金岱旋風一轉，繞到後路。右腿收回，左腿飛起。

對方便一抄身，掄右臂待抄金岱脛踝，卻見黑影一晃，又抄到後路。火鏈金剛「怪蟒翻身」收回招數，「白鶴展翅」，亮開兩腕，交搭手唰的往外一攬，右腿跟著踢出去。金岱毒蛇吐信虛點一招，卻滑步閃身，繞陀螺般一轉，又奔敵背。嗖的一腳，唰的一拳，盤前旋後，將火鏈金剛拳影裹在中，左撲一空，右打一閃，不覺的眼花繚亂。

忙亂裡，金岱嗖的跳起來，一個靠山背，正砸著金剛左半身，往前搶出兩步。急仰身拿樁，腳一蹬勁站穩，右臂急防追襲，唰的往後一掃。恰好金岱人未到，拳頭先來，火鏈金剛怒氣塞滿胸，聲如沉雷喝道：「再跑！」轉身一把擒個正著，插腿一剪，運動渾身力氣，左扣敵腕，右掣敵領，一力降十會，舉手下絕情，只聽猛喝道：「倒！」嗳呀一聲，金岱直搶出去，撲噔，兩人中果然倒下一個。大眾急忙定睛看，火光中，金岱右腳彎弓，左腳撐篙，在圈外昂然的挺腰站著。這一邊，火鏈金剛撲地栽倒，霍地躍起來，鼻已血流，金岱用一個急招，敗中取勝，掄左掌刮的一摑，掙脫右手，冷不防將火鏈金剛扣頸掀翻。但對手一拋，餘勢猶猛，金岱自身如翻車般，踉踉蹌蹌，直栽出好幾步，才能站牢。這法門叫做單貫耳，緊隨小勾手。

火鏈金剛分明占上風，棋勝不顧家，竟失此一著。跳起來愧怒難堪，撲到東壁，將兩把鋼刀取在手裡。就在這一剎那，少年美貌的玉如意王良，也嘩啦啦解開纏腰的鐵鏈子串珠鞭，提喉嚨罵道：「好一個野鷹，敢如此歹毒，傷人家體面！」一霎時東壁觀眾暴喊如雷，一片聲喊撲死此獠。

好一個金岱，還身側立，將右手捫捫背後長包，仰面冷笑，如沒事人似的說道：「要動兵刃，區區也奉陪。」火雜雜聲裡，黑槍會首鄧劍秋，將皮大氅丟給側首一個幫手，對東壁觀戰的部下，低喝嘍聲。火鏈金剛拭去鼻孔鮮血，將胸頭火勉強按捺下去，倒提雙刀，重複入場，舉手說：「朋友你將我放倒，我領情謝教，在下的意思，還要請你指點幾趟刀、幾路槍。」

嗖的將雙刀拿起，這一刀右手橫按，這一刀左手倒提著，向金岱這邊遞過，就說道：「這兩把單刀、尺寸鋼口都一樣，隨你選一把。」

金岱將兩手一背，直向後退。火鏈金剛怒極，趕過去左腕一揚，鋼刀出手道：「接著，總得請教。」刀尖刀柄當空一閃，金岱伸三個指頭捏住，順手遙擲，插在明柱上，反臂將長包掣下。當此時，嘩啷啷一響，玉如意王良擺鏈子串珠鞭，迎頭一甩，叫道：「粉骷髏幫接招！」金岱急將長包順手一攬。火鏈金剛叫道：「老四不得如此，容朋友亮出兵器來。」金岱早一抽，收回那長包，閃身躍出圈外。只一抖，長包打開，亮出青瑩瑩一支純鋼兵器，長四尺一寸，二刃出鋒，形似鉤槍，尖吐小枝，柄帶護手，名為吳鉤劍，又名月牙戟。左手提住，一彎腰，又從腿上抽出白晃晃一把尺八匕首，仰天吐氣，便待交手。那西邊牆，藍槍會首唐貫之，眼角瞟對面，嘻嘻哈哈，冷笑道：「不得了，手不夠使喚，怎麼動起傢伙來，我可怕。」那神情是譏誚上了。

黑槍會首鄧劍秋，怎能不懂得，只做沒聽見，嗖的從東面竄到場中，對玉如意、火鏈金剛笑說：「徒手操還沒完哩，等一會兒練器械操吧。」雙拳一抱叫道：「粉骷髏朋友，招數實在高明，待小弟奉陪兩趟。」眼瞅糖罐子，口中說：「等在下領教過了，還有這位唐爺，要同足下過招哩！」扎抹停當，道一聲：「請上招。」剛往一起湊，忽聽後窗有人喝道：「朋友，車

輪戰不是事呀！」立刻竄進來一個人，短衣包頭，滿面英氣，正是粉骷髏五豪秦錚。

黑槍會、藍槍會一齊驚動，外面本有卡子，不知人家怎生進來的。鄧劍秋退了一步，眼盯來人道：「閣下何人？」來人道：「粉骷髏幫過路獻醜。領教過了，請諸位賞面子，把姓任的放了。」鄧劍秋向手下人施一眼色，手下人急向外面搜去。

當下兩人說了幾句場面話，登時過步遞招，一來一往交手。唐貫之也立遣同黨，往外搜查。五豪秦錚和鄧劍秋各顯身手，早走了十幾個照面。這鄧劍秋一拳一腳，穩練異常，不求有功，先求無過。五豪秦錚一面應敵，一面向金岱通暗號，意思之間，再耗一會兒，援兵即到，此刻總不以翻臉為好。兩個人鬥半晌，不分勝負，黑槍會各會友，提心吊膽，在旁觀戰，唯恐會首落敗，名譽掃地。那鄧劍秋不慌不忙，胸有成竹，先把敵人的招數看透，如法應付，當不致蹉跎。哪曉得這秦錚比金岱武功更精。連走數十個照面，只覺敵人氣度從容，手腳迅利無比，有點應接不暇。鄧劍秋急將架式一變，惡狠狠廝拚起來。

黑槍會眾打手，指手畫腳，紛紛議論，少年貌美的玉如意王良，與火鏈金剛馬駿材，悄聲私語，看這情形，敵人健勇，武技精純，很難將他打敗。萬一鄧會首一招走錯，半生英名將付流水。商量一回，打算設計解圍，推派一個好手，上場去替換下來。正在耳語喁喁，忽聽西牆根一陣喧嚷聲，急回頭定睛看時，那粉骷髏五豪秦錚與鄧劍秋逼緊了搏鬥，情勢險惡，已危急到極處。燈光裡，但見兩條黑影，扭做一團，直打得難分難解，噼噼啪啪，看不見拳腳動，只聽得踢打聲。倏然間，鄧劍秋一把扣住對手。倏然間，秦錚一腿，掃著敵人。騰的一響，料到是有一人中拳；啪的一下，猜想是有一人被毆。一招緊一招，一路快一路，只繞得在場眾人

眼花繚亂。玉如意王良急叫馬駿材：「快快解圍，快快解圍。」說時遲，那時卻快，驟然間鄧劍秋一爪抓住敵人的腰帶，這一掌便撲上去扣喉拿腮；驟然間，秦錚只一掙，刮的一聲響亮，腰帶繃斷。緊跟著鄧劍秋嗖的向場外一竄，緊跟著秦錚嗖的也往外邊一竄，兩人都跳出圈外。兩個人不約而同，齊說道：「承讓，承讓！」

秦錚笑說：「首領拳術精熟，佩服之至，小弟甘拜下風。」遂俯腰拾起斷帶。這一邊鄧劍秋，卻低頭尋覓，口中說道：「朋友招數靈活之極，在下不及多矣。」又一拱手道：「彼此心照。」秦錚一笑，將左手一揚，黑乎乎一物飛出。鄧劍秋伸手接過，不由臉上一紅，兩個人心裡明白。劍秋對自己這幫說：「這位朋友功夫很好，我想咱們這邊，別再跟人家較量了，時候不早，咱們照料行事，把人放了吧。」

玉如意、火鏈金剛等，怫然不悅。鄧劍秋也不再說，回頭來眼望糖罐子說道：「唐爺打算怎麼樣？依我看粉骷髏這個朋友交得過，人家很懂情面。」糖罐子眼珠一轉，冷笑說：「鄧爺，是吃得苦中苦，方為人上人。小弟不客氣，還是說得出就做得出。」即大聲說：「咱們這邊，有願下場的沒有？人家東邊可和啦！」藍槍會眾打手，竊竊私議，暴雷一聲喊道：「不成，我們還得請教兩招。」立刻走下三個，預先定規好，要採車輪戰法，不等見輸贏，但看形勢一見不利，即速換人接招。

粉骷髏客早又識破，一見這三個雁行上場，心知是一個交手、兩個接應。粉骷髏秦錚和金岱比狐狸還狡，對中證劉五爺，拱手叫道：「諸位見證，請見，這不是打了半晌麼？已經下場的，到底有幾位了？」劉五爺看了看說道：「西邊五位，東邊五位，又首領一位。」金岱一躬到地說道：「諸位好漢，區區絕不是好勇鬥狠，無非奉陪諸位走兩趟，藉此拜懇釋放那位和甫先生。諸位言而有信，不是約定打十二場算完結嗎？區區並未含糊；

這可已經十一場了。如今還剩最末一場，不拘那位下場，我弟兄都奉陪，可就是到此為止。」言罷叉腰而立。

鄧劍秋正惱糖罐子吃得苦中苦那句冷諷，趁此插話：「不錯，這是末場，我們是甘拜下風，就瞧唐爺的了。喂，您還叫別位朋友下場麼？壓軸子戲，唐爺賞臉露兩手罷。」黑槍會齊聲和哄道：「我們這邊連首領可當真是走過了，淨瞧你們那邊呢！」糖罐子憨著臉說：「別忙，我還沒急呢。」

藍槍會下場的三位，卻大聲解嘲：「頭何必下場，殺雞焉用牛刀，瞧我們哥三個的吧。請，相好的，咱們來來。」秦錚挺身上前，金岱卻閃身退後道：「剛才可是有言在先，十二場打完，就得如約放人，你們三位還要添饒頭麼？一打為止，我們只能奉陪你們一位。」藍槍會三打手大叫：「沒那些廢話，你們半腰換人了，那不算。還告訴你們，打在你，挨打可不在你。」三個人不由分說，當頭一個禿老鷹，晃光頭搶到金岱對面，拉好架式，揮拳便打。

金岱側身讓過，秦錚搶先截住，閃眼端詳來人，三十多歲，中等身材，禿頭謝頂，兩條淡眉有如無，姓名喚做蕭進升，是承德街上有名的皮子；素喜摜跤，甚麼叫拳術，他卻不懂得。兩隻手上一把下一把，兩條腿踢蹬絆掃，擺出這摔跤的身段，恨不得一下將住對手。雙拳一緊，單腿一攬，喝一聲倒下吧，便可以摔倒敵人，落得全場叫好，這是禿老鷹的絕招。

秦錚早已看透，他豈能容敵人沾著身。連走數個照面，禿老鷹側著肩膀，晃著禿頭，只往前湊。秦錚肚子裡暗笑，一眼相中了那個光頭，不慌不忙，閃身騰挪，緊緊對門戶，忽的叫一聲：「得。」容老蕭撲進懷來。雙臂一晃，磕開敵手，禿老鷹一撈又沒撈著，右腿伸出來，要下絆。好秦錚，身軀一擰，如陀螺也似，倒抹到老蕭背後，急抬手掌，叭的一聲，禿

頭上紅腫起五個指印。老蕭禿頭一晃，回轉身兩手再抓。秦錚雙臂一抖，嗖的繞敵人後路，右手捻拳頭一鑿，嘭的一聲，如播鼓也似，將老蕭禿頭，敲起一個栗塊。禿老鷹大叫，兩手虛點一招，竄身一頭撞出去。秦錚急閃不迭，險被撞倒。倒退了兩步，忙翻手掌，單臂用力，嗖的直劈下去。禿頭鷹一頭又撞過來，恰好狹路相逢，刀杓齊碰，刮的一聲響，老蕭嗳呀大叫。後腦海端端正正，挨了一肉刀，又乾又脆，往前栽出好幾步。瞪直眼珠子嚷道：「有這麼摔跤的麼？」黑槍會友哄然大笑。

秦錚口吹左手嚷道：「好硬，這是打拳啊。」老蕭大惱，撲落撲落頭頂，叫道：「夥計，咱倆死幹了。」雙拳一比，將禿頭一搖，伏身再撞過去。秦錚避開，提左掌又劈去。禿老鷹搖頭一晃，兩隻手兩把抓，竟將粉骷髏五豪秦錚左手抓住，禿老鷹大喜。卻見倏然撲來一條黑影，手起拳落，喝叫：「你來接招。」

這人正是藍槍會下場三打手的第二個，出其不意，來打偏手，此人名字叫做海裡迸。從背後襲來，重複一句道：「我來接架，蕭爺退後，你們沒輸沒贏。」且說且上且下毒手，一隻拳直捶秦錚後腦。秦錚手疾眼快，一身照顧六面；剛聽得背後腳步動，努力將身軀一掙，如風攛落葉，轉到老蕭那邊。海裡迸這一拳，來得急猛，收招不及，整個照顧了禿老鷹蕭進升。

禿老鷹怪叫急閃，秦錚趁勢摘開敵手，掣出己腕，嗖的一腿，兜腰踢出，將老鷹踹翻在地。海裡迸奔過來，掄拳便鬥。秦錚使個指法，只一抖，將海裡迸右腕叼住。又一擰，海裡迸不由得單臂倒剪背後。急待奪脫，秦錚使勁一端，海裡迸吃不住勁，皺眉咧嘴，趕緊順著力，將左手盡力往後反擊。秦錚側首閃過，伸一手又捋住敵腕。海裡迸力掙急奪，秦錚手勁很大，這邊又是反臂倒掏，不得吃力。再一擰，海裡迸竟被倒剪二

臂，擺脫不開，破解不得。

正在危急，禿老鷹一見大怒，鯉魚打挺跳起來，一光頭直撞過來。秦錚忽的一轉，雙手力推，海裡迸跟蹌出去。禿老鷹一光頭送到，恰好頭碰頭，海裡迸哼哧一聲，就地打了一滾。

秦錚笑道：「二位別碰頭。」老海爬起來大怒，轉身猛撲，秦錚右腳貼地一掃，老海跳開。卻見秦錚推身收回右腿，叭的又掃出左腿，海裡迸仰面栽倒，禿老鷹雙手一架，跳起來，惡狠狠連撞幾頭。秦錚暴怒，將右腿提起，仙鶴涉水式，容禿頭撞到，一個旋風腿，直奔太陽穴。只聽場中有人大叫：「腿下留情。」說時遲，踢時快，禿老鷹拚命撞來，拚命狂喊一聲，撲噔栽倒。兩手抱頭，半晌起不來。

藍槍會急下來三五位打手，將他攙起來。業已面目改色，不能言語。秦錚一個箭步，跳出圈外，舉手大叫：「眾位見證，二位首領，這可是已經夠十三場，過一打了。我弟兄場場奉陪，都承見讓，葉落歸根，話到本題，請如約釋放這位和甫先生，把他交給我。」

一言未了，藍槍會第三位下場打手，一個虎跳撲來，飛腿一下。秦錚微微閃過，再叫道：「諸位都是外場朋友，言而有信，並不是在下逞能逞強。」海裡迸擼袖伸拳，大叫一聲，又復撲到。秦錚又閃開，再叫道：「西邊首領請看，我可連讓數招了！」三打手又過來一腳，海裡迸也過來一拳。兩個人攢擊秦錚。秦錚左閃右避，如蝶穿花，一迭連聲叫道：「諸位不要趕盡殺絕。我只請問這位首領，剛才說的話，到底還算不算？」

兩個人打圈動手，只做不聞。藍槍會早又下來兩位打手，四個人合夥群毆，將金岱也圍在垓心。

秦錚、金岱兩人大怒，事到如今，不能不算，便嗖的一個箭步，竄出圈外。兩人整步亮拳，翻身撲入。嗖嗖嗖，將那狂風驟雨的拳術，施展出

來，六個人打在一處。只十來個照面，聽得場中一聲斷喝。撲噔一聲響，秦錚鐵掌一揮，藍槍會一個打手早已躺下，就地十八滾，翻出圈外。乒乒乓乓，搏擊聲連響，海裡迸急閃不迭，也被秦錚一掌擊中要害，兩手交掩蹲下來。金岱伏身一腿，另一個藍槍會打手，立刻踉蹌跌出去，反將海裡迸碰倒。第四個打手，被金岱下辣手，打得門牙脫落，鼻破血流，圈子裡頓見鬆動。這一場群毆，轉眼間，四個打手，八對拳腳，直打得東倒西歪，竟鬥不過粉骷髏雙豪，個個打手，招招落敗。藍槍會十七個會友一見大嘩，紛紛亮出兵器，禿老鷹額纏白布，抄起一桿花槍，咬牙切齒，越眾當先。

黑槍會十名打手，也躍躍欲試，但都氣勢洶洶，眼看就要動手械鬥。正是：「恃武力不如仗義，倚大眾未及技強。」

第九章
戰群雄圖窮匕首見
援困獸紙包煙彈來

　　秦錚、金岱看這情形，勢成騎虎，只可力爭。兩人唰的雙拳一分，第三番聳出圈外，燕子抄水，腳尖點地，如流星閃電，撲奔西壁供桌。飛身上去，將糖罐子一把捎住，跟著都亮出兵刃來，圓睜二目大叫：「這位首領請看，此事該當怎麼辦？江湖上信義為重？還是武力欺人？」糖罐子臉色陡變，掉臂一揮，金岱鐵爪如利鉤，一掣沒奪開。糖罐子急探手摸衣襟，秦錚伸手舉兵刃。糖罐子忙收怒氣，換出笑吟吟面目，哼哼說道：「朋友別慌，有話好講。」粉骷髏雙俠雙眼一轉，嘻嘻狂笑，手指後窗道：「我們慌甚麼，來者不慌，慌者不來，屋裡有人，窗外還有天。」

　　糖罐子急順手一瞥祠堂後窗，後窗黑影沉沉。秦、金二人又同聲叫道：「我們只請如約放走和甫先生。好漢誓約，說了可好不算麼？屋裡有人，窗外有天。」又重複了這一句，糖罐子舉手說：「朋友，你的藝業高明之至，兄弟刻骨佩服。要放過孤雁，卻也不難，我們說的話，也不能不算。但是……」秦錚押劍四顧道：「但是甚麼，有話儘管說，大丈夫何必吞吞吐吐？」糖罐子無言，眼望鄧劍秋道：「喂，怎麼樣？」劍秋默然，扭頭看後窗，態度頓形模棱。糖罐子不由瞋怒，眼角掃著雙俠手中的吳鉤劍，欲言卻又恐投鼠忌器。粉骷髏二豪連連催問：「首領有話儘管說在當面，在下無不遵辦。」糖罐子雙瞳亂轉，暗使眼色，赧赧然說：「他們這幾位，還想請教你們兩趟兵器，不知可以不可以？」

金岱大笑道：「不過是這個麼，何須作難？」剛說到這，海裡迸一聲怪叫，唰的一鞭，搶過來，摟頭便打。秦錚、金岱不慌不忙，一拍糖罐子，嗖的往後一退，把糖罐子一推。這一鞭猛擊，急收不住，險些誤掃糖罐子，海裡迸掄鞭又打，金岱堅立不動，秦錚覷得親切，騰地飛起一腳，直踢手腕，將一支虎尾鋼鞭踢飛，掠空一轉，撲的掉下來。幸不傷人，全場大噪。

這邊禿老鷹便怒氣塞胸，出其不意也跳過來，唰的一槍，照金岱分心直刺。金岱急閃，順手奪住；只一帶，禿老鷹登時身軀打晃，竟奪不回來。金岱右手吳鉤劍貼槍桿一掃，禿老鷹力奪不及，趕忙鬆手，手指險被削斷。金岱已將花槍奪取在手，藍槍會十六七名打手，暴噪如雷，都擁上來。刀矛齊舉，喝叫：「粉骷髏好漢子，下來鬥鬥，要不下來，可就戳你了！」

供桌上，金岱右手提劍，左手橫花槍，與糖罐子並肩而立，雙瞳凝注，昂然不懼。秦錚把糖罐子看住，做了肉質。

藍槍會果然不敢魯莽，怕傷了自己人。糖罐子饒有急智，情知自己落在人家手心，只可用計，不能鬥力。登時橫身障住金岱，口中大叫：「眾位消停點，消停點，不要群毆。咱們還是把比武的辦法說好了，再動手不遲。」暗暗對藍槍會友打手勢，使眼色，藍槍會眾打手有的不解其意，只是要鬥。中證劉五爺等，慌忙攔住，再三排解，只叫：「各歸原位。」好容易才壓住。

秦錚朗然發語：「就是群毆，諸位只覺下得去，區區絕不含糊，何必這樣著急？來來來，我這弟兄先歇歇，姑且由我奉陪。」把金岱扯了一把，自己提劍，撲地跳下場道：「諸位見證，有勞再請觀戰。」又東西環顧道：「諸位，還是那句話，我奉陪以後，又待如何？不要比起沒完，勝敗

到底也有個限度吧？」糖罐子剛張嘴，鄧劍秋陡然接聲：「粉骷髏朋友，不要小覷我等。在場這幾位，也都學過幾招劣笨拳，怎肯群毆你兩人？自然還是單打獨鬥，十二場定局。你若贏過半數，準把孤雁交給你帶走，這可是我們這邊的意思，決無異議。唐爺，喂，你們那邊呢？」糖罐子很不痛快，大庭廣眾，不好輸口，只得點點頭，冷然說：「就是這樣，我聽您的，唔，聽您的。」

劍秋暗笑，大聲道：「好極了，我們這邊推六位上場，唐爺那邊也是六位上場，中證幫場在外，五爺你看如何？」

中證劉五爺道：「好好，就請眾位騰讓騰讓吧。」黑槍會藍槍會各打手，哄然退到東西兩堂，各各理好自己的兵器。五爺又說：「咱們可是一個下去，再一個上，不要亂來，教人恥笑。」劍秋道：「這個自然。」秦金雙豪環顧四周，藍槍黑槍各打手怒目挺腰，面含殺氣。這一場械鬥，明知凶險，只好拚命一鬥。看看時候，已經差不多了，秦錚先向金岱打一招呼，立刻騰身一躍，竄到場心，對東西十二人，插劍抱拳說道：「一言為定，就請諸位賜教。但兵器非比拳腳，咱們彼此又無怨無仇，在下捫心自問，豈敢在方家面前，弄斧逞能，我不過求釋這位和甫先生而已。既然命在下獻藝角技，以為交換條件，那麼為救人起見，區區不能不竭力奉教，也就是點到為止，彼此會意罷了。若有個腳輕手重，無心之過，失招之咎，還請諸位原諒。不過我一定要加小心的，我絕不敢逞兇。」這話說的就有點狂傲，將吳鉤劍掣在右手，雙眉一挑，兩眼一瞪，澀然喝道：「哪位先上？」登時將架式站好。

藍槍會友中，禿老鷹抱切膚之痛，急選出一桿五指開鋒朱纓長槍，甩腿摩掌，將槍一頓，抖起三五尺槍花，便要上場。只聽東壁一聲吶喊：「待我來也。」火鏈金剛馬駿材，早已越眾搶過來，將雙刀一錯，竄到秦錚面

前，說道：「來來來，我先打頭陣。粉骷髏朋友，請你切實指教，休要小看人。」秦錚往後一退，一看又是火鏈金剛；此乃勁敵，應該露頭一手。急將吳鉤一橫，說聲：「請教。」火鏈金剛雙刀砍人，右一刀斜掃眉頭，左一刀直刺心窩。秦錚扯身閃過，吳鉤劍反臂一揮，劍頭倒須險些咬住刀背。火鏈金剛馬駿材急抽回刀，前進一步，兩刀並舉，雙龍剪水式，對準敵項交錯斬去。秦錚喝道：「來得好。」嗖的一個箭步，竄出丈餘遠；剛剛轉轉身軀，雙刀唰的又撲到。秦錚揮吳鉤劍一挑，直取馬駿材左臂。馬駿材交刀急架，霍的又一劍，玉帶纏腰式橫砍來。火煉金剛左手刀橫推，右手刀秋風掃葉，斬取敵人要害。秦錚退步伏腰閃過，嗖的反撲上來，人到劍到，「橫雲斷山」只一砍，駿材急閃。

唰的又一劍，「毒蛇出洞」式，劍尖直戮過來。駿材快刀格開，就勢還招，一帆風送漁舟，兩個人一劍一雙刀，往來穿梭，鬥在一處。

火鏈金剛殺得性起，刀花一變，化做兩條白蛇，綴前，繞後，施展出八卦對花刀，左攻右守，右攻左守，虛一招，實一招，不見人影，但見刀光霍霍。秦錚定睛一認，長噓一聲，倒竄數步，將四尺二寸的夾鉤利劍一甩，改變急招，翻身又殺入。橫劈直刺，倒握斜鉤，施展出七星劍法，外夾鉤鐮槍式。

須臾間，劍光電閃，分開那兩道刀光，也化做一條青虹，夭矯摩空，進退攻守，迅疾如風，直與雙刀抵住。火光下，不見人影，但聽得嗖嗖之聲，對刃時，便叮噹嘯響，火星亂迸。兩旁觀者，無不瞠目咋舌。

一來一往，約到三四十個回合，猛聽嗤啦一聲，青光一閃直奔南面，白光一閃直奔北面。粉骷髏秦錚側立看劍，氣不湧，色不變，態度安閒。那邊廂火鏈金剛兩眼怒睜，愧忿交並，赤紅臉逼得發紫。原來他倒捧著雙刀，用一隻手掩胯，左胯腿扯破了一尺六七寸長一些破洞，還是人家手下

留情。金剛將雙刀當的擲於地下，嘆道：「藝到用時方恨短。朋友手下留情，在下……甘拜下風。」

這幾句話說出，早把個塞外玉如意氣得粉面通紅，一抖鐵鏈子串珠鞭，大叫：「師哥休長他人威風，待我來找回場面。」

嗖的一個箭步，竄將過來，掄鞭便打。就在這時分，忽有一條黑影，從西面撲到。半聲不哼，一桿五指開鋒槍，唰的照秦錚分心便刺。金岱忙喊了一聲：「留神！」秦錚已經一頓足，跳出七八尺。凝神一打量，來者是那禿老鷹蕭普升，衔那金岱一腳之恨，惡狠狠從背後襲來，要從秦錚身上，找回體面。急三槍頭一槍剛到，秦錚騰身閃開，玉如意王良恰巧掄鞭沖到，措手不及，槍鋒反點到王良胸口。好王良退轉不開，招架不迭，急一伏身，反迎過去，卻將串珠鞭逼近一抖，畢畢一聲響；禿老鷹收招不遑，翻身栽倒。王良擋開急三槍頭一招，連忙挺身站穩，上前攙扶禿老鷹，再三道歉：「若不擋一下，您準失手戳著我。」

禿老鷹鯉魚打挺，自己跳起來，一語不發，怒氣沖天。眼光一找，見秦錚閃在一旁微笑。禿老鷹咬牙切齒，將長槍一端，撲地搶到面前。秦錚一擺吳鉤劍，斜插架過。禿老鷹收槍，唰的一聲，第二槍又到，直取咽喉，來勢甚猛。秦錚腳尖滑地，讓過槍鋒；寶劍一揮，貼槍棍平削出去。玉如意王良急忙說道；「蕭爺稍歇，待我來鬥鬥這位。」一進步，夠上招，串珠鞭卷地橫掃。秦錚急挑開這鞭；禿老鷹蕭普升不肯讓場，唰唰幾槍，兩個打一個，直扎秦錚。金岱喝道：「見證請看看，這是怎麼講？」但是劉五爺還未說話，玉如意二鞭剛下，連忙停手旁觀。金岱笑道：「這還罷了！」

當此之時，粉骷髏五豪秦錚已經抽身，往南邊一跳，將吳鉤劍一領，施展開，如怪蟒毒龍，一片青光繞住禿老鷹。禿老鷹左右、前後、上中

143

下，連發二十四槍，未能取勝。對手渾似旋風一般，在場上往來遊走，只是捉摸不著。禿老鷹心中一慌，氣焰頓挫。又戰十數合，禿老鷹較足氣力，將手中槍盡力一挑，挑開劍影青光，對準敵手心窩刺去。秦錚故意稍緩一招，容敵槍戳到，卻側身略避，讓過槍尖，龍探爪，一把奪住槍柄，老蕭大吃一驚，雙手急奪。秦錚右手劍迎面一晃，下面一腿，禿老鷹不撒手，向場外一竄。秦錚順手將槍奪下道：「承讓！」緩緩單手拖槍，跟蹤竄出圈外。口中說：「朋友，這桿槍……」

一言未了，禿老鷹忽翻身將右手一揚，一道流星直奔秦錚面門。秦錚本待跟蹤還槍，冷不防這一鏢，急止步低頭斂避，鏢纓拂耳打過去，險些誤傷東壁觀眾。秦錚投槍在地，怒道：「豈有此理！」見證劉五爺忙喊：「別使暗器，蕭爺下場吧，地方太窄，打不開呀。」禿老鷹面當大眾，羞惱成怒，見證的話滿不聽見，直瞪眼撲向西壁，從架上又抄起一桿花槍，大叫：「小子，我跟你拚上啦。」他竟要亂來了。

此時玉如意甩鐵鏈子串珠鞭早已下場，與秦錚戰在一處。

連走三五個照面，禿老鷹暴躁如雷道：「閃開閃開，咱非跟這小子拚個你死我活不可。」話出口，槍出手，只一擰槍纓亂顫，唰的戳到。玉如意王良怫然不悅，竄出圈外，這粉骷髏五豪挺劍轉身拒住。禿老鷹左一槍，右一槍，亂戳亂劃，秦錚面浮慍色，暗想：這個太不懂情理，看來不使一手，總不得下臺，於是一招一招應付著，留心尋敵人破綻。

戰十數合，禿老鷹覺槍桿長大，施展不圓；便雙手提槍，拚死力劃開劍雲，往外一戳。秦錚倏然一閃，用右臂夾住槍，吳鉤劍舉起來。全場失色道：「禿性命完了。」急注目看，禿老鷹兩眼緊閉等死，大叫：「小子砍罷。」呼呼哧哧，氣喘不止。

十豪金岱在桌上喊了一聲，五豪秦錚將劍橫頂一劈，忽雙眉舒展，一

笑收招道：「唉，承讓了吧。」將槍鬆手交出。禿老鷹一把奪回來，怪喊：「小子我的命賣給你了。」掉轉槍頭，唰的又戳過去。秦錚急避不及，用生平力量，揮劍猛剁，只聽咔嚓一聲，槍桿中斷，禿老鷹啞聲嘶喊，將半截槍桿劈面打來：「小子，爺爺跟你拚定了。」金岱實忍不住，飛身而下，伸手一抱，把禿老鷹從後擒住，奪槍桿於地下。那一邊秦錚呼的一聲竄上前，青光一閃，直砍下去。禿老鷹撲噔坐倒，手拍脖頸道：「你砍，你砍！」秦錚將吳鉤一落，金岱急將吳鉤一橫，叫道：「算了吧，何苦……」不想禿老鷹忽又一揚手，秦錚斜閃；騰的一腳飛起，禿老鷹如敗葉迎風，直跌出去三四步，仰面昏厥，耳輪滴滴冒血，被吳鉤劍倒槍撈了一下。

藍槍會友一見這情形，登時騷動。西壁供桌嗖嗖跳下五個打手，玉如意急忙攔住道：「眾位稍緩，容我來終場。」抖鐵鏈子串珠鞭，從斜刺裡抄到，一舉手道：「還是我來領教。」卷地一鞭，往金岱下三路蹦繞。金岱騰身閃過，道聲：「咱們再交交！」撲過來掄劍還擊。秦錚見十弟下場，忙想竄上供桌，監視唐貫之；唐貫之早乘隙避去。肉質沒有了，只可力戰待援。

登時間，奔來打手，把秦錚盯上；秦錚運吳鉤劍，沉著對敵。

金岱和玉如意打得更熱鬧。玉如意畢畢一鞭，玉帶纏腰；金岱退步反手一劍，倒須鉤橫咬鐵鏈。玉如意掣回鞭，泰山壓頂，摟頭又打。金岱又一閃，劍舉橫搪，轉身推劍，秋風掃落葉砍去。玉如意托地跳開，金岱跟進去，嗖嗖嗖，三花蓋頂，劍當敵頭。玉如意舞動鏈串珠鞭，崩砸纏抽，鞭環夭矯如神龍。金岱揮月牙吳鉤劍，推刺勾抹，鉤嵌雙鋒如伏犀。兩個人迴旋刺擊，輾轉招架，約走過四十個照面。王良這邊，忽然舉鏈鞭虛空一擊，掣回來逕取手腕。金岱偏不支拒，也不躲閃，忽的青光一晃，劍鋒橫截敵臂。玉如意連忙收招還架，全場都替她捏一把汗。

金岱乘機反腕，擎劍只一攬，劍鉤掛住串珠鞭。全場一聲喊，雙方急收兵器。金岱急掣，玉如意急奪，雙方牽住。忽然玉如意佯作力不敵，順勢撲入來，右腿進掃，左臂陡舉，亮拳劈面就打。金岱兩目凝神，喝道：「好！」也一亮左臂，明灼灼尺八匕首，已暗取在左手，貼肘倒提著，說聲：「戳。」玉如意抽身急避。這邊粉骷髏金岱一攬力猛劃，只聽嗤的一聲，玉如意撒手翻身，竄出圈外，含愧頓足，認敗服輸。金岱含笑收力道：「多承相讓。」

只聽西壁一聲喊，藍槍會五打手第一位劉黑頭劉錦波，提樸刀跳過來，抵面叫道：「朋友，咱們來麼？」金岱看來人，黑凜凜一顆大好頭顱，如煙燻過一樣。身軀胖大，青筋蟠體，料是個大莽漢，卻說的一口天津話。此人遊勇出身，是著名女匪首爛鼻子劉四姑的養子，善用樸刀。當時下場，兩人交手，這口刀嘎嘎劈風，那口劍閃閃掣電，刀來劍往，劍去刀還，連走二三十個照面，金岱忽一劍砍去，劉黑頭橫刀招架，劍鋒砸刀口，噹啷一聲響亮，如虎嘯龍吟，火星亂迸。金岱曉得此人力大，即將劍式一換，閃展騰挪，避實搗虛，連戰十數合，都不曾切動勁。劉黑頭不耐游鬥，不由性起，惡狠狠掄刀，揮霍繚亂的劈來。粉骷髏金岱聳跳竄蹦，只在敵人身旁背後，繞來繞去，劉黑頭左一刀，右一刀，刀刀撲空，連對手的劍也碰不著，影也撈不見。心中焦躁，猛一刀卷地掃蕩去。金岱翻空一躍，劍尖下指。劉黑頭回力撩開，金岱掣劍一圈，吳鉤劍上的倒鉤扣住敵刀。劉黑頭急摘不得，挺刀直撲。金岱就勢一送，劉黑頭啊呀呀失聲喊叫，劍刃順抹過來。黑頭慌忙收樸刀，已被劍尖倒鉤反掛，搭著左肩。劉黑頭只一掙，嗤的一聲，小皮襖扯破，鮮血流出，黑頭拖刀敗走。

金岱仗劍四顧：「哪位再來賜教？」藍槍會第五位打手，麥老臺揮刃上前，金岱挺劍邀住。當此時，粉骷髏五豪秦錚和藍槍會有名的大好人孫金

棠，戰在一處。大好人孫金棠使烈焰鋼叉，鋼叉與鉤劍相對，烈焰叉上下飛翻，月牙槍往來吞吐。十餘個照面。大好人失招落敗，幸不負傷。黑槍會第一打手，亮兵器搶上，剛待過招，早有黑槍會打手郎二柱，擺雙鉤越眾當先，與秦錚鬥在一處。這雙鉤咬住單鉤劍，那單鉤咬往雙鉤刀，一來一往，團團打轉，直走了好多趟。忽然騰的一聲響，郎二柱雙鉤好容易挌住敵劍，冷不防下面掃堂腿連環步只一掃，郎二柱翻身栽倒。緊跟著黑槍會第三第四兩打手，連續上場，先後塌臺。來的匆忙下得快，也就是三五個照面，便被秦錚打倒。直氣得糖罐子兩眼發紅，覺到丟人已丟到家。只聽粉骷髏十豪金岱打贏了敵人，高聲喊叫道：「八位承讓了，還有哪位？」其實是粉骷髏弟兄各自為戰，早夠了十二個湊一打的數目了。

　　金岱叫罷，秦錚也說：「兩位首領，我們幸得承教，就請首領踐約放人吧。久過兵刃，傷了誰，也不好。」兩個且叫且往圈外退身，不防人叢中霹靂一聲喊叫：「我來也。」鐵臺子陶志廉，揮雙錘，鷂子翻身，撲到垓心。粉骷髏雙豪急看此人，身材胖矮力大氣雄，使錚亮一對鐵錘，柄長四尺半，錘頭足有碗口大小，使動來呼呼生風，硬打處地裂石崩。好一個勇漢，只知力戰，不工拳腳，乃是黑槍會四臺柱的第二人。兩人交手便鬥，金岱使動吳鉤，進退刺擊，操縱自如，繞身浮起一片青光，只不叫人兵器觸著一點。常言道，錘棍之將不可力敵，對付此人只可滑鬥。金岱施展手眼身法，如虎插翅，如蛇生足，往來遊走，捉摸不定。鐵臺子東砸一空，西搉一空，手握雙錘，直氣得怪眼圓睜，咆哮如雷。猛然間分開劍光，雙錘並舉，跳起來劈空一擊。眼睜睜敵手倉皇跑不掉，急切躲不開，全場一陣騷動。卻不料金岱怎麼一轉閃，如流星趕月，抹身撲到錘將背後，騰起雙腳，嗖的一靠山背，把鐵臺子推冰山倒鐵柱，失空砸倒。金岱一疊步竄開，到那邊一站道：「到此為止吧。」左手提劍，右手拭額，覺得津津汗

出，有點戰乏了。

　　藍槍會第六打手胡鈞，是有名的野狐精，狡黠難纏的。他場場觀戰，招招揣摩，自覺摸著十成底。這一場剛分勝負，他陡然上手，提鋼刀單拐叫道：「我來請教。」左手拐一點，右手鋼刀斜切藕，猛砍金岱肋。粉骷髏金岱急待發招，五豪秦錚竟一步搶先，橫劍架拐，甩劍搪刀，就勢一送，推劍還招，直奔敵腕。胡鈞急掄拐招架，秦錚不待他架，早一翻劍，倒須鈎向下扣，徑找敵人下三路。野狐精展刀磕開，掄拐又打。秦錚滑步竄開，吳鈎一指，翻身殺入。只聽刮的一聲響，單拐被一劍劈斷。野狐精翻身敗走西壁。秦錚停劍不追道：「朋友怎樣？」

　　野狐精胡鈞棄鋼刀，急從兵器堆中，選取一根三節棍，單手提著，頓足一躍，抵面叫道：「朋友好俊本事，在下倒要徹底請教。這不算比武，陪方家過招，勝拜名師學藝。來來來，十八般兵器，在下樣樣學習過，樣樣都糟糕。容我一樣樣試演，請你一樣樣破解，千萬不吝賜教。」

　　這幾句話說出，鄧劍秋、唐貫之都暗笑，他無形中掩敗取巧，話卻說得堂皇。說完了，一抖三節棍，長呼：「請上招指教。」嘩啦啦棍打三路，蹦抽砸掃，拐彎抹角，直攻過來。秦錚一聲冷笑，蟒翻身平劍劈風，沖入三節棍陣雲中。閃閃轉轉，鈎鈎拒拒，連走十數個照面。忽賣一個破綻，虛擺吳鈎，翻身急走，胡鈞大叫：「朋友別吝教。」惡狠狠撲進一步，將棍一掄，兩節橫空，唰的拍下來，直奔敵人頭頂。秦錚不待棍到，猛翻身停步，橫劍一格。胡鈞大喜，這三節棍是格架不得的，只一架，必然折擊後背，便就勢一送。卻見秦錚一彎腰，呼的反竄進敵懷。野狐精一棍落空，急忙擊回。秦錚早身臨切近，手起劍落，迎面一晃，野狐精棍被帶住，大吃一驚。秦錚趁勢左手劈胸將狐精擒住，右手劍一進，野狐精兩眼已不由一閉。全場藍槍會失聲道：「糟！」秦錚橫劍一拍道：「算了吧，還剩兩

場。」

話剛出口，野狐精一躍退出，卻又掣出一支畫戟，現出笑臉道：「還得請教，您的劍上帶鉤，真是罕見的兵刃，這種兵器怎麼破法？」秦錚大怒。野狐精心中想：拿這帶鉤的長兵，破敵人的帶鉤的短刃。口說客氣話，身手已經往前蹭。即將戟一擰，左插花，右插花，鉤，砸，挑，戳，嗖嗖生風，直攻進來。秦錚候援不至，心中焦灼，敵人無賴，更引人起火；一咬牙，挺劍讓開了戟陣，一招一招的衝擊上去。胡鈞務求勝敵，忽竄進一步，將戟一挑，將尖亂顛；唰的又一推，如蛟龍出洞，直奔敵人心窩。秦錚頭上見汗，忙一閃身竄開，回手一劍，月牙鉤鉤住畫戟小枝。胡鈞雙手較力，往外一豁攏，卻沒豁動。急又撒手翻身，往後猛跳出去；到兵器堆中，抄起一條桿棒。按潑風棍法，扯轉身一抹打來。口中說：「又一套，您真高，再看這個怎麼破。」

秦錚暗罵：「好個不要臉的東西！」那個見證劉五爺至此還不發話，顯見心偏了。粉骷髏雙豪也知今夜難得公道，偷眼看任和甫，一動也不動，想是嚇暈了。秦錚奪戟在手，掂一掂暗道：「還使得。」忙收刀劍，將戟施展圓，拒住棍棒，冷笑道：「閣下倒真有耐性，一定會氣功，善作持久戰。」野狐精胡鈞明明聽出是挖苦話，仍然裝不懂；倐將棒勢一轉，改為行者棍，嗖嗖打來。秦錚一怒變招，容敵人桿棒泰山壓頂砸到，雙手掣戟一攢動，向外橫推，噹啷一聲，險將棒磕飛。胡鈞前把鬆手，已將虎口震開。秦錚一擰，這畫戟小枝嗤的一聲，刺著敵人肩頭。胡鈞急閃不迭，棄掉棍，雙手抱住戟，叫道：「朋友好……」粉骷髏秦錚不由分說，掣回戟，掉轉戟柄，唰的只一敲，手下留情。野狐精哎喲一聲，退到西壁。全場登時又哄哄騷動。

秦錚插戟一笑，拱手高叫：「這可完了罷？」哼，背後猛聽嘩啷一聲

響動；粉骷髏秦錚抽戟不及，急扭身一竄七八尺，回顧四面。那野狐精胡
鈞又拿著一對鏈子錘，飛身上場，攔腰又掃過來，口中說：「還得請教這
個哩。」說話聲音已然岔變。怒目，似要拚命。在他背後，劈利撲落，又
跳下三四位藍槍會打手，各執兵器，湊過來像要對敵。秦錚變色嚷道：「二
位首領，諸位見證，過招有完沒完呢，說話算數不算呢？」

　　看那藍槍會首糖罐子，不知何時，已出了場。藍槍會打手一齊亮兵
器，要恃眾行兇，將秦錚、金岱亂刀分屍。那黑槍會首鄧劍秋一話不發，
坐山看虎鬥，只壓住自己這邊的人，不教他們亂動。

　　這時候正是危急存亡，生死呼吸之際。秦錚金岱急忙忙亮刀劍，看時
刻，此刻已過五更三點。冬日夜長，天色尚黑，荒村墳園中狂風搖枯樹，
沙沙作響。野狐精雙手一掄鏈子錘當先砸到。金岱搶先出戰，一劍挑開。
藍槍會一個打手，舉長矛唰的又刺來，金岱舉劍猛剁，閃身昂首，放開霹
靂般喉嚨大叫：「呔，你們可要群毆，你們說了話不算！來來來，我就賣
一招，雙拳難敵眾手，失招誤傷免不了，多多原諒。」與秦錚一躍上前，
兩人如流星游空，嗖嗖動手。藍槍會的眾打手，長槍大刀紛紛上前，洶洶
進前。粉骷髏秦、金二豪滿面殺氣，渾身是膽，右持吳鉤劍，左提尺八匕
首，抖擻精神，背對背闖入群圍中，施展開空手入白刃的絕技，如雞群鶴
舞，奔騰飛躍，指東打西，指西打東，全仗著一鼓作氣；怒目圓睜，灼灼
放光。又有這雙劍雙短刀，彷彿是猛虎添翼。劍劈去青光瑩瑩，直奔敵人
要害；刀戳去白虹閃閃，單尋致命處。群毆死鬥，兩雙拳敵眾打手，施絕
招，舉手下絕情。

　　在祠堂中，眾打手團團打轉，刀矛如林。秦錚金岱東竄西進，來回飛
繞，不像蝴蝶穿花，定似雙龍戲水。單單繞貼在敵人的背後，借這個擋那
個，借那個擋這個，正是依敵作盾，用敵制敵。藍槍會同生憤怒，同起鬥

心，刀槍並舉，這麼一挑，那麼一剁，呼喊聲不斷，陡聽嗤的一聲，野狐精的右臂，被一劍砍傷。眾打手一齊噪怒，將刀矛狠狠沒頭沒臉砍戳去。秦錚金岱情知敵眾我寡，只得賣餘勇力戰，擺出拚命的架式。忽然聽哎喲的一聲，另一個打手，一個箭步竄出圈外，一隻手血流不住，也被粉骷髏雙俠砍傷。殺氣中，火光下，人影憧憧，往來跳動，粉骷髏雙俠抵敵藍槍會中數十人，占了地窄人多的便宜，只在人叢中亂竄，但是情形已很危急。

黑槍會各打手，遵會首鄧劍秋切囑，各操兵刃作壁上觀。

藍槍會未下場的打手十來位，各亮兵器，提防墳圍外面。粉骷髏雙俠使出全身本領，伺隙下手，不一刻，下場打手又傷了一名。藍槍會驢皮球，劉黑頭，大好人等，連忙下場助戰。這邊站在供桌上的，正驚心駭目觀戰。內中有兩個，名叫梁老五朱四愣的，靠近了悄悄耳語。耳語片時，又暗扯側首一人，忽然這三人潛從衣底，取出兩支手槍，一筒袖箭，便要扳機瞄射，粉骷髏雙俠與眾打手，旋風打轉，逼近廝拚，難解難分，往來不定，三打手比了比，卻又停手，怕有誤傷，為害不小。

就在這一思量間，秦錚金岱耳聽八方，眼觀六路，一交手早就提防著，料有這一招。金岱刀劍一揮，托地一躍丈餘，大吼一聲，撲到見證面前。藍槍會下場的打手，一抹地跟追過去。秦錚也從斜刺裡竄過去，與金岱二人忽將刀劍投地大呼：「見證先生請看，有人暗算我。呔，我說的是你！」急掏身畔兜囊，取出一物，雙手高舉著：「在場諸位，休要怪我。」一言未了，全場愕然。猛聽北面，嗤嗤嗤，三道白光破窗直入，凌空點點到西牆邊。供桌上三打手，撲噔噔應聲掉下兩個，正是梁老五朱四愣，大眾譁然驚顧。卻見後窗櫺悠悠自起，砰然一聲響，數條黑影嗖嗖撲進。原來粉骷髏雙俠的援兵到了。

　　這一次，藍槍會打手，黑槍會打手，是異黨尋仇，躲著官府的干涉，在此地祕密械鬥。粉骷髏雙俠忽來闖入，大招他們的疑忌，一心要將這闖來的孤雁秦、金二人，和迷羊任和甫，一齊下手殺死。群中一二明眼人，識得粉骷髏雙豪，滿面英氣逼人，善者不來，來者不善，以此再三勸阻，提出較技解難的計策，好叫他們亮拳腳，動兵刃，車輪戰法，活累殺敵人，死而無怨，免除了後患。誰想一交手，秦錚、金岱手疾眼快，招招占上風，場場皆贏。黑槍會首鄧劍秋是個行家，暗勸會友，這兩隻孤雁得罪不得，一來他武藝高強，二來怕他背後潛藏的勢力，不知有多大。無奈他的同幫，不能盡理會劍秋的深意，那藍槍會首糖罐子，另看一步棋，他只覺得闖來的人窺見機密，輕放不得，是想滅口的，卻又游移。等到較拳已罷，又提到械鬥，滿望好歹砍殺他二人。藍槍會友竟然下手，糖罐子悄然避出祠堂，將祠堂門倒掛。藍槍會打手出死力，火拚秦金二人；另有三打手，卻潛取手槍袖箭，要乘亂暗算。粉骷髏雙豪耳目聰明，大吼一聲，跳到見證面前。那兩隻手槍，左瞻右顧不敢聚放。就在稍一俄延的分際，雙俠陡將刀劍投地，各探囊取出一物。藍槍會打手愕然相顧，忽然祠堂後窗，射透來三道白光，西壁供桌上，暗算秦、金的二打手，哎喲一聲，倒撞下來，各人肩頭冒血。又砰然一聲聲響，後窗啟處，飛進數條黑影，立刻墜地有聲。滿堂中濃煙蓬騰，對面不見人，全場各打手，情知有變，各奔前程。也不遑開槍，覓敵，只顧急忙逃竄，倉促中並忘了祠堂門扉已閉，各自奪門不得出，擁擠成一團，互相踐踏起來，全場登時大亂。

　　有少數行家，懂得這把戲的，急忙竄避到角落，蹲伏在地，攏著眼光，查看吉凶。黑霧中人影雜亂，辨認不明。卻聽高處一個嘹如鐘的喉嚨，大聲喝道：「全場休得亂跑妄動，各處原位，決無妨害，且聽我一言。」半晌煙幕慢慢消散，輕霧朦朧，嘈雜稍定，他們還是逼在門口。那

聲音又喊道：「一齊蹲下，一齊蹲下。呔，我說決無妨害，只要你們聽話，不許開槍，不許亂動，刀槍全給我放在地下，誰要一動勁，我就一炸彈，連祠堂帶你們人，全數受炸殺。」又道：「喂，西北角上那朋友，我看見了，你手裡拿著什麼，快放下。我可有八顆炸彈，一鬆手你們滿完。兩幫首領呢，是朋友出來講話。」

此時輕煙淡淡，當堂浮繞，燈火下略能辨出形影。角落裡避伏著的幾個行家，貼地平看仰看，隱約看出全場已亂，早改了原狀，秦錚、金岱，已不在場，棄置地下的刀劍，也都不見。那窗扇開處，卻露三顆人頭，當中一人，高聲說話，詞鋒犀利。在場的人，懾於逼人的氣焰，不測的聲威，果然不自覺將兵器放下；幾十隻眼睛，穿梭似的齊注觀到後窗。

但見來人，麵糰團鬚眉如戟，雙瞳開闊灼灼吐光芒，眼角似有紫棱，紫貂帽，黑緊身，手中纍纍拿著幾枚銅球，上半身昂然當窗，似渾身蘊藏了無上的威棱，氣概很昂藏，在他兩旁的人，卻都戴著面幕，像死人骷髏形。全場打手俱都驚訝，莫敢先發；各人心中都亂猜想，這是誰？他是要幹嘛？官面吧，不像呀……到底此人是誰，其來也並非偶然。他便是夜趕古北口的粉骷髏第三豪馬桐。在他身旁的是兩個助手。

粉骷髏三豪馬桐大聲叫道：「在場的朋友，若是江湖上的重信義，懂交情，明白斤兩的，我勸你們休想武力解決，武力解決只能惹麻煩，不能了事情。請看，像這墳園，再有五個大，也抵不住這纍纍一枚小球。有話還是揀好聽的說，場中的事故，我們在此潛聽已經多時，前後過節，也都知道。我們既然碰見，就想給你們了結。現在天也不早，轉眼大亮，我長話短說，你們的機密，我做確保，絕不泄漏，這隻迷羊，交給我們領走。」

說到此夏然而止，圓睜二目，立等著放人，那隻迷羊任和甫，手縛著

靠南牆坐地，早嚇得半死。全場紛紛議論，馬桐故作未聞。黑槍會首鄧劍秋，搶先到窗前，雙手高舉，以示不疑，以明無詐，一拱到地說：「朋友哪裡來，有話請進裡講。」

馬桐道：「大丈夫做事，一言而決，不必攀閒話，炸彈一鬆手，全完。」劍秋對藍槍會友說：「快去請唐爺來。」一面對窗戶點頭道：「就是這樣，咱們商量著辦。」藍槍會兩個打手，站起身便去開門。祠堂門仍然倒扣不得開。二打手伸手連推，隔門縫叫喊：「是誰把門鎖上了，快開。」

嘩啦一聲響，門扇應聲大開，藍槍會首糖罐子，不待人叫，慌慌張張走進來，緊跟著一個黑色短衣裝的陌生客人，相伴一同來，全場大為疑訝。留神細看時，糖罐子雙手掩胸，面紅耳赤，不住的東張西望。鄧劍秋忙道：「唐爺來到，好極了，正要請你。」連忙告訴一遍，徵詢他的意見，又問同來的陌生客是誰。糖罐子不等說完，開言叫道：「鄧爺，說哪裡話。十二場定輸贏，咱們有言在先。人家粉骷髏弟兄，不吝賜教，可真是場場占勝，足見高明。沒什麼說的，這可該把那隻迷羊，交給粉骷髏朋友帶走吧。江湖上信義為重，人家又是純為救人。」說完了，怯怯望了一眼。那陌生客默默無言，緊緊當門立著。

糖罐子茫茫的回轉身，眼望窗前，對馬桐點頭舉手道：「這位必也是粉骷髏弟兄，久仰盛名，不勝欽佩。剛才獻技的那兩位呢，請他回來，好把這迷羊帶走，就完了。粉骷髏幫弟兄，仗義遊俠，急難救危。這樣好漢，區區雖是個粗漢，也願傾心交結，剛才比較拳腳兵刃，實在是要領教。」馬桐不答，仰天長嘯。糖罐子側面對著鄧劍秋，開口欲言，眼珠亂轉，半晌說：「粉骷髏幫真是江湖上好漢，他們……同黨很多，可以說是，到處都有，真是足跡遍天下。」說到這裡嘴噤住，換過話頭道：「我說，咱們趕緊把姓任的放了吧，總得放了啊。不放……可不行，不夠交情，對

不對？粉骷髏弟兄很多，到處都有，全來了，難得難得。」陌生客哼了一聲，糖罐子打了一個寒噤；連忙叫藍槍會打手，快快去，快快把迷羊任和甫原乘驢車套好了，趕到墳園門外，又親自過去給任和甫解綁。

　　黑槍會朋友馬駿材、王良數人，見唐貫之如此張羅，心中不平，便要說話，鄧劍秋忙攔住，低低說了幾句話。眾人看見糖罐子神色有異，一齊點頭無語，閃立一旁觀望。藍槍會也有幾個打手看明白了，也有幾個不明白。那不明白的人，上前說道：「頭……」糖罐子變色喝道：「別不睜眼，聽我的話，快去套車。」手指黑槍會道：「你瞧人家，你們不知道粉骷髏弟兄，是江湖上好朋友。咱們應給面子，你們要知道輕重。」藍槍會打手說：「什麼好朋友，頭你看看，咱們傷了多少人，這就完了不成？」糖罐子瞪眼喝道：「好渾蟲，怎麼你還嫌傷的少麼？你們休要倚人眾欺人，粉骷髏弟兄讓著你們呢，要不然，人家比咱們人還多，一跺腳天下亂顫，別傻了。」說著眼望門外窗外，回頭來又說：「你們睜開眼睛看看。」

　　粉骷髏馬桐聞言冷笑一聲，口打呼哨，叫道：「喂，出來吧。」唰的一聲，從祠堂屋頂大樑上，如飛鳥也似，閃下兩條黑影，全場驚顧。二人左手匕首，右手吳鉤劍，昂然站在堂上，正是秦錚、金岱。糖罐子吃了一驚，暗捏一把汗。金岱過去攙起任和甫，當場環揖，一拱到地，便叫：「諸位行家，諸位會友，剛才兩場比武，在下單打獨鬥，精神還照顧得來。末場諸位輪戰，在下雙拳敵對眾手，雖有我們哥們趕來幫忙，究竟以兩人敵二十多人，未免招數不及，誤傷諸位。小弟非常抱歉，醫藥之費，容小弟奉上，他日還要登門謝罪。總之，請多多原諒吧。」又回顧黑槍會藍槍會兩位會友和見證道：「二位首領，和見證先生，適才大家負氣動手時，多承關照，小弟心領盛情，現在我且告別。青山不改，綠水常存，他日相逢，再圖歡會。」道一聲請，手攙任和甫，昂然出離祠堂。到了墳園柵門

前，任和甫的車，已經停在那裡，有幾個藍槍會打手，拿著火把和快槍大刀，在一旁伺候。金岱瞥了一眼，心中冷笑。便讓任和甫登車，秦錚也坐上去，然後金岱自己跨轅執鞭為御，鞭搖馬蹄移，輪動車開行。

幾個打手緊緊跟在後面，快槍的保險機，已經悄悄扳開。

金岱暗道：「必須如此。」托轅一躍，跳下車來，轉身迎住說：「眾位多辛苦了，又勞遠送；我這裡有個玩藝，還得發放了好走，就借火把一用。」探囊取出幾個紙包，就手打開，包中各有一物，用棉絮層層裹著，眾打手不覺一怔，金岱一彎腰，在地上放上三顆，單留一顆，托在掌心，方待擺弄。忽然墳園中，飛出三條黑影，且吆喝且跑，急急忙忙撲到面前。藍槍會送行打手，應聲停槍止步，齊問：「叫我們什麼事？」三個人口傳糖罐子之命，叫道幾位趕緊回園，千萬不要送行。幾位打手張目詰問，三個人附耳密告：「別冒失，咱們頭說，他們來了不少人，決惹不得。咱們頭另有打算，回去為妙。」大聲對金岱說：「朋友請上車吧，恕不遠送。」隨又叫各路口巡守的，也一齊撤回；卻在暗中另遣數人，穿林跟綴。

金岱一笑，才要發話；忽然聽林那邊，風吼樹搖聲中，呼哨迭吹，紅光連閃，藍槍會一行人不明虛實，驚忙四顧。粉骷髏不禁大喜，就在林中那一線紅光閃處，倏跳出一條黑影，忽高忽低，往林間夾道這邊游走。金岱一見，忙將手一揚，袖口內也射出一道紅光，直照到林裡，口中也連打呼哨。旋見雙方答話，林中人高叫：「喂，粉骷髏第十的到了麼？喂，怎麼樣？」金岱大聲說：「咱們第十和第五全出來了，平安托福，頭上到了幾號？」林中大叫：「該來的人全來到了，頭上五個，叫一聲吧。」林中車旁，一齊吹動呼哨，紅光連搖五下，一霎時，林際裡外，四面八方，隨聲響應，瑟瑟的呼哨連吹，紅光不住手遙遙回照。正不知暗中埋伏下幾多人。正南東南西南三面，又有一片聲喊叫：「粉骷髏第五和十，出來了麼？

潦倒公子如何」？十弟金岱高聲回答。那邊林中先出現的人影，竄身上前接住驢車，口說：「我來趕。」一徑驅車出林，繞奔北面。

藍槍會打手，方要跟綴下去，金岱放的那三個銅球，這時轟的一聲爆炸，濃煙卷地，黑霧迷空。霧氣中，又突突突連發三響，濃煙益重，對面不見人。眾打手大吃一驚，倏然臥地扳槍，便要開火。卻聽背後墳園一帶，也發大響，如沉雷炸裂。

三個傳話人連忙叫住：「切勿妄動。」卻是槍機扳動，早發出數彈。再傾耳細聽，半晌不聞別的動靜。遠遠聽見，像是金岱的口音，大聲叫道：「後會有期。」又過了一刻，周圍煙散霧消，這幾個打手爬起來，夜影荒原，紅光連閃，未敢窮追而返，集夥兒垂頭喪氣，舉步回園。

才走了不多遠，偏南面忽聞殷殷隆隆，似槍炮轟動，這幾人急忙四顧。陡聽墳園中，巨雷又復震動，煙騰霧起，一霎時人聲嘈雜，墳園門大開。藍槍會黑槍會各會友，亂亂哄哄，從祠堂一湧出來；跟著乒乒乒乒的響個不住。鄧劍秋領黑槍會友，疾馳入東邊另一座墳園內。這幾人惶恐不解，又連忙登高四望，黑影中仍舊看不分明。只見遠隔五七里地，似有火光閃爍，忽明忽滅，蜿蜒遊走，如一條火線。內中有懂得的叫道：「這不像是大批行旅，恐怕竟是軍隊。」此時藍槍會首糖罐子，有三四個人護架著，也從祠堂奔出來，口中不住說：「厲害厲害。」原來是粉骷髏弟兄，臨行時候，對他們下一毒手，鎖住他不敢窮追暗算。

自十豪金岱領迷羊出離祠堂之後，藍槍會黑槍會覺得局面不大妥當，表面上便與粉骷髏釋兵言和。忙將供桌長凳，搭放在堂中央，再三請粉骷髏弟兄入座一談。粉骷髏三豪馬桐提著許多銅球，當窗而立，只說不消。那陌生客，便是粉骷髏副手，手袖短槍，監視糖罐子，並坐在供桌旁，寸步不離。雙方各懷鬼胎，不知怎樣收場。糖罐子暗遞眼色，教會友解救自

己。藍槍會打手多是粗漢，在場十七人，只有六個明白；會首是被敵人握在掌心，失去自由，也要想法子去破解，又怕投鼠忌器。他們只管眉來眼去，暗打照會偷商量；卻不料祠堂外面，另有人冷眼盯著。在座的人，剛說到幾句江湖上場面話，就聽祠堂牆內，砰然震響，東南角猛有人慘叫：「救人呀，救命呀！」堂中人不由一愣。

忽然祠堂門扇一響，聽得腳步奔騰，慌慌張張過來一人，對門縫大叫：「不好了，官兵大隊來了，快。」跟著咕噔咕噔一陣腳步聲，人已跑開。大眾聞聲驚惶，齊站起來，各摸著兵器。就在這當兒，粉骷髏馬桐當窗一揮手，匐然大震一聲，窗搖戶動，滿祠堂浮起濃煙；祠堂前後，也乒乒乓乓接連數聲。

藍槍會黑槍會各打手，把顆心迸到嗓子眼，哪個不怕地雷轟炸，慌忙奪門奔出。粉骷髏副手貼糖罐子坐著；藍槍會兩個打手，眉梢一挑，估莫著坐處，亮鞭唰的一聲，橫刀又一抹。霧影裡，一把護住糖罐子，急往門口攪架。那粉骷髏的副手，早預先認定退步，藥炸煙發，一躍脫座，乘亂竄出後窗；與馬桐越過墳園，一齊馳往北路去了。

那糖罐子，煙露迷離中，剛伸手要扣對座的咽喉；忽匐然一下，不知被什麼人打了兩拳，末後才被同黨拖救出來。一大群人磕頭碰腦，向外掙命，逃出了祠堂，一個個連叫：「粉骷髏好厲害，一準是他玩的把戲。」都忿然要尋敵報仇。兩會會首，急勸眾人勿要自亂，便湊集會眾，撲到東邊墳園內，整頓兵器，登高瞭望，派人偵察。只見荒林外，這邊紅光一閃，噼啪響幾槍；那邊紅光一閃，也噼啪響幾槍，不知有多少埋伏。

遠在數里外，又望見黑影中火光起伏，料有一夥行人要經過此間；卻不能斷定是粉骷髏餘黨，還是巡緝游匪的官軍。兩會會眾為械鬥，與緝捕官兵小隊，對面開火，擊傷不少，活擒的又要掘坑生埋，以除後患。明知

萬一走漏消息，為禍不堪設想。

但此刻橫被粉骷髏擾了局，刀把算教人握住；若是官軍到來，說不定就是他們使的壞，這便如何對付方妥？藍槍會首糖罐子，找到黑槍會首鄧劍秋，兩人釋嫌，共議善後之計。

卻見火線越走越近，越看越像武裝軍隊。兩會的打手亂叫：「打打，準是來拿我們的。」心中不由發慌。二會首搖頭，忙命大眾，將活擒的官兵，快抬出來，到土崗後掃數活埋。相率潛伏在荒林中，熄止火光，各持兵器，暗窺動靜。但能躲得開，最為上策；若不然事到臨頭，怎肯俯首就縛，大家胡弄一場，也說不得。患難危急中，積怨深仇的兩會眾，竟同心一意，謀抗官兵。並且倉促間，又定了退一步的出路辦法，到不得已時，一齊持械入山，與當地著名夥匪勾結勾結，以便暫時棲身。

粉骷髏幫，三豪馬桐，五豪秦錚，十豪金岱，和副手會在一處，搭救了窮途末路的任和甫，奔到林中，拉出良驤。馬桐另有去處，率助手搭伴去了，秦錚騎馬，副手趕車，金岱跨轅，護持著任和甫，沿西北路馳去。不到天亮，投到一座山村。那其他同黨，設計解轉拒敵，事畢也從後面陸續趕到。原來五哥十弟下阱救人時，曾遣任和甫趕車的車伕高二，去給古北口德發店十一號送信。到一點半，店中養傷的粉骷髏二哥王彭，三哥馬桐，和六妹盧正英，七弟孔亞平，十一弟祁季良等人，才見高二騎金岱的馬，拿金岱的信尋來；曉得金岱、秦錚，半途又遇見事故，催請於兩點前派五六人來援。王彭、馬桐一想，即將店中暫寓的全部同黨，由馬桐率領，一齊遣出，三點半才趕到；四點一刻佈置停當，四點四十分一齊發動，秦錚、金岱險些戰累失手。

這一夥人救出任和甫後，就冒充官家密探，敲開一家民宅投宿。當夜商量辦法，救護並安插任和甫，仍歸五哥秦錚料理。二哥王彭折回北京養

傷，其餘三哥，五妹，七弟，十弟，十一弟，和五個副手，奉首領胡魯的密令，火速赴熱河，有要事派遣。至於對付密雲于善人搶案、起贓避偵等事，另從北方分窟，調回生人來主持。在村中擬議好，五哥秦錚便打起精神和任和甫深談，和甫到此始信秦錚不是歹人。但他幸脫虎口，決意還要上熱河一趟。五哥秦錚便潛讓任和甫，與六哥等成一路，到次日一齊登程。

　　一路無阻，兩天一夜到了承德，與六豪諸人等候首領發令。那秦錚卻寫了兩封信，交給和甫。一封是寫給當道，為和甫差事。一封是交當地順和成雜貨店，告訴和甫，如有緩急，可投此信交鋪主麻六爺，難之中可以相助。秦錚之意，也要利用和甫，與官府走動，好探聽消息。那封薦信，是根據訪得的密訊，套寫某名流的筆跡，算是一封偽書。任和甫不知就裡，拿著去投，居然生效。

　　正是：「劇賊也能作曹邱，書生從此脫窘鄉。」

第十章
留別書西賓試為賊
賣金丹邊城阻盜寶

　　那粉骷髏幫一行黨人，到熱河的第六天，密雲縣于善人和密探長邵劍平，乘汽車踩訪趕到密雲縣，一到場，便與當地官府商議，派能員幹探協助緝賊。邵劍平等副手趕來，自己也就開始偵察工作，卻最注意聽的，是于宅有功的家塾塾師梁蘇庵的身世來歷。于宅聽見，都很不悅。哪料竟發生奇怪的事故，梁蘇庵忽告失蹤。這一來倒無私有弊，非賊即盜了。

　　于仲翔與邵劍平，齊到書塾檢查，發現桌上抽屜內，留有兩封長信，一封信是粉骷髏幫的口氣，內說：「梁蘇庵為吾黨深仇勁敵，竟敢干預吾事，現特派人將伊架走，爾勿得過問，爾之幸也。」就是這幾句話，下款畫骷髏和一把短刀。又一封信，是梁蘇庵的留別書，上說：「伴談經年，備受禮遇。一昨犯險護宅，救得令愛，敢云報德，聊以分憂。不幸竟以此買怨於劇盜，此去存亡莫卜，望勿為念。竊有請者，粉骷髏是著名劇盜，不大易與。我公舉宅無恙，稍失錙銖，如延探窮究，恐且別生枝節，危及身家，則失計矣，愚意宜將盜黨指目種種，誣為罪狀者，逐點明白辯復，揭之通衢，或於後來有利，未可知也。今當永別，臨牘泫然。」

　　于善人反覆詳看這信，大為疑訝，又很替梁蘇庵擔心，當向探長問計求救。探長邵劍平，暫不回答，反問于仲翔：「這一封信可是府上梁教師的親筆麼？」于善人點頭。邵劍平沉思一回，細細盤問梁教師平日在館的性行，有無異常之處？可曾宵夜獨出？于仲翔叫過館童，逐一細問，逐一

答了。邵探長便要求搜檢家塾和塾師的臥室，對仲翔表示，梁某究竟有通賊的嫌疑與否，現在證據不足，不能斷定。但看他的面貌，和他的舉止，以及于宅護院所說的抗匪如何勇敢，武功如何精熟，這種種情形，絕不像個平常老夫子。邵劍平說：「冷眼看他的容貌，確與三年前喧騰都市，三年前匿跡人間的南方劇盜唐四舉，有點相像。」

于仲翔一聽，不覺大驚，連聲打聽。邵劍平說道：「唐四舉的身世不詳，但在近十年來，忽然出現南北都市，而且活躍非常。他這人有獨特的才能，既識書字，又富科學知識；且擅長技術，又工化裝，常往來於北京天津上海漢口各處。造偽紙幣，賣假古玩，制贗鼎的珠寶，巧騙富商貴官和西洋人；幾年來積案疊疊，頗為警界所注意，亦為報界所常道。他又利用女子，取巨室大姓的藏金，盜軍閥財閥的重金，大小作案何止數百件。卻是他有一短處，生平貪戀女色，千金買笑，愛河流連，未免有點兒女情長。聽說他有好幾個情人，一個是交際明星，一個是某戲院女戲子。另外在上海還有一個著名舞女，在北平有一個某巨頭的下堂妾，與他也常有來往。官探曾利用他這弱點，擺下網羅，出其不意，將他擒獲。上綁時，唐四舉昂然冷笑，滿不在意，毫無懼色。在警所把他細搜一過，經過了法律手續，審訊一過，下在獄中，方要追贓嚴懲。不料七日後，竟已越獄。聞在他身上，竟還帶著數千元鈔票，也不知他藏匿在甚麼地方，他居然拿這錢賄買了獄卒。也不過將他看管得稍為放鬆一點，他便赤手空拳，穿窗越獄而逃。第二次派幹練密探，延有名私家偵探，從事追緝。上海某富戶因唐四舉與他愛妾私奸，認為奇恥大辱，特別懸賞三萬元拿他。又在北京東方飯店，將他包圍，押解往警廳，準備送滬歸案。半路上，他又跳火車跑掉，手腳上的刑具，不知怎樣被他切斷。第三次又在濟南，好容易暗緝著他；誰知一掩捕，竟捕錯了，被捕的是一個別人，與他化裝的相貌相類。

末後延請旅滬外國名偵探，用了七個月工夫，偕同華警華探，將他捉將官裡去。他又不到半年，愚弄了監守人，乘隙逃走，還拐帶跑了一個同牢的青年重犯人，一個牢卒。」

　　于仲翔聽得呆了，忙問後來如何。邵劍平道：「您聽我細說。這唐四舉既有如許奇才異能，詐騙竊取，得來的贓物，諒不在少數。但他還是一連氣往下幹，並不洗手。好像他背後有銷金窟，財寶入囊，立刻隨手花掉。假若不然，便是他生有賊癖，不偷不騙，寢飲不安。四年前，他異想天開，化裝為大學教授，連用手腕，誘惑某遺老，某學者，以考古為名，將博物院保藏的十六套宋版的乙部祕笈，用偽版調換；又竊取清宮祕寶唐畫多幀。這唐四舉不合將這些國粹國寶，販賣給外國人，被海關查獲，急電追究。那遺老和那學者，也因分贓不均，吐露出內情。唐四舉擔了重大嫌疑，遂為警探所注目。不久他冒充大學教授的底細，便被官人查明；結果舊罪新犯齊發，各處嚴拿。到他第末次被捕下獄，已是在三年前。把他的罪案詳加訊問，他居然敢做敢當，犯人如實畫供，法官從嚴定罪，把他判了八年。豈料不數月，他又悄然越獄。獄中守衛，開槍追緝，眼見他負傷倒在一家民宅內，及至從民房上跳下去捉，卻轉眼不見，遍搜不得。從此他銷聲匿跡，罪跡久不彰聞，多有人相信唐四舉已死。不道這次竟在這北邊僻邑的密雲城內，為根究粉骷髏幫，連帶發覺這個梁蘇庵。這梁蘇庵實在很有幾點像是唐四舉的變相化身；而且推測去，覺得粉骷髏青衫黨，忽在密雲活躍，必有臥底內線，這怕不與梁蘇庵有關聯！」

　　邵探長一面說，一面猜度，于仲翔不勝駭異。但其實邵探長也沒全猜著，梁蘇庵與粉骷髏幫，正是風馬牛不相及，道路作法全不相同，說起來他們還算是對頭冤家。邵探長起初對於梁蘇庵還有點猜疑，等到檢查學塾和梁蘇庵的臥室之後，發現幾處漏寶破綻，斷定果然與唐四舉是同黨或同

謀，決定「併案辦理」，這一下可就走入歧途。

　　于仲翔將梁師爺如何替自己護院，如何搭救自己女兒，如何與賊拒戰的事實，都根據家人報告，一一告訴邵探長。邵劍平只一笑置之，以為這與案情沒有多大關係。便吩咐助手，在城內開始工作。一連七天，不但不得賊，也不得犯，而且于宅還在這七天內，接著粉骷髏幫的兩封信。這一來，真教邵探長下意不去。又繼續偵察幾次，竟從旅捨得到一些消息，於是第二天起程赴熱河。

　　邵探長與于善人同乘汽車，到了承德，會同當地官府，踩訪粉骷髏的蹤跡。邵探長所帶副手也化裝開始工作，先從承德全埠搜查起，將全埠劃為八區，每區細搜若干次，竟沒有找出一點頭緒，便又往城外搜查，倒緝著幾個情形可疑的人，只都與粉骷髏幫無關。探長邵劍平心中不由十分焦灼，認定梁蘇庵必是跟粉骷髏幫合了夥，于宅盜案，簡直是梁蘇庵臥底。他就拿這一點為根據，苦心搜尋起來。

　　這時候，粉骷髏幫首領胡魯，從南方兼程北上，在北京召集同黨密議一次，到密雲又召集同黨密議一次，旋於新正到達承德。當日尋找當地著名長途巴士行，探訪了一些實底，又往上海、青島各處，拍出幾封密電。一個人便在暗中活動，一面等候消息，一面傳播消息。不數日忽接關內急走送來一卷密報，首領胡魯拆閱細看，喜形於色道：「這就快了。」這一卷文件中有幾份北京報，報上載著一條新聞，說中西合組的東蒙探險隊，已領到護照，不日起程出口，沿內外蒙考察古蹟來了。

　　胡魯將報剪取下來，拍出密電，命北方分窟派人掃聽真相，自己在熱河仍然不斷佈置。等到略有眉目，覺得這裡勢力單薄，施展不開，急電召密雲城羈留的同黨，催他們趕緊前來，好協圖大事。

　　果然三豪馬桐，六豪盧正英，七豪孔亞平，和十弟金岱，十一豪祁季

良等不兩日趕到。第一日尋覓潛聚地點，暗通消息。第二日夜深，在一家出倒的綢布莊空樓上集齊。六哥十一弟一行，各攜盤報刊物，和酒食電炬，掩上臨街紙窗，在黑影裡密談等候。約到三更，屋頂啪嗒一響，首領胡魯，和十弟金岱相偕到場，從樓窗直竄進內。袖攏電光，四周一照，首領胡魯胡聲伯說：「三哥，六妹，七弟，十弟，十一弟全都在此，還有幾位副手同來呢？」六妹答道：「調到五人。」首領問：「各人經歷的事如何？」六妹等各交出盤報，並口頭報告一切。首領逐一問過，默想了一回，說：「到底于善人是個善人麼？」六哥代答道：「各方觀察，他是個不清不濁，兼辦善舉的政客，人品還不見甚壞。」遂另取一束文件說：「這裡是他的辯解，前五天揭在密雲縣城的，請首領過目，內中所說還沒有虛飾。」

首領問罷點頭，又道：「梁蘇庵的相貌，果像那人麼？他果然也上熱河來了麼？」七哥代答：「密雲留後護利的副手，訪查是這樣的。」首領道：「他來做甚麼？」幾個人作答道：「好像躲避邵劍平，又好像他潛伏密雲，本有作用；最近因我們鬧出事來，偵探四集，他吃不住勁，怕被詿誤，先期閃開了。」首領道：「哦。」十一弟道：「但不知梁蘇庵現在匿藏何處？他心目中是不是也有朝陽寺那檔事！」

首領胡魯回顧金岱道：「也許是的。」遂將手一揮，發言道：「現在且聽我說，我原意到熱河先查找清宮黑珠，次辦諸石夷慘殺孫姓四十餘口那一案，給他設法弄破了，教那殺人的償命，已死者雪冤。一待事了，便遄返上海，好幹那批私運軍火的事。不期在此查找黑珠，方得頭緒，卻又從中另尋得一條線索，順這線索走，大是有利可圖。不過辦起來很費手腳，又費時間，而且人少了還辦不及，膽子小了還辦不成。我左思右想，這才電請兄弟前來，集議一下，以定取捨，可行則行，不行趁早斷念。倘集議之後，眾議不同，我可要毅然改計了。」

　　粉骷髏夥一齊詢問，首領胡魯先將事體原委從頭敘說一遍；隨後商量著手辦法。幾個人詳細考慮後，都認為有利可圖，值得冒險求功。即分派大計，各人分頭準備動手。首領胡魯又委派副手，在暗中伺探邵探長的舉動，如有風吹草動，好趕去對付他，免得他從中打擾，又派人知會密雲留守的同黨，教他密訪于善人的為人，如果真是好人，前番打搶未免有誤，不防事後還贓，共釋怨嫌。查找梁蘇庵的工作，也由首領分派好專人負責。於是分派完畢，分批走了。

　　粉骷髏夥此番到熱河，大有作為。他們所算計的那一方面，是報紙上所載的「東蒙探險隊」，又稱為遠東科學文化考古團。這團體表面上說，是歐洲幾個地質學家、東方學專家、考古學者、旅行家、退職軍人、測繪學者、攝影師等，奉了王家博物院和世界學術協會的委託，來到中國，考察烏桓故墟古蹟的。內有十二個團員，一個團長，兩個祕書和技師等。那團長精通華語，久僑澳門，據報紙上記，他叫什麼田音司古物學博士。卻又有北歐某駐華訪員，指稱他是西國的軍事密探，一月領二萬五千元的交際費哩。某高等華人說：他實是沒有國籍的浪人，他姆媽是廣東鹹水妹，他阿爺是顛島水手。究竟是也不是，沒人撈著他的底細，總之，現在稱他為田音司博士也罷。

　　田音司博士，在文字上說，是深通古物學，若講俗話就是懂得古玩。但他不一定就是古董商，也不過常常經營古玩業務，作過一部專書，叫做《支那之古瓷及其研究與賞鑒》。中國地大物博，不止出古瓷，也出國粹，和賣國粹專家。聽說鼎革之後，那王公貴族，爵位刷掉了，錢糧取消了；君子固窮，日用排場太難撙節，沒有法子對付，也就像敗家子一般，鋸賣祖塋樹，拆售世襲宅。將府上保存多年的貂毛、人蔘、鐘鼎、古物、書畫、珍玩，拿出來胡亂當賣；一文不值半文，賣得好生慘淡。這中間多便

宜了管家經手拉線的人，東交民巷碧眼古董商人頗有的借此發了財。清朝沒落的子孫，賣無可賣時，就串通某某官兒，和某某洋人，昏夜間大刨祖墳，將他好幾代爺爺奶奶的棺材刨倒弄出來。殉葬的古玩出了土，特別值錢，碧眼西商和體面康白渡，也四出採買，出重金，餌物主。物主何樂不為，所謂喝豆汁要緊，這樣窮搜之下，差不多室無遺寶，地無棄利，國粹國糟的中國古物，出土出國的，可就多了，這正是二十年前的事。

探險隊團長田音司博士，第二次來華，就旅居上海，曾一度給上海野雞大學當過英文學系教授。野雞大學校長，便是有名的生物學博士，著名的高等華人魯明夷博士。魯明夷先生雖是學者，卻天生多能，又兼當政客。他又兼當過實業家，與著名華僑，提倡國貨，頗博世界好評。十年前有個環球徒步旅行團，從印度漫遊遠東，到過滿蒙，按旅程該夥游西伯利亞。這旅行團卻在東蒙逗留兩年，隨後匆匆離華，說是漫遊考古，「飽載而歸」。這一件消息，驚動了田音司博士。有一天，田博士拿著一本倫敦新出版的《現世雜誌》，和魯博士研究。《現世雜誌》滿是英文，裡面卻刊載一段論文，上有蒙古人照片，還有幾幅攝影，附題著中國字，特別是有「古烏桓國之故都」、「古烏桓國王冕」、「支那最大金礦鳥瞰」、「金沙寨」、「漠北異寶三十一斤重之狗頭金」等題詞。魯博士將論文熟讀一過，與田音司計議，計議多日，野雞大學遂擇吉出倒。

田音司起程回歐，魯博士北上進京。不久這遠東科學考古團，糾集了中外團員十二名，和攝影師、測量師等專家數人，定期出發，赴北邊實地考察。考察對象很廣，又不限於古物，特別是各團員帶著應用器物之外，選用八輛爬虎摩托車，可以橫穿朔漠，履險如夷，在亂山積石中，自由通行毫無阻礙。

上海聞人和精通洋話的高等華人，開會歡迎。這團體十二名團員，內

有五個華人，是在上海湊的。另外七個基本團員，全是泰西專門學者。田音司拿出學者的身分，演說考古學專門知識，用他那一字一頓的中國話說道：「我們此行的使命，要把遠東極北邊的祕密寶庫，探明公佈於世，以供人的研究；想來是你們中國願意的，而且需要的。」一個基本團員接著演說：「烏桓國的故墟聲跡，也當調查。我們歐洲人稱為黃禍的，就是這個地方，就是中國的光榮。」又一個基本團員說：「我們還要溝通東西文明，你們的國粹是好的，孔夫子是中國的聖人，他是個善良的紳士，我們來拜訪他的故鄉。」歡迎人一陣鼓掌，田音司等鞠躬散會。魯博士拍來電報，已在北京替他辦妥護照，鼓吹停當。於是田音司博士領團員，坐爬虎摩托車，從上海取道，徑行北上。

啟程那天，許多高等華人和一般好奇者，來看熱鬧，眼見這八輛怪物，突突突突的開走，不勝豔羨。但又想這到底是物質文明，孔夫子的精神文明是高的，連西洋人都佩服，都來苦心調查探問，所以還是中國精神勝利。

不過北京有幾家報紙，不瞭解這樣的考古，對於爬虎車，無端猜疑譏評。後來更對於考古護照，發出評價的論調，說內幕值若干萬元。魯博士早防到這一點，一面疏通官府，一面與報界打筆仗。最後打開窗子說亮話，這是華洋合組的考古團，實際只是歐洲汽車公司的活動廣告，爬虎車可以稱為宣傳列車，含著創牌子、攬主顧的作用；他們坐著周遊各處，無非推銷新發明的專利貨品罷了。記者先生不知實情，休要看高了他。魯博士說得如此扯淡，顯與田音司的話不符；好在護照領取到手，博士置之不顧，只忙著預備出發，當經華籍團員和田音博士，推舉魯博士為副長。開了一次會議，劃定考古路線，以北京朝陽門為起點，以熱河朝陽寺為終點。歷經熱河各郡縣各盟旗，尤其出產鴉片的巴溝，出產金礦的金沙寨，

和古烏桓國故都遺墟，議定為必到之地。

此時忽然該團內部出了枝節問題，七個外國團員，內有兩個性情暴烈驕蹇，不像大邦學者，好似西洋丘八。五個華籍團員，除了兩個是魯博士的夥友外，其餘三個，本是借光坐爬虎車，來出口開眼的。他怎肯為考古二字受這等洋氣，自然淺嚐即止，託詞退出該團，還要在報上發表宣言，後經魯明夷極力疏解，又賠送了回滬的路費，並由田音司博士握手道歉，這三個高等華人才一言不發，忿忿回南。當時局外人倒也莫名其妙，這是一件。還有一件打岔的事，八輛爬虎車，必須專家司機。基本團員中，只有兩個會自行開駛。另有一名司機，是從歐洲雇來的，其餘還短五個司機。原打算在滬招募，哪知倉促之間，竟無應者。應募人雖是賣命求財，可是最怕作外喪鬼，像汽車司機這種職業，總算吃洋飯，工錢素優。人們一聽說出口，冰天雪地好幾千里，道上免不了胡匪出沒，誰也不肯幹。

結果只募了一個白毛子，其餘雇的是短工，只運到北京為止。

北京是窮都死域，沒飯的閒人最多。魯博士懸重薪招募，耽誤了四天工夫，才算募齊。這四個司機，人都很精神，不帶洋奴氣象。內中一個司機，名叫馬二，年約四旬，說話粗聲粗氣，兩隻眼光非常銳利。另外一個年紀最輕的，面白唇紅，滿臉英氣，更不像汽車行出身的機匠，魯博士看不透這兩人的來歷，再四盤詰一回，各索取三家鋪保，才將四人留下。言明走到哪裡，跟到哪裡，須事畢回京，不得半途解約；司機馬二等也都答應了。考古團將一切旅途用具和防身槍火，都準備齊全，遂於陽曆二月，自北京起程。

考古團十三個團員，此時只剩九個；連三名技師，六名司機，共是十八人。這一行十八人，共懷著四條心，表面的幌子自然是考古，一路上也須遊覽風景，採取動植物標本和化石礦石。這事歸一個洋人、兩個中國

人辦，也只是敷衍。這夥團員是存心發財，去到塞北，掘古藏古物。西籍團員卻另有附帶的企圖，沒對外發表。內有幾個人，心想開礦取金，為歐西企業家辦點調查工作。田音司和那個退職軍官，卻以遊覽為辭，要測量地圖，考查地質，拍攝影片。這種舉動，好像連魯博士也不曉得，這只是團員個人的舉動。

那團丁們也各懷主見，老實說北京招考來的司機，中有兩個人，要趁火打狼，乘隙搗鬼；外面恭順，骨子裡時刻窺伺中西團員的舉動，竊聽他們的談話。這兩個司機是誰，果然非是尋常人，那四十來歲的，便是粉骷髏四豪吳朗，那年輕的是誰，便是粉骷髏九豪，名喚黎吟風的。兩人在北方分窟設計，費了很大的周折，才得喬裝改扮，假造證書，取得了爬虎摩托車司機的地位。

在前些日子，四豪吳朗，在密雲縣城，奉首領命回京走盤。忽接上海南方分窟急電，報告考古團北上，團員不倫不類，請加注意。等田音司一行到京，住在六國飯店，四豪吳朗拿一張駐津滬報記者馬凝的名片，去訪問田音司，見得考古團員情形詭異，料有機謀。四豪一面通告首領，一面會合約黨，費了很大的努力，探清該團內部組織，和魯明夷、田音司正副中西二團長的來歷，必然狼狽為奸。又因北京有幾家專給西商介紹古玩買賣的經手，不時來找該團；又因該團所住室桌上，有一本詳載蒙邊地圖，又因他們盡打聽東陵、避暑山莊、喇嘛寺等地方；並且某遺老向以盜賣古物出口聞名，他卻與田音司走動得很勤。四豪吳朗越加犯疑，忙將實底報告了首領和南北方分窟。同時南方分窟也摸到一些底細，兩相參詳，雖不知他們私測邊地，卻已曉得他們絕不是學者考古。

跟著粉骷髏首領胡魯在熱河發來電報，內說此輩既要上金沙寨，恐與烏桓國故墟古物有關，務必派人跟上他們。北方分窟推舉吳朗、黎吟風二

人，因他兩人會開汽車。但該團招募司機，頗有資格限制，他兩人卻沒有司機生的證明文件。兩個人挖空心思，花一百五十元大洋，買了兩張證書，又找了鋪保，居然錄取合格。

摩托車行程最快，全團上下十八人，一早登途，次午便到熱河。官府派人招待，替考古團備下寓所。但這避暑山莊，只出大煙客，不出教育家，只有一個師範學校，幾個教師，私塾倒不少，卻不肯跟西洋人打交道。所以考古團入境，也沒有知識階級開會歡迎。又幸熱河全區連一家報紙都沒有，自然更不致招出譏評，魯明夷和田音司都很歡喜。田音司擺出驕蹇的態度，向官府表示，我們另擇住處，不要勞動官面，也不勞保護。率領團員出租價，住在青雲旅館，這旅館也就是京津的小棧房那樣大小，全是舊式房舍。這些中西學者包了後院一座四合房，兩團長和祕書技師占住上房，六司機合住下房，其餘團員分住兩廂。到吃飯時候，各洋人各動刀叉，自備飲饌，飽餐了一頓；便詢問棧房主人，這裡有外國僑民團體沒有。打聽了路途，田音司教魯明夷在店內等著，他自和那個退職軍官，去拜訪僑民團體。

回來之後，便叫進棧房主人，密詢了許多話，並且要找一個通事、一個嚮導。如果嚮導能說英語，或通事能熟地理和蒙文，就雇一個人也好，薪水情願加倍。不過熱河是荒僻之區，會洋話兼悉地理的實在不多，耽誤了兩天工夫，沒有找著合適的嚮導，田音司很著急。

棧房前院住著幾個客人，有一個西裝華人，是最近來投宿的。到晚上，這西裝客忽然唱起英文讚美詩來。他唱的聲音很大，並且是接連著唱。棧房主人忙說，這裡住著洋人哩，再三攔勸，只是不聽。外國團員聽了，果然發怒。田音司跳起來，拿著手杖找過來，嚇得棧房主人，捏了三把汗。內地人最怕和洋人打交道，只站在風門外聽氣。前院住的旅客，走

出來好幾位，沒有一個敢進去勸架。

田音司進了那間店房，與那西裝華人嘰裡呱啦，大一陣小一陣翻了半晌，漸漸聲調緩和下來。那動靜好像釋忿投機，座談起來。中國人的本色，最好袖手旁觀，閒看熱鬧；院中看熱鬧的倒比前更多，一個個伸頭探腦，偷聽鬼話。忽然豁啦一響，田音司瞪著一對牛眼，從風門鑽出頭來，掄手杖用官話嚷道：「你們做什麼，給我走出去！」院中看熱鬧的，應聲走出去一半；下剩一半是旅客，也趕緊走進自己號舍裡去喘氣。

田音司轉身進房，重和那西裝客人低聲嘰裡呱啦。過了一刻，田音司興抖抖出來，回到自己房內，召集七個基本洋團員，翻了一陣洋話，然後請副團長高等華人魯博士說話，魯明夷便叫茶房；茶房忙請來店主人，盤詢良久。店主人出去，領那個西裝客進了後院上房，於是面議一回，遠東考古團決計聘請西裝客趙子玖，為該團通事兼嚮導員。照例打鋪保，訂契約，一切手續完畢，就此從承德出發，徑奔目的地。

卻又出了想不到的麻煩，爬虎摩托車的六個司機，倒有一半，得了急症，症狀相類，怕是急性的傳染病。患病的就是那個上海招的白毛和由歐洲帶來的一個，由北京招取的一個。司機病倒車不能開，人不能走，急忙延醫調治。熱河只有一座洋藥房，並無醫院，更無高明西醫。考古團只得請洋藥房的老闆診視，上午服藥，下午又病倒一個。眼睜睜不能出發，全團焦急起來。田音司氣得說：「你們中國真是東亞病夫國。」

那藥房老闆，管下藥不保治病，他誤診斷為急性傳染病。

患病的四個司機，吃下他的藥不見好，那個白毛人倒病重死了。他們不料到這病得來的如此奇突，乃是由於中毒。病人怎能不進飲食？越進飲食越壞。飯中粥中，都羼著別的物質。同屋居住由北京考來的兩個司機，馬二和年青的司機李玉升，也口中哼哼，說是不舒服，也染上病了。這幾

個人卻七嘴八舌，引頭要求請中醫診治。魯明夷著急，向店夥打聽本地名醫，又想打電報上京延醫。司機馬二，一步一哼，去見那新找的通事，兩人咕噥一回，遂請來一位熱河著名中醫，誇得和華陀扁鵲一樣，馬二搶著請他診病，搶著先服他的藥；剛服下去，便連嚷神效。年輕的司機李玉升，經那中醫治療，也立刻霍然。

通事和他兩人，不住口讚揚中醫妙手神丹。這一來別的病人不由不信，便都試診試服。

這中醫診病而不開方，只從一隻藥葫蘆裡，傾出數粒金皮丸藥，用無根水送下，給病人一吃，病人立刻就不發昏；卻又變成緩症，動彈不得。考古團沒奈何，決計送病人回京，就便再招司機。這一來，那個通事大得其手，急忙面見團長，他說：「往北京招募人，往返費時。本地明星長途巴士行，最近因營業不振，裁了五六個司機，正打算資遣回籍。如果願意招用他們，我可以去說，工資還特別賤；並且他們常走北路，地理也熟。」田音司聽了，連說：「工錢賤？好的。」魯明夷是中國人，心中犯了猜疑，但也無法。通事不管那些，立刻將四個司機找來。他們的名字，無非是張三李四之類，講起開汽車，卻很在行，說起北路地理，果然很熟。並且內中有一個，還會修理機件，當下選用三個訂約交保，即日起程。

那幾個外國人只是搖頭，說你們中國真是麻煩，想不到的會發生意外問題。考古團八輛摩托車六個司機，只剩下歐洲帶來的一個司機，是無所謂的，其餘京、熱招募的五個，竟變成清一色，都換上粉骷髏黨的人了。連魯博士也沒看出形跡來，只覺司機病的太怪罷了。原來那個通事，就是粉骷髏二豪王彭改扮的。五個司機，便是四豪吳朗、九弟黎吟風、六弟孔亞平、十一弟祁季良及一個副手。他們只用了少許的藥，便將外路司機剔出去了；只可惜那個白毛人中毒過深，廢了性命，粉骷髏不無替他抱屈。

那個掛葫蘆、賣金丹的醫生，正是首領胡魯。容考古團出發之後，他趕緊率領幾個副手，和十弟金岱，火速追下去，以便在外面策應。留下五豪秦錚，六豪盧正英女俠，暫駐熱河，傳通消息。

考古團十八人，坐著爬虎車，登山越嶺，從熱河往北，計程探險。果然是新發明的交通利器，除了密林大河難以通行，任它地勢高低崎嶇，全能爬得過去。不過車身奇重，比尋常摩托車慢些。一路上各團員，倒也饑餐渴飲，晝游夜宿，到處采風問俗，訪古尋勝。或攝取地方照片，或獵取奇異動物，探集罕見礦植；奉訪當地王公官員。隨意流連，不拘五七十里一站，百十里一程，都要細細調查完一處，再轉別處。轉眼之間，在路上消磨了兩個多月。

時當春末夏初，北方天氣雖寒，也早已春冰解凍，春水四流。考古團有時行到無人之跡，便支帳幕歇宿，大家輪班荷槍，防衛盜賊野獸。有時行到山村市鎮，便由通事、司機去打店尋宿，或借住古廟寺院。有的知會地方官，有的就不搭理；因為是洋人，地方官也無法，只驗看護照罷了。那內蒙牧民和墾荒的佃農，多沒見過這樣的代步；聽摩托車突突的響叫，不用馬力，自然馳行，無不稱奇道怪。大人小孩在背後追著叫，看洋鬼子，看那個不用馬拉的車。

這一日，八輛不用馬拉的怪車，行到一個所在，距離熱河，按直行路程，斜趨東北約有四百餘里。一帶亂山，層層環抱，只有一條鑿開的山道。山前一帶平原，是沙磧之地，不生寸草。因天暖水溢，山洪流布，沙磧平添下一道淺塘，兩道沙河。水卻不深，河面甚廣。爬虎摩托車若一徑開去，怕到河心淤住。考古團停車計議，魯博士問通事嚮導：「這是甚麼地方？」通事魯然說：「這是內蒙盟旗地。」但魯明夷問的是地名，通事眼皮一撩，想了想方說：「這是平台子，白沙河。」田音司又叫那熟悉內蒙路

程的汽車司機張大、王二，問這裡的地名。

張大眼望著王二，說：「這地方沒有地名，記得好像叫做二道梁子。」魯博士不悅。怎麼兩人自稱熟悉地理，會將這同一地方，說出兩樣地名來，到底是誰信口造謠？那通事忙帶笑辯解：「這沙磧叫平台子，那山嶺叫二道梁子，是不錯的。」司機王二也相視笑說：「正是正是。我去年秋天，還到過這地方。」

魯博士道：「那麼這裡距離金沙寨，還有多麼遠？」王二道：「這個，還有二百多里。」

田音司大聲說：「哈囉，這時過不去，怎麼辦？」魯明夷道：「附近地方可有村鎮人家沒有？把車開到那裡，問明白了再走。」張大王二道：「一定有，我記得有蒙古包。」當即上車，開足馬力，折回車尋找人家，卻越找越找不著。山巒起伏，灘流縱橫，四望不見人煙。爬虎車偶一不慎，陷在泥塘，便走不動。團員團役十八個人，費盡氣力，好容易才把車拉上來；卻累得各人滿頭是汗，並且燥熱口渴。大家著急，擇路急走。亂山中忽見偏西南面，黑乎乎一片，好像叢林，又像村落。田音司發話：「那裡有火光，許有人家，我們可以過去問路。」考古團趨車奔過去。

走了三五里路，中間又隔著一道高崗和汪水。八輛爬虎車，靠崗停住。推派西籍團員二名，帶領那個通事，和司機王二，攜武器，徒步前往探路。四個人涉水灘過去，到那邊一看，原來是一帶長林，後面藏著一塊綠草平原，築著兩座蒙古帳篷，是男女二十幾口內蒙人，在那裡牧牛放馬；共有六七十匹馬，二十幾頭牛。西籍團員拿手杖，一直鑽入蒙古包，用半通不通的官話，詢問路途地名。四十多歲一個蒙古婦人，三十多歲一個蒙古壯男，站起來怒目發話，那意思是揮手教他們出去。兩個西籍團員不懂，那通事略懂蒙文，苦不甚高，再三詢問，蒙古壯男用手向東一指

道：「人，那裡有人，很多的。」別的話都問不明白。四個探路的只好折奔東面。

　　那邊考古團餘眾下了車，忙著汲水進食。田音司博士，叫那外國退職武官亭利森德，與他一同散步。森德用一種詭異的口吻問道：「中國參謀部測繪的軍用地圖，怎麼還有錯誤的地方？」田音司笑道：「你不瞭解他們的官樣文章。外國人出版的滿蒙大地圖，有時比中國自己的祕圖還要準確。我的行李裡面，有這樣一本。假如你願意，你可以借去看看。」

　　兩人登上土岡，面對前邊山野，各用望遠鏡，眺望四面遠景，南西北三面看過，轉看東面。田音司叫道：「哈，上帝，他們跑什麼？」猛聽得東面砰然數響，有幾條人影，如飛奔向這邊來。森德也看見了：「這是甚麼？」那邊魯博士也戴上千里眼，望著叫道：「你看！對面是什麼事情？」直對田音司招手。

　　田音司與退職武官，慌忙走下土岡，且行且說：「有槍聲，不知甚麼事情？你看看，那是甚麼人？哦，是我們探路的人。」

　　話未說完，驟聽咣咣咣，一片鑼聲大作，震得四面空山，迴響不絕，順風吹來，聲音很大，中間夾雜著呼喊聲和槍火聲。果見探路的兩個團員，和一通事一司機，氣急敗壞，從水灘跑過來。後面鑼聲不斷，高高低低，射出火光；火光移動，似緊緊追趕過來。

　　考古團一行，大吃一驚。甚麼甚麼，問個不住。有幾個人奔上車，有幾個人將手槍板開。原來是問路人惹了禍，犯起眾怒了！

　　那兩個西籍團員，偕通事、司機，到蒙古包問路。語言隔膜，蒙人遙指東面，似說東面有人家，西籍團員便大步奔去。

　　不料竟與聯莊會衝突起來。那東邊的村落，有二三百口，乃是數十年

前，由山東逃難，出口墾荒的流民。初來三五家，男女十數口，經他們辛苦經營，墾出幾頃田地，蓋了數十間車房。

隨後同鄉不斷有人尋蹤來投奔，墾田地越廣，築莊院也越多，不幾年成了村落。又不幾年村莊擴增，有了新莊、舊莊和東莊三處。此時雜貨舖也開了幾家，菜園子也有了幾處，越發人煙興旺。等到煙禁鬆弛，此間農民改種鴉片，比糧食又得利，此村越形富庶。因為此地僻在亂山中，又夾在內蒙盟旗之間，外界罕到，倒成了世外桃源。只有時漢蒙兩族發生衝突，鬧些糾葛；沒有軍隊滋擾，也沒有過甚麼災難，安安穩穩度日。人民飽享太平福，如此多年。

不想時勢變遷，影響到山村。近幾年土匪跳樑，馬韃子鬧得也很厲害，舊莊上曾吃過一回大虧。這三莊覺得守望相助，實有團練鄉勇的必要。遂由九家富戶出頭，與山後三四農村計議，通力合作，設立聯莊會，攤款出丁，極力籌劃。有錢的量力出錢，有人的按戶出丁，購買大槍、火藥、刀矛、斧棍。凡屬在會，都發給大小銅鑼一面，以便聞驚鳴鑼，聚眾保村。每到青紗帳起，聯莊會特別戒備，增派團丁，荷刀槍晝夜梭巡。

恐不時有馬賊打糧，匪徒縱火，更防外人偷竊菜園瓜畦，或潛上高粱地牧馬。這山前後五六莊落，會在一起，計有團丁八十名，並有舊式槍火，常備守望。一旦有變，銅鑼一響，還可以出莊丁一百六七十名，各有隨身刀矛，可算是聯莊會傾國之兵了。他們的實力就是這樣，所幸小夥賊匪，畏憚鄉團，不敢滋擾；大夥又嫌油水少，道路險，懶於光顧。結會數年，倒也相安無事。

忽於八年前，也不知從哪裡來到一夥馬賊，前數日曾派人前來躡盤，竟於月盡時，乘夜來襲劫新莊。新莊富戶七八家，多在莊內設置碉樓。這一夕，月暗星昏，大風怒吼，恰有本村一個無賴漢，偷了一袋子米糧，去

到村裡王寡婦家幽會。臨翻牆出來時，被團丁捉住；正在相鬧，無賴漢大叫，哥們先別打我，你們聽聽動靜。果然聞得近處似有馬蹄聲。團丁匆忙上了碉樓，用孔明燈探照，白光一晃，可巧照著兩個馬賊。這馬賊三不知，啪的照燈放了一槍，嚇得團丁掩燈鳴鑼，開槍還擊，噼噼啪啪亂響一陣。少時各村各家，齊將大小銅鑼鼓動，咣咣堂堂，響動天地，鳥槍、火槍、大抬桿、手槍、快槍，各自拿著亂哄哄往村外黑暗處，打了一回。馬賊已有幾個爬進土圍，見流彈橫飛，知偷襲無望，便相率退回。

這一夜全村只受虛驚，算計起來，損失二百多元的火藥費，一個人也沒傷，總算僥倖，事後出村查勘，只見馬蹄縱橫，到底也不知來的賊實額有多少。尋來尋去，在村口搜見一匹受了重傷的死馬，瞎打一陣，居然有功，團結合作的好處果然很大。原來他們這聯莊會，凡屬在會的人家，都發小銅鑼一面，攤購火器一件。又以像團長隊長什長之類，各給大鑼一面，並備新式槍一支以上。每村至少還要有瞭望臺一座，都是借用本莊富戶家的門樓更樓佛樓，如有遇變，用以鳥瞰。又規定東莊有事如何報聲，新舊莊有事如何鳴鑼，都有一定的敲法。除此外還有號燈和信炮，倒也組織的很得法，設備得很完全。但有一件，群眾心理每流於囂張，易於激動；自有聯莊會，便不免發生毆辱行旅，和尋仇械鬥的事故。前數年，曾與內蒙牧民，鬥毆兩次。起因只為一筐子野菜和一條扁擔。兩年前夏天，有過客折取他們些許苞谷瓜果，與看守人相罵以至相打，結果發生慘劇，竟把過客活埋。

他們這聯莊會，每到夏秋時節，禾蔬茂長的分際，就多派團丁，看守壟畦，總為保護農產而已，這就叫青苗會。內地青苗會，常因護莊稼通水道，吵嘴打架，他地亦然。但他們青苗會也有一定的規則，行旅過客，若行近田畦，一時口渴，隨便摘取瓜果梨棗吃，看守人瞧見，也不說。就使

你能吃，吞他一顆大西瓜，或七八枚香瓜，他們也擔待著。但如瓜果未成熟，你生生亂摘下來，或將禾苗亂踐亂踏，或將梨棗飽吃一肚子，還要摘下許多拿走，這便犯禁。或你的牲口驚了，踐入瓜田禾地，這更不可，他們必不依，輕則罵，重則打。去夏有五個過客，驅著車騾，自仗人多，從車上走下兩個人，沿途各將苞谷折取一衣襟，又刨起蕃薯，又到瓜園摘瓜，連掀幾蔓，咬一口生的，便拋在田邊又摘。看守的人早睜著八隻眼看哩，二十多歲一個小夥子，大喝站住，上前攔阻。那兩人不合掄馬鞭，做出打人的架勢，結果鑼聲一響，將五個客人捉住。除車伕外，把那四個客人，結結實實痛打一頓，刨個坑活埋了。那緣故，就因這西瓜客人乃是有來歷的，自以從軍當官，通常把鄉民呼來叱去，「老百姓」三字叫得山響。爭執時，他反驅馬闖入瓜地蹂躪，被捉時又大罵不休，這才生生激出事來。從那以後，鄉民氣焰越張，這是三年前的話了。

考古團派那兩個西籍團員，約翰和愷斯，尋路到東莊。東莊外正有菜園瓜畦禾場，四個人好生口渴，一見瓜田，說道：「這裡有瓜園，我們就去問路麼？」西籍團員約翰早大岔步進了瓜田，便去摘瓜，連摘二三十枚。又望見果樹，便去摘果，七手八腳弄了好些。司機王二咬了一口，說道：「呀，太生！」西籍團員聳肩道：「洗洗吃，不乾淨。」四個人便尋井。探頭探腦，一陣亂尋，西籍團員愷斯大叫：「哈囉，這裡是一口井，這裡是一口井。」其餘三個一齊奔過去，先往井底下一望，便下手汲水。那架轆轤甚重，井口甚大，井面儘是泥水。約翰愷斯又是穿著皮鞋，把轆轤絞上來，腳下一滑，趕緊鬆手後退，剛轆轤一陣響，將桶繩打落井中。四人大笑，又上去絞，桶剛上來，才伸手提取；一不小心，照樣翻下去。只聽咕噔一聲，繩落桶砸。四個人圍著井探頭。

那邊早有三五個小孩子跑來，遠遠的站著，咬手指頭呆看。約翰猛回

頭看見，大叫：「喂，小孩子。」連連點手：「過來，過來。」他還打算問路撈桶呢。小孩子一見兩個洋鬼子，兩個假洋鬼子，直衝自己擺手，叫了一聲，哄然跑回，往村內狂喊亂叫，約翰大笑，「不要走，不要跑。」從後跟去。愷斯和通事、司機，還圍著井口探望，想著撈桶。此時瓜田中的看守人，也遠遠繞來，瞥了一眼，回頭便走。通事和司機覺到神色不對，便叫兩位團員：「咱們回去吧。」約翰道：「我們還要問路。」司機王二道：「問不得了。」愷斯扯頭看，村口出來六七個男子，也有二三個小孩子，七手八腳，往這邊指劃談論。愷斯不理會，緊跟約翰，一同前行。

只聽村口喊了一聲，忽有三五塊碎磚拋來。小孩子吵道：「就是這樣鬼子，還沒跑呢！」愷斯、約翰往旁一閃，碎磚貼身飛過去，落在井邊。兩個西籍團員暴怒，這些低級民族竟敢侮辱白種，還了得！各把瓜果拋棄，軲轆轆的滾下滿地全是，也不洗，也不吃了，便一徑向村口跑，揮著手杖要打人。六七個男子和小孩子，和哄了一聲，扭頭鑽入村中。村中銅鑼立刻敲動；聯莊會會首聽見警報，急忙放了一聲號炮，嘭然一下，響入半空，家家戶戶的壯丁，趕緊丟下手頭工作，各抄起桿棒刀矛。又聽嘭嘭嘭，接連三響，便知是在東莊；一齊奔過去，在瞭望臺前集齊。

東莊副團長早叫過看守人和那夥頑童，詢問他們報警的緣由。看守人說：「眼見有兩個西洋鬼子，兩個假洋鬼子，搶到咱瓜地裡，鬼祟半天，作踐好些瓜果。剛才又跑到村井邊，只往井裡探身撒手，不知撤了些甚麼？」又一人道：「一定是撒迷魂藥的。」小孩子也說：「可不是，可不是，撒了好幾包，我們都看見啦。」話還未問完，早聽：「打王八搗的，宰王八搗的！」許多人亂喊起來。東莊團練先行出動，二十多個莊漢，拿著刀矛桿棒，八個人拿著兩架大抬桿，四只舊式火槍，隨鑼聲當先搶出。餘眾隨後發動，個個血脈賁張，有噬人的氣勢。

考古團西籍團員約翰和愷斯，由於官面笑嘻嘻的臉，相信遠東民族慣吃手杖，不必客氣。今見情勢兇殘，他們心中雖然忐忑，表面還倔強，做出昂然不懼的樣子，揮著匣刀手杖，瞠目直視村前，想著威嚇鄉下佬。村人吵吵鬧鬧，一時莫敢先發。通事趙子玖久走江湖，心知不妥；而且有口也難辯。司機王二更曉得聯莊會的厲害，急急叫團員，快快回走。約翰聳肩，眼望愷斯，遲疑未退。

　　青苗會銅鑼亂敲，三十多人已呼嘯一聲，打圈逼來。幾個拿桿棒的大叫：「站住！」背後多人齊喊：「捉住他，吊起來問他，活埋了他！問他撒了多少藥！別放了他！送官不送官，打殺罷。」亂嚷一陣，雙方眼看湊近，兩個壯漢揚著刀矛，喝問：「呔，你們是幹嘛的？」愷斯急急抽出手槍，喝令對方止步。趙通事急急攔阻，搶行一步擋住，對來眾叫道：「諸位鄉親，我們是走路的，迷了道，渴了。」一語未了，只聽對方譁然大噪：「小子拿著槍啦。」緊跟著猝然一響，發出一流彈。就在這白煙浮起的一剎那，八個聯莊會掄起木棒長矛，如惡虎般撲來，大叫：「捉姦細！」愷斯的手槍突被五個人奪住，趙子玖一見事急，忙顯身手，略一騰挪，奪出愷斯，大叫快走，如飛奔回舊路，愷斯緊緊跟隨，約翰頭上挨了一矛柄。司機王二拖著他手中的槍，也急急奔回。四個聯莊會吆喝一聲，便將「大抬桿」架好。四個拿火槍的，二十多個拿刀矛桿棒的，一湧追去。

　　考古團四團員狠命狂奔，愷斯負傷落後。早有幾個快腿聯莊會趕到近前，都奪住愷斯的手，大嚷：「捉住一個撒藥的鬼子！」愷斯大嚷：「救我！」約翰回頭一看，砰然放了一槍。衝鋒的聯莊會，只有一個有火槍，吆喝一聲，砰然還擊。一陣白煙散處，通事、司機翻身回跑，施展武術，先奪過火槍，再次奪救凱斯。各鄉團已散復聚，大聲催援，各將手中刀矛亂砍亂戳。通事趙子玖舞桿棒且鬥且走，司機扶起愷斯又跑。趙子玖得個

破綻，隨後追來；幾個箭步竄出五七丈，摸出手槍，向空鳴了幾響。後到的二十餘鄉團，喊了一聲口號，急急伏身在土坡後，各架大抬桿，直打過來。連響六下，彈落煙散，鄉團站起來又追。跟著乒乓乓乓，又發了幾槍。

考古團四眾，沒命的逃過亂林。聯莊會最惱行人傷稼，尤恨村井投汙，況又是洋鬼子，還敢開槍拒敵；大眾前呼後噪，一抹地窮追過來。搶到亂林，聯莊會頭遣人鼓勇四出窺探，隨後後隊也到，共聚了五六十人。正副會頭先登高眺望，立刻商通，率眾徑從偏南面，繞淺灘掩來。同時第二團壯丁也出村口，共到五十餘人，遠遠的從土岡背後，一步一步兜來。

第十一章
眾怒難乾聯莊會打鬼
長途遇阻考古團闖山

　　此時考古團餘眾，已然看出情形，幾個司機早將汽缸拉燃。田音司、魯明夷和那外國退職武官，用望遠鏡看了一回，急急將武器取出。司機馬二眼望東面，忽然用英語大叫：「快跑，不要還槍。」馬二自應徵以來，始終沒說過洋話的；此刻忽然急出洋話來，各西籍團員急忙問他，馬二說：「了不得，山野農民最有團體，最不好惹，咱們大家應該趕緊走避。」田音司忙問：「為甚麼？」馬二解說了幾句。探路的四個人中，有負傷的跑不快，看看被鄉團追著，田音司大為焦灼，便要領團員馳救，退職武官森德慌忙說：「我們應該推舉臨時司令，分擔工作，這必須武力解決。」

　　匆忙裡，即舉田音司為護路司令，退職武官為前鋒總指揮，分派團員司機，預備奪路救人。幾個華人也心慌意亂，不能攔阻。於是六輛爬虎摩托車，突突突的響起來，各人俱都上車；就要一半拒敵，一半覓路退走。田音司忽一眼瞥見，那個在北京招考的青年司機，跳下車來，反倒跑上土岡，巍然站住不動。考古團大眾不由驚叫。那青年司機忽然探出頭來，向對面一望，旋舉手一揚，噗的一聲響，又一揚又一響，一連舉手五次，對面便有三個人倒地。當此時探路的四個人，相扶挽著，涉水奔回，背後許多團丁繞旱路如潮趕來。

　　村林那邊的鄉團，已然放大抬桿，沖水灘連發數彈，要斜阻他們退路。四個人正在偕逃，約翰落後，趙通事王司機挽架愷斯，奮力跋涉水

灘。一彈打來，危急萬狀，好容易爬到陸地，十來個快腿壯勇的團丁，已橫趨來截住他們。趙通事王司機，只得丟下愷斯，要往前闖。忽然喲一聲，最前行的一個團丁，一晃兩晃歪身倒地，旁邊三五個團丁，愕然止步，一個跑來相攙，忽然也叫了一聲倒地，緊跟又撲倒一個，餘眾一齊止步，急忙四尋，趙通事一行趁這機會，奔過土岡，腳下齊一軟，眼暈氣喘，司機王二順土岡滾下去，約翰已走不動，頭部滴血。愷斯傷重坐地，趙通事大呼：「快來人。」考古團慌忙下來八九人，將眾人攙上車。

趙通事匆匆將摘瓜汲井肇禍的原由說了幾句，田音司最有膽，他亦是歐西浪人出身，他說：「不要慌。」退職武官道：「開槍。」魯明夷口中亂嘈，還想交涉。林子後已然嘭的飛起兩聲號炮，幾架大抬桿，掠空連發上數筒火藥，有兩發碎彈直落到土岡前。考古團大眾驚顧。林子裡外，一色綠叢中，遠遠有許多的藍點白點，影影綽綽移動。少時火光一閃，碎碎的大響一陣，山巒回抱，四面響應。林間人聲沸騰，子彈破空而來，直打得頭頂上空氣，碎碎的響。退職武官忽領四個團員兩個司機，將兩輛摩托車開到土岡後，留一個司機看守，餘眾一齊爬上土岡，臥在坡後，各持槍扳機，露出頭來看時，早見鄉團多人，扯開散兵線，依石障坡慢慢繞過來。那青年司機點頭暗道：「這裡面也有懂局韻人。」

鄉團裡面兩個教頭，都是洗手不幹的積年馬賊；由聯莊會優禮重幣聘請來，擔任教練。所以這鄉團人數盡不多，卻不玩練操的花樣，專學會隊戰的戰法。只因愛惜子彈，練習太少，槍火打得不準，是個缺點，不然倒真是勁敵哩！不一時，鄉團前後隊，從腹背西面掩來，約夠著火線，砰然一聲炮號，各團丁立刻爬起來，各搶得障身地點，順槍扳機，對土岡月牙樣包圍住。那持刀矛的團丁，藏在有槍械的團丁隊中，預備乘機衝鋒。又過了一刻，數架大抬桿移出林外，斜對土岡架好。忽然火光一閃，遙對爬

虎摩托車，乒乒乓乓轟射來，有幾槍越過土岡，竟落在車旁，聯莊會等已料知土岡上有人埋伏，大抬桿在平地架敵不住，急急撤到幾座土堆後面，重新燃放，炸藥鐵砂子掠空掃射，直打土岡。退職武官六人，抵拒絕住，一齊奔下土岡，搶上摩托車。那邊眾團丁，有人持遠鏡瞭望，便也吶喊一聲，前後隊一齊追出，兩輛車風駕電趕般奔回原路。

聯莊會前後隊如雙龍出水般，苦追不捨，大叫：「撒迷藥的壞東西，膽敢開槍傷人，捉住了活埋。」此時田音司一行十一人，分乘四輛摩托車，擔任前路，急將馬力開足，馳尋舊道。司機面前各裝鋼板，乘客手中齊握武器，如飛的向南走。

越過草原，前面便是矮嶺，遙望不見人影，大放寬心，匆忙催車向上，田音司先拿望遠鏡一照，隨取出探照燈，回向土岡連搖。這是通知留守斷後的七個人，出路無礙，趕快跟車，便要爬嶺。通事趙子玖坐的是第二輛車，第一輛車是田音司博士和一個西籍團員，名叫雷利遜的，一同乘坐著，連司機共是三人，雷利遜善打手槍，百發百中，田音司自負勇敢，所以他兩人馳車當先，司機也是一個西籍團員，他們是不信中國人有膽敢冒險的。於是扭動車機，首闖嶺道，後面趙子玖一手握槍，一手拿望遠鏡。忽瞥見矮嶺亂石掩映處，有三五黑點，一閃不見，眾忙大呼停車。車突突的亂響，如一溜煙也似飛駛。如何聽得出來，田音司三人早將車開上棧道。趙子玖焦灼，先將自己所坐的車停住，後面兩輛車自然跟著不走，還以為第一輛車，急急的當兒出了毛病哩。卻不料矮嶺上早發一陣槍聲，出路已先被鄉團拒住。這是山後的三莊民團，聞聲特來助戰。他們本鄉本土，地理最熟，所以搶先扼此咽喉要道。

考古團後退無路，一齊驚慌。開路車田音司三人，剛走進矮嶺棧道，迎面連中十數槍。卻喜鄉團無炮，又幸爬虎車與裝甲構造也差不多，三個

人全沒受傷。急忙撥轉機頭，要往回跑，後面槍聲斷續，已跑出二十多個壯漢來。狹路相逢，山道崎嶇，龐大的爬虎車運轉不靈，眼看敵眾我寡，要連人帶車被俘。雷利遜、田音司，和司機的西籍團員，急急開槍拒戰，連連打倒對方三數人。對方大怒，齊開槍往車攻來，槍打中車，車身迎面裝有鋼板，車中西籍團員想出槍還擊，只聽嶺巔嘭然大震了一聲，響入雲霄，四面應聲，頓於棧道上層，兩旁道中現出幾架大抬桿。大抬桿乒乒乓乓打來，車身為之搖撼。又聽嘭然大震了一聲，大石塊，小石塊，直從兩旁投下，順棧道滾下來。那個西籍團員，還想扳機將車開回；不意斜刺裡探出七八只槍口來，逼近了，砰然數彈打來，立刻死在車座中。田音司一見不好，叫一聲：「不好。」慌忙開車門，連滾帶跳直奔下去。雷利遜也想逃走，斜刺裡一陣槍，將他打死在車下，道旁一聲歡呼，跑出二十多人，將爬虎車奪過。田音司乘機逃出性命，如飛奔回草原，通事趙子玖等，將他拉上第二輛車，已然面無人色，大腿上中了一彈。喘息未定，棧道上槍聲斷續，從後追擊過來。

當此時，退職武官等守不住土岡，兩輛車正向這棧道逃走，後面槍聲也是七零八落的追擊，於是前後夾攻，將考古團六輛車十六人遠遠包圍在土岡矮峰中間，此地恰在草原，四望平坦，毫無屏障。前後山六個聯莊會壯丁，除留守者外，都鳴鑼追出來。流彈像砂豆子般，抽冷子打來，全團人依車護身，不能下來聚議。通事趙子玖，別有懷抱，不願與西籍團員同生死，他推開車門，冒險大叫：「可往西面岔道，奪路逃出重圍，再計將來。」自己徑打碎玻璃窗，跳進司機車座內，把住車盤，當先往西放槍。一面叫同車人持槍扳機，預備且戰且走，一面卻將銅喇叭不斷吹響。田音司、愷斯身已負傷，魯明夷張皇失措，其餘團員猜測趙子玖開車西駛的意思，也想跟蹤同跑。方在大聲商量，司機馬二王二張大等，早將車撥轉，

風馳電閃的跟了下去。各團員卻是都緊握火器，從兩旁向外窺視。

矮峰土岡叢林中的新莊聯莊會，也好像看出考古團的動作，意在奪路逃走。以為勢成騎虎，萬不能輕輕縱放他們逃走，放了必有後患。只聽嘭然大響了四聲，這四隊民團，一齊出動。論地理他們熟，論人數他們多。一見敵人西行，急先遣一隊，從小路捷徑，火速堵截。餘眾分左右中三路，從後追趕。當中一路，涉淺灘取直徑追趕，一行五十餘人，有十二匹馬，一抹地趕到。先遣的別動隊，已然佈置好。

考古團那邊慌不擇路，遠看西面無阻，幾條白線，無數青峰，便一直奔過去。路上岡坡起伏，溪塘極多。山洪流布後，草深泥濘，奮力駛行數里，不見追兵，略聞槍聲。只見前邊亂山環繞三面，巒峰縱橫，卻有一條不甚寬展的長道，曲折盤進對面山上去，好像這山是兩面鑿通棧道的過嶺。五輛車不暇看探，突突的徑順長道登上去。此時去敵也遠，漸不聞槍聲，十數人正慶脫險，不覺繞到山嶺上面，向去路一望時，這劃平的山道，由東面平地，迤邐西來，只通到山頂三官廟為止，只有前進的路，沒有穿通後面的去路。西面和南北兩面，怪石嵯峨，長林豐草，山風怒吼，氣象淒厲得緊，各處都是跬步難行。只除向來路返回外，再無別法。

十幾個人跳下車來，商量著趕緊轉車退回，設法去找當地政府交涉，要索回被扣的那一輛摩托車，還要救回中彈被擄的兩個人並且還要懲凶賠償損失。西籍團員有那負傷的，經這一路顛簸，又見天將昏黑，意思想在這廟休息一夜。正自計議，通事趙子玖，和司機馬二王二，喁喁耳語；另一個司機，手拿望遠鏡，四面照看，忽然叫道：「此地不可久存，還是快下山尋路，遠遠離開為妙。」用手向偏北一指，只見北面黑乎乎一片亂林，似閃出火光。狂風吹來，似夾雜著一種驚人的響聲。

考古團一行只剩十六人，如驚弓之鳥，急急的吃了些餅乾臘肉火腿酒

漿等物，一齊上車，照舊路開回。轉瞬下得山來，打算往北繞著覓路，才出山口不到半里路，只聽嘭然響了一大聲，登時看見山路兩旁，鑽出幾個人來；一轉眼人又不見。頭輛車的司機和坐客，一齊大驚。暗叫道不好，急要駕車橫逃，其餘四輛車繼進。還不等全將車撥轉，早由斜對面密林中，射出數道黃光，一閃一閃的亂照（乃是民團那邊的幾盞孔明燈）。黃光過處，爬虎摩托車全形畢露，況又有行車突突的聲音，和車後噴出來的煙塵，越發的成了眾矢之的了。密林中立刻一陣鼓噪，密林對面一面土山後，忽探出許多人頭，雙方一關照，火槍快槍大抬桿，如雨般貼近山口打來，將登山原路阻住。

考古團十六人，急急的將前面鋼板再裝置好。一面準備受彈，一面準備奪路闖出，無奈此時日色已昏，大地籠罩上一層淡淡的黑幕，車不點燈看不清高低路，點上燈正好成了聯莊會射彈的目標。趙通事一看又陷圍，便叫自己坐的那輛摩托車不點燈光，只由自己不時按亮手電燈，冒險往西北角奔駛。其餘各車，自然跟隨，於是一條線似的車車相銜，轉往前衝，恰巧對面槍聲響過一陣，此刻忽止，便一鼓氣開出半裡多地；後面斜刺裡開槍追擊，只響六七響便住，迎面卻蓬然大響了數聲，立刻黃光掃射，跟著乒乒乓乓亂響，空中流彈往來嗤嗤飛嘯，一陣緊一陣，中間夾雜著轟然爆炸聲，聲音很大。黃昏時候也不知是甚麼火器，只看見正面、左面、右面，東一片火花，西一片火花，竟將頭一輛車，打得一歪兩歪，幾乎翻倒。司機乘客不由驚叫，慌忙往橫面逃，這五輛車如去了頭的牛虻一樣，在亂山中亂撞。

雖然爬虎車，可以登高涉險，卻是到了山路狹窄處，也不會插翅飛過，只得倒退去，另奔寬展地方。這麼一耽誤，民團越打越多，越逼越近。考古團十六人，又困入重圍中，幾個膽小的團員，已面無人色，手足

失措，膽大的卻穩定心神，將手槍對敵開放，槍聲大作，聯莊會一面據坡岡開槍，一面閃出兩夥壯丁，挺刀矛衝鋒，從兩面搶上前，來肉搏奪車。

趙通事的車最當前，呼嘯一聲，被二三十個壯漢遠遠圍住，各舉撓鉤亂搭亂叫。趙通事急一揚手，砰然大震一聲，飛起偌大一片煙幕；又乒乓放了幾槍，團丁稍退。考古團趁此機會，撥車飛逃，慌不擇路，瞥見前面寬展的路，敵人稍少，便捨死忘生，催車前闖。黑影中，槍聲不斷，民團提燈連閃，考古團手電燈也連閃。闖來闖去，五輛爬虎車，不能潰圍，仍撥轉車機，退入那邊嶺上。

聯莊會策眾阻住山口，支大抬架桿，往上仰攻。考古團沿棧道爬上山頭，明知後無退路，便將車分開，留一輛車四個人橫停在山腰，不時望下打兩槍，拿鏡照一照，防備敵人，乘夜偷襲。其餘四輛車，開到山頂三官廟門前，留兩人值夜看車。

餘眾進了廟，蘇息一回，這一夜槍聲錯落不斷，考古團人眾，心驚膽顫，哪裡睡得著。

挨到天明，卻喜聯莊會不曾搶山，大家胡亂拿出乾糧，吃了一些，便走到山崖上，往下眺望，這一望不由目瞪口呆。聯莊會大眾雖然看不見，卻正當下山道口，崛起一道長溝，就用崛起的土岡，岡後設置十數名哨兵，支架著六架大抬桿。那意思明明要圍困他們，活活將他們餓殺。大家探著頭，隱著身子往下看，相顧悄然，無計可施。魯明夷抱怨愷斯、約翰，不該摘瓜肇事。三個人幾乎吵起來，趙通事頓足道：「不要吵了。」

催著先將防禦工作分派好，用手一指道：「你看，他們這是去吃飯去了，少時必回來攻山。」當下即由田音司、趙子玖，和那個退職武官森德分派一過，用四個人把守山道，兩個人巡邏，兩個人繞山頂尋找下山出路，並採辦食水，餘眾替班休息。分派已罷，由各人分頭作事。

　　那個西籍團員，擔任採辦食水的，皺眉來找趙通事：「沒有水怎好？」原來這山形崎嶇，雖不高卻險，山頂並沒汲道。

　　大家一聽越發心慌，沒有水豈不渴死，趙通事想了想道：「待我來找。」尋了半晌，在山坎尋著一汪殘存的山洪，很不潔淨，大家稍覺放心。

　　挨到陽光高照時，只聽山腳嘭然大響四聲，山頭被困的大眾，只見偏東面山麓下，有一條黑線徐徐移動，蜿蜒如蛇。少時臨近，四散擺開。考古團眾急用望遠鏡一望，足有一百多人，跟著林那邊也出來一夥人來。考古團大眾，吆喝一聲，戒備起來，分藏在山頂盤道兩側。只露出一對眼睛，一支槍口，不時用望遠鏡窺動靜。只聽嘭然大響一聲，山腳下土岡後面樹林前，各路民團一齊發動，分做數十小隊，繞山亂跑。不一刻山口正迎面，土岡之後，忽架出數架大抬桿，喊殺一陣，當先開火。幾架大抬桿，輪流對盤道三官廟打來，鐵砂一陣陣散落如雨。

　　那兩輛摩托車，恰停在廟前，司機大驚，連忙移車到山頂後窪。林前的聯莊會散兵線，急分三小隊，繞到山口側面一座長嶺半腰上。就在嶺腰，斜對盤道，拉開散隊，槍口支支外指，扳機待發。一個為首的藏在丈餘高一塊大石後，用望遠鏡往這邊端詳，半晌不見動作。只正面土岡乒的一槍，乓的一槍，七零八落的打。

　　考古團大眾，怕敵人搶山，也開槍拒戰，緊緊的照顧著正面，不意孤峰右側偏後面，忽抄過一夥持刀矛撓鉤的壯丁，悄悄繞到孤峰背後，攀藤附葛，往山上爬；已爬上五分之一的路程，山頂巡邏的考古團員，忽一眼瞥見，大叫快防後路。一言未了，砰然數槍，巡邏團員，慘叫跌倒，鉤矛壯丁如蠍虎也似，急急的往上搶爬。看守車的兩個司機，聞聲馳來搭救團員。鉤矛壯丁六支手槍，又響了一排。兩個司機急忙匍匐而行，顧不得救

人，大叫後路有人搶山，便扳開手槍，往下亂打。前面的團員，跑過四個人來幫助，一排槍打去。半山十數壯丁，匿身樹石後，不進也不退。山腳下卻忽亮出三十多個壯丁來，遙對後山開槍，乒乒乓乓的一陣響，雙方立刻拒住。忽然東面山根下，又有人偷爬上來，趙通事急領兩個人馳往堵御，響了幾槍，壯丁立刻停止進襲，俱藏在山坎遮礙物之後，抽空兒對這邊放兩槍。於是聯莊會圍繞這三官廟弓形孤峰，一步一步往上仰攻，考古團在山頂苦苦支拒，又對付了一天，到夜間聯莊會壯丁，一番五次偷襲，幸虧考古團不時用電炬下照，開槍鎮嚇，沒被搶上來。

候到次日傍午，窺見山下，人數較少，想是換班回去吃飯。田音司、魯明夷、趙通事等，湊在一處，商量潰圍的辦法，計議良久，決定趁黑夜派人偷爬下山找地方官交涉，派隊懲辦民團。當派那個退職武官，和別一個西籍團員，帶同趙通事，就在當天夜間爬後山出圍，以速為妙，若太遲了，飲食一斷，必被活活餓死。商酌已定，退職武官等三人，齊到三官廟內休息，其餘各人，仍分班守盤道巡山頂。

轉瞬入夜，只見山下民團，東一片火光，西一片火光，在山下不時巡邏。忽然響一聲號炮，四面攻擊起來，約攻過半小時，便即停止；卻星星零零，仍不斷槍聲。到十二點以後，退職武官等裝束起來，各帶手槍電炬食水洋毯繩索等物，在後山擇好地盤，各用一根長繩，繫在樹上，各人好扯著繩往下爬。打點好了立刻關照考古團餘眾，餘眾立刻從盤道往山口下偷行數箭地，各覓好藏路退步地位。田音司在山頂放了一槍，司機故意將車開響，餘眾立刻鼓噪一聲，往山下開槍。山下民團哨兵，急急還槍，一面分派人到會首那裡送信，說今夜留神敵人搶下山。會首立刻知會各方準備迎擊，雙方在山口上下，曆落開槍，在黑影中直鬧了兩個更次。考古團見時候已差不多，便將車假意開動，突突的亂響一陣，隨即停止；槍聲也

跟著由緊而慢，漸漸停機不發，做出衝鋒不得撤眾回山的樣子。

下面聯莊會眾，按兵守住山口，不稍放鬆，山後一面果然不甚防備。

挨到兩點三十五分鐘，夜已正濃，退職武官、趙通事等三人，另外兩個送行的團員，悄悄溜到山後，按照白日覓定的線道，趙通事等，四周望了望，便縋繩爬下去。這後山亂石雜樹極多，寸步難行，五個人將繩扣在腰帶上，外裹毛毯，雙手揪繩，半滾半爬，往下墜溜。每逢樹蔭峰影，必潛伏不動，細聽動靜，覺得無礙，再一步一步挪動。天氣方熱，個個渾身出汗，滴落如雨，約走了十數分鐘，將快到山腰，忽吹來一陣狂風，風過處，聞得山腳下有種聲音，不甚妥當，好像下面有人。五個人互相知會了一下，立刻隱伏，半晌不見動靜。趙通事忍不住掀起一塊小石，順山坡往下一丟，聽得一聲響，旋即聽不見動靜，似沒有滾下去，想是山石草木阻住了。又聽了聽，便騰出手來，搬起巴斗大一塊石，輕輕往下一推，聽得骨碌碌的一響，又咕噔一聲，似已落地，又細聽不聞人聲，五個人略略放心，即改道往下又爬，荊棘刺人，碎石磕絆，苦苦的溜下去，已離山腳不遠。

趙通事等停身石後草際，喘息一回，取巾拭汗，往下窺看諦聽，覺得沒有甚麼，便又掀石投下去；連落數塊，不聞人聲，於是又往下爬，轉眼又走了三四丈，去山腳半地不到六七丈，五個人再止步，不敢捻手電燈，也不能用望遠鏡，各竭目力，往下注視。遙見對面昏黑，不見人影，偏東半里地以外，卻似有一線火光，偏西二三箭地遠，似有一星星火亮。三個探路人尋思了一回，只得冒險了，將繫身的繩索解下來，捆在一處，又將毛毯也繫在繩上，一齊交給送行的兩個團員，送行的立刻扯住繩，往上爬了三四步，伏在一棵灌木後，不言不動；卻在樹根上，另繫一根繩，垂下來交給潰圍的三個人。趙通事、退職武官等三人，一齊扯住，輕輕抖一

抖，算是遞個暗號。三人便魚貫也似合揪著一條繩，慢慢的往下橫爬。

其時忽起狂風，風過處稍覺清涼，卻於風吼中，聽見遠遠有馬吼之聲。退職武官三人，又不敢動彈，傾耳細聽一回，爬到離山腳還有三四丈的地方，下面是一條斷崖橫路，緊貼山根，鑿石開道，有二丈餘高，峭立如壁，如要下去，非跳不可。但既跳下去，再要上來卻難。往斜刺裡繞走一回，也都是斷崖。三個人相顧遲疑，事已至此，不能不下。趙通事當先溜到斷崖之上，攏住目光，往四外一看，似乎下面無人，暗將繩一抖，退職武官和那個團員，慢慢跟過來。趙通事順手抓起一塊山石，往下一投，叭的一響，沒有動靜。三個人連忙合手，掠起一塊大石，往下一推，骨碌碌撲噔一聲響，大石已然墜崖，緊跟著簌簌的響了一聲，黑乎乎一物，從崖腳竄出，跑到北邊去了。

三個人心頭一跳，亟耳側聽，四面呼呼的亂響，是風吹草木之聲。三個人看了又看，聽了又聽，依然是夜影沉沉，伴著風聲朔朔，附近好像沒有人。遂暗打知會，三個人急急打點。

趙通事當先扶著那根繩，兩個西籍團員往後，左手引繩，右手一齊端出手槍，扳機待發，以防不測。趙通事卻將手槍插在腰間，然後輕輕縋繩而下，慢慢的從斷崖到山腳地面。人過處當不得仍有披草掉泥擦石的聲音，趙通事兩腳落地，一手引繩，一手忙攏槍，四面一看，趕緊趴倒貼地皮又一瞥，環後山東南西三面，黑影起伏，如岡坡如墓林。相隔半裡地，隱約見火光，近處好似無有民團的哨卡。便慢慢再爬起，一抖手中繩，做個照會，斷崖上退職武官和那個西籍團員，急急插槍，慢慢引繩，退職武官一騰挪下來，幸無閃失，只隨身掉下一堆碎石。那個西籍團員隨著下跳，雙手揪繩一挪動，蹬下一塊大石頭來，咕噔一聲響，滾落山腳，險碰著剛下來的那個武官。退職武官叫了一聲：「當心些。」

　　趙通事失色，急急的一竄近前，又急急一扯武官，貼山腳奔出十數步。恰有一坑，忙伏在裡面。這個團員，停留二丈餘斷崖上，嚇得不敢動。這一響之後，端瞥見東西面火光一閃，同時響了一聲，光一轉，直照到斷崖左近。剎那間，東面人影綽綽，從一道高坡後出現，閃著沒下去，卻從坡後繞出，直尋過來。其時風吹正急，山環迴響。響聲從這面發出，卻聽著像在那面。因此土坡那邊的人，錯尋到斷崖西面去了。好半晌，西邊火光漸漸消失。黑影中還聽民團不住吆喝拿人，料是他們巡哨的人，故使詐語，實無所見。又潛伏一會兒，人聲越聽越遠。風吼聲中，漸聽不見。

　　退職武官等得心焦，悄悄問趙通事。趙通事一握他的手，兩人慢慢爬起來，出離土坑，向四外一望，急跑到斷崖根，緊貼著一步一挪，挪至跳崖原處。在崖上面，那個西籍團員，早倒爬上去三四丈，潛伏不敢動彈，繩也扯上去了。趙通事心中暗嗟，悄悄向上打一知會。又半晌，從上面滾落下一些碎土小石來。又一會兒，那個西籍團員，重複溜到斷崖之上。退職武官悄聲催迫。他往下望了望，將繩繫在腰間，雙手扯住，打千斤墜式，一把一把倒下來，雙腳點地，仰首拭汗長吁。趙通事等也吐一口氣，心說：「可算下來了。」

　　山半還有兩個接應送行的，潛伏樹後，早等得心急。趙通事催一團員快快解下腰中繩。忽見東邊火光打一閃，喊道：「那邊有人，拿住他。」便聽見腳步踐踏聲音，三人大驚。趙通事忽抽刀要割團員腰中繩；不意那團員猛吃那一驚，折回頭來要上斷崖，卻上不去。又回頭來拖繩便跑，跑出三兩步，繩子把他絆住，咕噔摔倒，不禁喊道：「高得上天。」掙扎不起。那退職武官，手腳靈便，一竄急跳回土坑，口銜手巾發喘。黑影中，趙通事急急抽刀，尋繩一割，拿住斷繩上半段，用力一抖，又往斷崖一拋，搶

194

過來攙起團員，半拖半抱，拉入土坑，三個人喘作一團，卻一動也不敢動；手槍都端起來，直對東面。

不一時火光直照過來，對斷崖下山道打了一轉，火光後似有七八條黑影姍姍移動，亂喊這邊有奸細。趙通事三人悄打一照會，一齊手扳機，腿半跪，屏息以待。只見那團黑影越走越近，兩三只孔明燈左一閃右一閃照過來；漸移到斷崖近處，火光中為首一人，拿一條花槍、一支手槍。第二人第三人各拿孔明燈亂晃，俱都帶著槍火。後面還有數人，也有拿槍火的，也有拿刀矛的，仔細看一共倒有十一個人，四盞孔明燈。乃是聯莊會後山腳放哨和巡邏的，聞聲會合來查看的。只見他們一面使詐語亂喊，一面尋找，一直尋到三團員跳崖處，拿燈上下左右照看一回，為首那人說：「這邊沒有甚麼。」又一人道：「許是狐狸子。」一言甫罷，忽一人拿燈一照地面，相距數步，有一物對燈灼灼閃亮。這一人慌忙叫道：「你們看。」四燈齊照，一人過去拾起叫道：「喝喝，這是把手槍，還飽著子彈哩。」坑中趙通事三人大驚，心知露出馬腳。接著聽聯莊會六七壯漢齊說：「哪裡來的？哪裡來的？一定有槍就有人，快找找，呔，在這裡呢。」向四面虛指一指，各各端起軍器。

當此時，趙通事一按退職武官的手，不防那一個團員，把手指一屈，只聽叭的一聲響，土岡邊連飛火花，兩顆子彈飛入聯莊會巡邏壯丁群中。十一壯丁喊一聲「臥倒」，中彈的未中彈的一齊臥地。早見那邊土岡中，竄出三條黑影，如一條箭也似，飛奔出來。壯丁大喊一聲：「放。」乒乒乓乓，火發彈出，如電閃，如雷鳴，直打過去。前面一條影一聲怪叫，晃了晃依然捨命狂奔。聯莊會壯丁，喊一聲跳起來，開槍如飛追趕；不料斷崖之上，劈啪一聲響，從他們背後頭頂上，憑高發彈俯擊下來，這便是考古團接應送行的那兩個團員已聞警將繩扯下去，特此開槍牽制救應，果然數

彈發出去，聯莊會巡哨壯丁，不明虛實，深恐腹背受敵，急急擇地障身，卻不往回走，反貼山坡往前追奔。到一山崖橫障處，料可蔽護身軀，打夥搶過去，藏在後面，分四個人仍然躡追逃走送信的敵人，餘眾卻派遣一個腳程快的，繞道回去報信，說已有敵人，繞山潰圍搬兵去了。

聯莊會接得報告，便一面鳴鑼，一面對山腰發彈追擊。鑼聲響了一陣，散在各處放哨的聯莊會人眾，立刻鳴鑼響應，四面鑼聲大作。只數分鐘，孤峰三面，都已聽見。林園那邊，嘭的一聲，飛起號炮，一隊民團，整頓槍支，往山口仰射上去。

另有一小隊，約三十餘人，從黑影中，如飛奔赴後山馳援。

忙亂裡，山頭上考古團留守人眾，忽聞山下鑼聲槍聲，立刻心血沸騰，情知是潰圍事件發動。也辨不出吉凶，慌忙拒住山口，另著數人到後山頂張望。但見山腳下火光散漫漫，炸聲如碎雷迸豆；那山腰送行的人，也還不見上來，只聽見槍聲。

張望一回，天色依然朦朧，再也看不清，便對山下火光，連開了數槍。當此時，那山腰裡的兩個送行團員，隱身樹後，隱約見數條黑影，沿山腳直奔到南面去，猜想必是潰圍的人，已然冒險下去。又見有十數條黑影掌燈光呼喝而來，知是追兵，急急的開槍激戰，兩邊對打起來。在團員心想寡不敵眾，在會眾心想實不敵虛。各懷猜疑，手中槍火，不斷的發放。

那邊廂繞崖潰圍的三個人，落後的西籍團員，大腿上中了一彈，負痛狂奔，手中槍已然失落。趙通事和那退職武官，卻未損分毫，一面跑一面轉身張望開槍。忽聽砰然一下，背後那個西籍團員又身中一槍，立刻倒地。退職武官一俄延，心想要還救，卻又聽叭的一聲響，頭頂上哧然一彈破空飛來，緊跟著乒乒的響了一陣，流彈紛飛，嚇得他轉身急跑。趙通事

叫一聲，飛奔上高坡，到一大樹林內。退職武官也跑進去，藏在大樹後面，閃眼偷看。幾個壯丁挺矛持槍跑來，內中拿花槍的一人，非常膽大，搶過來一槍，將西籍團員，剛爬起又一下戳倒。退職武官心膽俱裂，扯趙通事穿林又跑。背後槍聲仍然炒豆一般，東響一陣，西響一陣，兩人都不敢直腰，半俯半爬將走到林邊，又不敢出去。聽了又聽，看了又看，趁黑影兩人獸伏蛇行，爬出林外，又是一條大路，一片深草原。趙通事略辨方向，不走大路，入深草中，走了一程，槍聲斷續，相距漸遠。

兩人在深草內喘息一陣，取水壺喝了幾口，覺得頭面手腕被蚊咬草戳，傷了不少處，衣履也全毀壞。歇了半晌，方待要走，忽聽草邊路旁，有火亮一閃，兩人急急伏身。似有人在路上行走，急急瞧看，是兩個人騎著馬跑過來。為首那人，口邊銜著煙卷，背後各有一物，俱像是槍械。趙通事和武官驚顧不動。只聽那兩人說：「我瞧他們準是往這邊來了。」少時那馬沿路往南奔過去，卻又來了十幾個步行人。趙通事二人越發不敢，直等這夥人全走過去，這才爬起來，不走正南，往西南面走著。約走了二三里地，卻見前面亂山橫亙，又是一帶長林豐草，一望不著邊際。兩人繞來繞去，尋不著出路。四顧荒野，不聞人聲，但聽見風吹樹搖，朔朔作響。兩人躕躇一回，料想附近無人，已經脫險。一夜之間奔得筋疲力盡，打算找個隱蔽地方歇息，便掙扎著尋到一道高岡，努力拔腳爬上去。往南眺望，黑影中遙見西南角十數里外，有縱橫數條白線，劃在黑堆旁，料想白線必是大道，黑堆當是蒙古牧民的帳篷。兩人下了土岡，穿過亂林，又到草原，地勢窪下，又看不見那白線了。

退職武官道：「密司特趙，我實在走不動，你看看……」

抬起腳來，軟底鞋已然磨破露出腳趾頭來。趙通事道：「但是我們一路逃險，亂繞了半夜，算計直線路程，恐怕距離那山，還不到十里地，萬

一被聯莊會的人遇見怎麼好，還是再往前走。你看，那不是黑堆，那個一定是蒙古包。」兩人一面商量，一面尋路前行，好半天來到大道旁。

此時將近四更，已能辨清近處的景物。細一看才知那黑堆是座荒廢了的莊院，和一座破廟，卻也有三五座蒙古包，夾雜在土坡叢木中間。正因有一道小溪，所以才集有人煙。退職武官大喜叫道：「好好……」趙通事心想自己也不懂蒙古語，便與武官奔那座破廟去。到廟門前一看，門扇虛掩，階前有一堆馬糞和馬尿。那個退職武官疲勞已極，掙扎力氣，便去推門。

兩人進得廟門，才待尋找廟中人，猛聽暴雷一聲喊：「在這裡了。」立刻見有數盞孔明燈從門兩旁照過來，六七支槍直指胸口，大聲喝命舉手，站住。退職武官驟吃一驚，扭身要跑，早從廟內兩廂搶出三個人，將山門截住，槍口指著他的頭。背後那幾人趕過一個來，舉起槍托照後腿一下，武官栽倒，立刻被三個人拿住。趙通事眼快，早知不敵，忙將雙手高舉。過來數人，也將他倒綁上。中西兩個考古團員，相顧瞋目無語。

細看來人，一共十二個，七支槍，五副刀矛，四匹馬，窩藏在廟內廟外，也是剛趕到的，不想他倆竟自投羅網。看為首領那人，濃眉大眼，年約三十來歲，穿一身深藍色短裝，回顧同伴道：「老曹真有兩下子，他真就一猜一個著。我只不信，這條道又不是正路，怎麼準知道他們必是這裡呢，我算栽給他啦！」說著眉開眼笑，教幾個人，把趙通事、退職武官渾身都搜了，推入廟內大殿上，七言八語的審訊二人的來歷。究問考古團共有幾人？潰圍的又是一共逃出來幾個？趙通事只得如實答覆，卻誑說全國共有三隊，這是第一隊。又問你們是幹嘛來的？往井中撒的是什麼毒藥？

趙通事為難多時，不知怎麼答好。不承認他們必不信，定被拷打。承認了怕被他們凶毆，那幾個聯莊會壯丁，果然掉轉槍柄，將二人痛打一

陣。趙通事沒法，只得先訴實情，次說誤會。旁邊一個十八九歲青年漢子，叫道：「聽他胡說，這小子不是東西，好人誰肯做這事，不用刑絕不肯說實話。」說著與一個中年男子，舉起刀背，沒頭沒臉毒打起來。只打得退職武官怪叫不住；趙通事運動氣功，咬牙無語。那為首人說道：「你們留神，別打頭臉。」幾個壯丁不聽，各舉槍托刀背桿棒，向兩人亂打。猛一下打重，趙通事血流滿面，口中嘶的一聲，吐出白沫鮮血來，身子亂抖一陣，忽一挺昏死過去。

那人一跺腳道：「如何，不教你們亂打，你們偏打他，你瞧死了，我們得留活口，好見頭兒去，還要審問詳情哩，這可怎麼好。」少年道：「那還有個大毛子，這等奸細，打死還嫌不解恨哩。」首領道：「啐，別胡鬧了，你聽得懂洋話嗎？」少年道：「哎喲，可不是，忘了這手了。」首領道：「教你哎喲，這毛子狄利多落，我看你怎麼問法？」一中年團丁道：「看看還許有救。」過去一按趙通事的鼻息，面皮尚熱，口鼻卻已不出氣。

又彎他手腳，四肢挺直，連腰板也都僵了，真死得好快。幾個人忙將退職武官縛在殿柱上，七手八腳想要治救趙通事。一人先替他解了綁，一人找上幾塊粗紙，點著了滅火取灰，替趙通事敷在頭面傷口上，止住了血。再用布勒上，一人找了個家具，汲取一下子冷水，照趙通事面門上噴下，仍不見甦醒。一個四十多歲的團丁，分開眾人說：「別慌，我有法子，你們再找點亂紙來。」連草帶紙做成一把，對眾人說：「一熏就活，心口還熱哩。」那少年道：「可是手腳腰板脖頸都挺了呢。」首領道：「去你的吧。」自取出旱煙葉來，塞在紙把內，用火點著，把趙通事搬起來，將鼻孔熏。約過二三分鐘，只見趙通事嗷的一聲猛叫，腰一挺，撲通躺倒，把周圍幾個人嚇了一大跳。

第十二章
朔漠救同儔青衫一現
荒山思縱虎和議三章

　　眾人忙圍上前低頭看時，見他直挺挺躺著，面目嘴唇，鼻頭都被火熏得紫腫了。一人道：「這是怎的，別是裝死吧。」首領道：「你懂什麼，這就活啦，不活再熏。」說著話便要動手，只見趙通事鼻息搧動，口中噴出白沫來。聯莊會眾人齊說：「活了活了。」少時見趙通事手腳動彈，依著幾個壯漢，便要立刻把他縛在馬上，押回會裡去。首領道：「別鬧著玩了，留個活口罷，你們要知道鬼子不好惹，審明白，好打算後來的辦法。」

　　於是候到天明，約在上午九點鐘，見趙通事雖還不能動轉，好像不致再昏厥了。大家一齊預備動身，將兩個俘虜緩緩綁在馬上，慢慢的押出廟外。約走了十六七里，便到東新莊。

　　退職武官垂頭喪氣，心想昨夜奔命通宵，不意才走出十二三里地，真是晦氣；不知到村中，受何等凌辱呢。到正午十二點左右，聯莊會的會首齊集在村中一座關帝廟內。這廟適在菜園之後，是全村公議的地點。兩個俘虜就押在廟內東廂中，由聯莊會另撥十二人守著。

　　少時從大殿出來一人，喊道：「把那個東西帶上去。」十二人立刻推推搡搡，把退職武官押出來，只有趙通事，還是昏昏沉沉，受傷過重，人事不省，便用門板抬著過來，聯莊會首領也有六七位，連同四個教練，和菜園中看青人等，齊聚在大殿上，七言八語審問被俘的退職武官，他怎懂得

201

官話；這北壞荒村，也不會有懂西文的。瞎亂了一陣，問不出道理來。待審問趙通事，只見他兩目灰黃，呼吸微弱，大有一觸便要斷氣的樣子。竟百問不得一答，不住口哼哼罷了。東新莊會首大惱，就要依會例將二俘虜活埋。舊莊會首、後山會首，連說：「使不得，總要想法子，問出真情來；不然怕有後患。有一句舊話，是民怕官，官怕洋人，萬一這一夥洋鬼子，真是一共有三隊，只捉住他頭隊，第二三隊勢必要報官動交涉。在這年頭兒，一沾洋務，總是老百姓吃虧。依我想，務必留一個活口，問明底細再處置。再不然把他們都捉住了，一會兒總斬草除根。」東新莊會首聽了很有理由，商量一回，將俘虜押在關帝廟裡。一面仍包圍孤峰上的鬼子，一面還須撒人在大路放哨，防阻他們潰圍求救；更要派精細人，到城中打聽動靜，當下就分頭辦事去了。

趙通事和退職武官，照舊押在東廂，派十三個人，分日夜三班看守他們。至於飲食，每日送一壺涼水，幾個蕎麥餅。直押到第二天，夜間聽得外面槍聲又作。四個值夜監犯的團丁，早已瞌睡不堪，一聞槍聲，都站起來道：「鬼子又要跑，這必是闖山啦。」

耗了一夜，到四更時分，趙通事紮著雙手，躺在土炕上，正盤算逃走的道路。卻是身旁武器全被搜去，在四個人八隻眼監視下，覺得弄詭很難。忽然打了一個嚏噴，鼻孔中鑽入一種異味，不覺大喜。忙掙扎著大聲嘆了一口氣，說道：「粉骷髏入籠，咱是第二。」只說得這一句，便猛一翻身，將身子趴伏在土炕上面，藏住頭臉。值夜的四團丁，聞聲驚道：「這小子緩過來了，他嚷什麼？」說著走過來，忽一人說道：「這是什麼味？」四個人一齊轉身，伸著鼻子往四下抽嗅，一種香蒸氣鑽入鼻孔，四個人只說得不好，早前仰後合一齊跌倒。那個退職武官，也打了一個噴嚏，失去了知覺。

又半晌，東廂中煙氣迷濛，後窗忽然掀起，進來一人。這人瘦小身材，一身青衣衫，持白刃握手槍，進得窗來，閃眼一看，一個箭步竄到門前，將門扇輕輕加上閂，又撲到燈前，一眼瞥到前窗，暗暗點頭，停手不再熄燈，急急的抽白刃到土炕上，一推趙通事，呻吟一聲，那人道：「粉骷髏弟兄如何？」趙通事掙扎說道：「四肢無力，已稍微中了毒，下面有冷水。」那人用刀挑斷趙通事手腕上腳頸上的繩。急急跳到屋心，見桌旁果有一把洋鐵壺，提過來，用冷水一激趙通事面門，然後用繩把四團丁一一縛上手腳。縛繩的手法很快，轉眼捆罷，便上前攙扶起趙通事，說出一個字道：「走。」趙通事用手一指退職武官說：「還有這個人，我們此時用得著他。」那人道：「唉，我真不願意。」趙通事道：「不行，請援解圍，全須借用此人與政府打交涉。」那人道：「也罷。」急急用刀割斷綁繩，用冷水一噴，退職武官受毒已深，一時不能甦醒。趙通事與青衫客，前扯後推，把他揉出窗外。窗外早候著兩個人，專司巡風，急忙接下來，三人一齊出來。

青衫客當先翻上牆頭，趙通事繼上，巡風者急急用繩捆上武官的腰，然後也翻身上牆，兩人一扯，把退職武官吊桶也似的扯上去，往下一放，齊落平地。左攙右架，五人貼牆捨命飛跑，早被廟前巡邏團丁瞥見，喝道：「口令。」青衫客道：「芒。」卻推趙通事一把，與二巡風的，貼牆徑走。廟前巡丁一聽口令，有點不解，急急用燈一照，大聲喊道：「站住。」青衫客不慌不忙說道：「是我，你們鬧什麼？哎喲，你們快看，東面跑的是什麼？」黑影中東面果有腳步飛跑聲，夾雜著「有賊有賊」亂喊之聲，八個巡丁大詫，只在這一猶疑間，再看對面青衫客，竟已失行蹤。巡丁叫道：「吆，這小子是奸細。」數盞孔明燈亂照。趙通事、二巡風、退職武官四人前奔，青衫客後跑，再後面便是巡丁。孔明燈左一道白光，右一道白光，

閃閃爍爍上下亂照中，已然砰砰連發數槍。趙通事上氣不接下氣，一抹地繞菜園。

前面高牆拐角，忽現數條黑影，趙通事大驚。對面人喝道：「粉骷髏。」青衫客搶先低叫：「得手了，快快擋一陣，後面有追者。」這對面的人便是預先佈置了，打接應的，一共六人，全穿著青衫，拿著白刃，左右還佩兩支手槍。為首那人急問：「他們幾個？」青衫客道：「十數個，全廢物，你們略阻一下快退。」說著早引趙通事等人，如飛跑過去。六個人接應，急急埋伏長牆轉角，剛剛扳開手槍保險機，聯莊會巡丁已散漫追趕來。人未到，槍聲先響，燈光也照來，如數條銀蛇，在沉沉夜幕中亂竄，直照到長牆，接應人認定閃光燈頭，啪的一排槍。聯莊會巡丁，立刻人聲呼喊，燈光全熄，槍彈卻噼噼啪啪，越發加緊打來，六接應人只是頑抗不退。忽然鑼聲大震，東新莊已然開警整兵，號燈也點起來，號炮跟著放響。

青衫客領趙通事，兩巡風架退職武官，如飛奔過巷角，有兩人牽著四匹馬等候。青衫客眉峰一皺道：「馬不夠，老二快上，我且步行。」趙通事也不推讓，飛身上馬，豁喇喇跑出村外。青衫客又催餘眾上馬，看馬的副手道：「不用，我哥哥可與死鬼合騎一馬。」即催兩巡風各騎一馬，卻將退職武官架在另一匹馬上，請青衫客跨上去，用繩勒著武官。看馬人從後代打一鞭，這馬如飛奔去。看馬人然後取叫子，連吹數聲，後面接應人聞聽忙打呼哨回應，八個人湊到一處，向空連放數槍，悄悄的退出去，一抹地奔到一座樹林裡。

林裡青衫客領袖，趙通事，退職武官，和幾個副手，都嚴陣以待。一見全部一數到齊，不暇問訊，急急出動，七匹馬兩輛車乘黑夜裡，直往西南跑去。後面槍聲如驟雨驚雷，打個不住。聯莊會只信是考古團潰圍襲

村，卻誤認方向，彈彈都打到孤峰山腳山腰。孤峰上考古團，陡聞槍響，唯恐民團偷襲，也不能顧惜子彈，開槍俯擊，無意間倒收牽制之效。青衫客一行，駛車驅馬，絕塵而逃，早出離危險地帶。聯莊會通宵擾鬧，一個奸細也沒捉著。事情緊急時只顧鳴鑼糾眾，開槍拒敵，直到天將破曉，才發覺關帝廟東廡內俘虜，已然脫逃。屋內余煙猶濃，氣息刺鼻，那四個看守，都躺倒地上，人事不省。會首和幾個壯丁，站在屋中猶自覺頭暈。連忙開窗放入空氣，用冷水灌救四人，究問俘虜逃走的情形，四個人全說不出。後來察看後窗的情形，雖已料到必有外人偷進，至此卻也沒法。只得再遣派精明強幹的到省城踩探動靜，再籌善後辦法，這裡仍派人圍住孤峰。

會首的意思，想這兩個俘虜，即已逃出，一定遄赴省城，找官府動交涉。事關洋務，對於民團必有不利，因此非常焦灼。連夜召集各村莊會首，計議妥善方法，大家想著，這事情已經擴大，遲了不如早了，延緩不如速快，當議定派能言之士，上山與考古團議和。各會首推定本村一位門館先生，姓沙名叫奉先的作為聯莊會代表，將議和入手方法，和議和條件，先計議好了。會首說出一個訣竅，大凡與洋人交涉，最先一著須將通譯洋奴對付好，省得他調唆破壞，於中搗亂。對付此等人，這可動之以利，悄悄的許下他幾個錢。沙奉先點頭道：「這個知道，我們不懂洋話，總得先找洋奴，當然要買通他。」

至於議和條件，議定的我們聯莊會即日解圍，解圍之當日，考古團立即出境，不得在附近逗留。至於雙方死傷人數，各不給付恤金。聯莊會願意將俘獲的爬行車，還給考古團。考古團卻不許再動交涉。最後讓步，即以此為限。東新莊會首又道：「倘考古團不肯私休，便可告訴他們，聯莊會有二百餘眾，人人動憤，決將剋日大舉攻山，勿貽後悔，預料他們彈藥

不足，糧食將盡，水道又不方便，自然亟欲逃出死地。所怕他們藉端要挾賠償懲凶等事，那時便可恫嚇他們，這裡也傷了許多人，一不做二不休，我們趁官面沒出頭，我們人多勢眾，一旦破山，必個個活埋滅口，趁早別妄想搬兵動交涉，妄想官府來壓制我們，要知我們多方佈置，四面包圍，你們暗遣人潰圍送信，自謂解圍有日，報復不晚。老實告訴你，一個也沒跑，都讓我們捉住打死了。就算跑出此村，都會於郊外，我們還有埋伏，城裡也有人臥底，好歹會刺殺你們的，絕不讓你全身出離中華土。用這等話，點破他們的盤算計劃，他知絕望，必然應允。西莊會首道：「還有，須防他們在圍中百說百依，出籠後反噬一口，卻是不好，必教他們在議和書上，自認招錯，自承在井中撒毒，情願立即出境。」舊東莊首領道：「還有一節，怕他們疑畏我們，不信議和的話，或不敢出圍，或竟亂開槍，不容沙先生上山怎好？」沙奉先笑道：「這倒不妨，我自有辦法釋其疑慮。」

於是議和之計已定，即日執行，沙奉先打點一切，手執白旗，空身到山口，費了多半天工夫，才由考古團持械守山的團員，叫來司機王二，下山腰與沙奉先答話，將來意說明，王二心中暗暗怙慢，立允轉達。回到山頭，與田音司、魯明夷一說，果然兩人大動猜疑，都害怕上當。若果解除武裝下去，正如猛虎離山，豈不受害，這一猶疑，顯出王二才能來了，自趙通事三人走後，考古團並不曉得一個已死、兩個一度被擒，心想著雖然凶多吉少，可是沙奉先所說三個潰圍的人全被擒殺的話，出自敵口，他們自然不敢深信的。十幾個人心中著急，恨不得立刻出圍，卻又真真的不敢冒險。正自互相商量，猶豫難決，現在和使已在山前，還是拿不定主意，司機王二在旁冷笑道：「何必如此，先把和使讓上山，聽聽條件，如果有保證，準我們武裝成群下山，再有他們的人質徒手伴送，自然上不了當。」

原來王二初進考古團當司機，本自承不會說洋話，為的是好偷聽他們

的密謀，不致惹西人防備。自那天遇變，一著急走了嘴，便再隱瞞不住，只好承認懂洋文。趙通事走後，無形中他代替了通譯的職位，成了全才的識途馬。當下王二說出主見，田音司首先贊成，便派兩個團員、兩個司機，攜帶手槍，下到山口，把聯莊會議和代表沙奉先，紮上黑巾，引上山頭。在三官廟內，開起談判。司機王二和魯明夷擔任正副譯員。田音司與一個西籍團員，做了考古團議和代表，其餘團員，仍分守前後山，以防聯莊會挾詐攻山，從當日下午，直議到次日晌午，雙方意見大致接近。考古團已將全體人員的意見徵詢過了，只剩起草條件和簽字。於是沙奉先告辭下山，回去報告。

這邊山上，仍由四個團員送回山口，聯莊會二三十武裝團丁，早在山腳那邊等候，急忙迎接過來，同到關帝廟。見了三莊會首，細問情由，沙奉先將經過情形，仔細報告一遍。考古團那方面，情願不索賠償，只求三個條件，（一）屆期解圍，須十五里以內，沒有武裝團丁。（二）准許他們乘爬虎車一齊下山，並攜武器自衛。（三）由聯莊會派代表五位，徒手護送出境，絕不逗留。東新莊的會首以及代表拍案道：「好狡猾的東西，哪裡是要人護送，他這是要五個押當，不成不成，你們誰願意作當頭。」沙奉先變色不語。西莊會首忙說：「第二條倒沒什麼，第一條教我們十五里以內解除武裝，這也是使不得。」東新莊會首道：「這倒不要緊，他們的意思是怕被襲擊，我們可以將沿途的哨卡暫時撤開，只要路頭看不見拿槍械的人就行，反正他們不會分赴各處調查的。」東莊會首道：「這本是麻稈打狼，兩頭害怕的事情，無怪他們疑慮防範，依我說，只要沙先生真看出他們是亟欲出圍，誠意謀和，退十五里就退十五里，護送就護送。」西莊代表道：「哪一位肯徒手護送洋人出境。」

全場齊說：「我可不幹。他們十幾支好槍哩。」說到此地僵起來。各會

首相顧再商，半晌不定。

　　還是東新莊代表說道：「沙先生辛苦一趟，就說第二條我們全應了，第一條沿路哨卡全撤，保證通行無阻。第三條只能由議和人從山頂伴送到山腳……沙先生以為如何？」沙奉先默想一過，這個行得。即問大家，大家同意，沙奉先歇息半日，次日持白旗上山，直至下午方回來，報告大家，說一二兩條全解決，第三條考古團很不放心，務必要求派人同乘汽車送出境外。聯莊會各代表先詢團丁，許下重賞，仍是沒人願去。東新莊會首勃然大怒：「管他呢，咱們攻山吧。」西莊代表也說：「煩沙先生再去這一趟，我們這邊，決計不護送，倘他不肯我們這就攻山。」

　　聯莊會在座各代表相繼發言，決定考古團可以武裝下山，聯莊會可以沿路撤防，但絕不派人護送。根據這個意思，將議和條件寫定草案，前者敘起釁緣由，雖出誤會，卻歸考古團負責，末後便是那三個條件，沙奉先宣讀一過，大家同意，連忙又赴孤峰，與考古團磋商，他們那邊也草出西文議和書，還是堅持護送。雙方交涉眼看破裂，忽然間，東新莊來到一青衫生面人，拿著一封信，要面見聯莊會首，各會首其時正齊聚在關帝廟，立刻將送信人叫進來，大家不認識此人。細細盤問，此人說是從城裡來，奉聯莊會派往省城探聽消息的代表何子良所差，有極機密的訊息報告。各會首急拆信一看，不覺大驚。信中說省署收發處祕訊有外國旅行團通譯，和一西籍團員，由駐省外國領事，領來拜訪省當局和交涉署，具說該團與地方民團發生糾紛，以綁架圍困的罪名相誣。當局一聽是得罪洋人，非常焦灼，立遣省署參議督署副官長，交涉署祕書，起程北來查辦，隨行有省防軍一隊，騎兵一百，步兵一連，機關槍兩架，現已動身，不日到村來。看那舉動，怕要鬧大，得訊後望速速打點，最後消滅證據，將圍困山中之西人，先期釋出才好。西莊會首將手一拍道：「如何，老百姓一定要吃

虧。」那送信人插言道：「臨來時，何子良先生告訴我，教我務必先期趕到。省防軍以剿匪為名，不日即來，請諸位快快想法子，將考古團放了，最好把他們誆出境外。還叫我趕緊回去，要將咱們的辦法結果，寫覆信捎回去。他一則好放心，一則打算得用力處用力，託人設法轉圜。信中還附著一筆，要請各位籌一點款交我給他帶回。」

眾會首聞言再看信，果然末一頁提到用款，至少先送五百元來。聯莊會急忙寫回信，提現款，打發送信人回省。這邊立刻收回倔強態度，請沙奉先再赴孤峰議和，不管對方條件如何，總要他們立刻下山出境就好；但須不動聲色，已交涉定的有利條件，也不可再放鬆，怕他們得寸進尺，翻臉刁難。沙奉先長嘆一聲，立即帶著議和草案上山。談吐之間，力持鎮靜。

卻不道司機王二，早窺破對方情虛，雖為國家觀念不肯點破，卻對全團極力保證，下山絕無危險。這樣交涉，只二三小時，便已雙方意見通疏，立刻簽字蓋章，中西文共繕兩本，各持一份。定第二日正午，履行條件。

到這天一清早，沙奉先帶著兩個聯莊會護送代表，持旗下山，所有前次俘虜的爬虎摩托車也開上山去。雙方在三官廟座談一刻，聽山下嘭的響了一聲號炮，各哨卡完全撤退，兩代表留在山上做質子。沙奉先陪著田音司博士，由司機王二，開駛一輛摩托車，先行下山巡著。果然山腳下，空蕩蕩四顧無人，只山口有十數個徒手團丁站著。巡視一周，開車回山。其時考古團，已將車輛行裝預備好，又出二十元代價，向聯莊會借了些糧食飲料。天到正午，嘭然又一響，六輛摩托車，十四個考古團員，和三個聯莊會護送代表，從山上緩緩開下來。摩托車魚貫而行，每兩輛為一撥，每撥相隔十數丈，竟平安到達山腳平原。各團員尚忐忑不安，個個東張西

望，卻喜無事，便一直的開向西北去了，出境五十里，到預定地點，遂將
護送代表釋放下車，自有聯莊會派來的人接待回村。

聯莊會護送代表回村之後，不亞如從虎口逃出一般。大家提心吊膽，
等候官軍。一轉眼幾天，卻毫無動靜，不由疑慮起來。忽然接到省城探信
代表何子良一封長信，也是派專差送來的。內說聯莊會圍困在三官廟孤峰
的洋人，已然脫出一名，來省城動起交涉。聞官廳不大信，打算派專員先
來調查，再設法排解。經代表在省先期下手，將底細預透給官廳，輾轉託
人，已煩好部署祕書長的人情，他已稟告長官，決定大事化小，小事化
無，大約我們不會過於吃虧的。預料最後教我們解圍，再拿幾個錢就算
完。又說內中情節，頗有曲折，請詢專差便知，又道代表各人在省，係借
住在至友家中，日用花銀很省。前帶來五百數十元，共用了八九十元，擬
以餘款提四百元辦禮物，酬謝祕書長云云。聯莊會各會首，一看大詫，這
封信與前函，竟前言不對後語，到底官府動兵武力壓迫，還是派員來和平
調解，語出兩歧，大是可怪。東新莊會首拍案道：「我們受騙了。」大家還
不很相信。

不料又過了兩三天，省城代表何子良，竟陪同交涉署科長，省署祕
書，帶著五十多護送官兵，一路前來。雙方一問，果然動兵之議，只有人
這麼擬議過。當局怕激變民心，不取照辦。考古團倒確是在省很搗麻煩，
提出種種要求，官府因該團既已出圍，一切誣衊之詞可不辯自白，聯莊會
這才確信當真受騙了。卻是竟由此放走團員，倒於交涉前途有利；故此損
失數百元，也就算值得。官府人員在村中住了幾天，由會公宴數次，便將
議和書找了幾份副本，交涉員們又寫了報告書的底稿，連同前本，一齊拿
回省去銷差，一場糾紛暫算了結。

考古團雖已出險，卻死了兩個團員，受傷的也有三四個，西籍團員很

不甘心。多虧趙通事再三開導,說一辦交涉,便誤了正事。況民團也傷了不少人,又立下條件,就交涉未必便勝利。田音司這才在領署先備下案,以為將來動交涉的根據。然後會齊全體人員,起程徑赴金沙寨。一路卻喜無阻,不數日到達金沙寨十數里的一座小市鎮。考古團做了許多好像考古團的工作,直經過兩三個星期,才全體開車到金沙寨。到寨覓寓之後,旋即背著趙通事、司機王二等人,開始祕密活動。

原來這金沙寨是有名出金礦之區,一帶荒涼,累年開拓,漸漸人煙稠密,比起避暑山莊也差不多,卻是地點偏僻,外國人很少見。田音司等每次出外,屁股後必跟著一夥小孩子大人吵著叫毛子、洋鬼子。田音司幾個西籍團員,便以此為理由,化裝穿起中國人衣服。那魯明夷此行也想合謀發大財;不料田音司用種種方法,逼得他只在寓內看行李。那邊趙通事,看見西籍團員,帶著糧食、鐵鍬、軍火種種用具,各人又背著一大背包,裡面還裝著別的東西,乘著兩輛汽車,自行開駛出去,又在黃昏以後,不帶一個華人,趙通事便早已料透情弊,卻也故作不理會,乘夜會著司機王二等四人,找到僻地密議良久。

約挨到三更後,倏有一條黑影趕來,相距不遠,擊掌悄然道:「粉骷髏。」趙通事忙道:「都。」那人便一直過來。此人正是粉骷髏青衫黨首領胡魯,所有報假信送出眾團員,騙取聯莊會五百元,全是他一人的策劃,他不顧考古團半途破壞,還想借洋人成就自己的事哩。當下歸座,細問趙通事五人所得的消息(這五人不消說,全是他的部下化裝來的)。趙通事慌忙取出一小冊,遂唸誦道:「私測金兩處,一在某地某處,約計經緯度若干度若干分秒,估計產量若干。一在某地某處,約計經緯度若干度,估計產量若干。私測煤礦五處,地在某處,產量若干,和測繪地圖草本,計一百四十七幅。又關津險要地帶形勢,攝影共一千八十六幅。最大目的,

為七隻手的寶窟，已被此輩訪得。古烏桓國王冠重器，已出土者也得有下落。」草草念罷，交給首領胡魯。

胡魯將副本留下，對五人說：「七隻手的身世，和他的遺產估計，我也探出來了。狗頭金的下落，也打聽著一點底細；只是七隻手窖藏賊物，早預繪有一幅祕密地圖，這圖乍看絕不會明白，必須拿他同時寫出的那一頁說明，兩相對照，才能明白，我們如要開窟得寶，必預將這說明書也弄到手，然後才能按圖索驥，手到擒來。如今我們既然探明這原圖尚未出現，這原圖的副本已被考古團田音司計出重價買得到手；只是他並沒有得著說明書，若一味看圖覓地，在那地方瞎掘，我料他這輩子也掘不著。但是此圖的說明書，除原本一冊，截至現時，尚未聞發現；此外，聽說尚有三個副本，內中兩個正確，另外一個中有訛錯。這最正確的第一本，是七隻手生前自制以防正本萬一遺失的。第二本卻是七隻手的副手偷謄下來的。如今這兩本副本，據北方分窟走盤的同線人報告，說是前者已經流落到蒙古王公手內，曾祕密出賣，後來不知結果如何了。後者聽說已經流落上海，被某西商騙去，也恐一時沒法查找。唯一的辦法，只有找那第三本副本，聞這副本，是七隻手的情人所摹，現在他的情婦，已經被刺身死，據官方發表偵查報告，看那舉動，也像是七隻手生前的同黨所為。卻是七隻手的情婦，雖以身殉，這說明書的副本，到底還未被同黨搶去。怎麼見得呢，原來這情婦身中四刀和兩槍彈裂腦洞腹死後，她的住房便閒下來了，沒人敢住。後來經房東大加修飾，又閒了半年，才有人租賃，但已改為貨棧了。這家貨棧是西商經營的，當然不深知前情，於是幾個月中一連有五次在夜間鬧賊，賊的手法非常超脫，曾將貨棧翻江倒海搜檢了四遍，末了還出了一條人命。難為貨棧埋伏下兵警，一個賊也沒拿著。最後想是沒有搜出甚麼來，所以七隻手的同黨，心還不死，又到情婦的墓地上搗亂。

她的屍身早已入棺埋葬，這夥賊也不知有幾個，不久以前，又偷掘墳墓，開棺剖屍，大翻兩過。直過了好幾天，才有人看見，墳裂棺開，棺旁還有一具無名男屍，背後有深深的一道刀傷，頸下還有小刀勒傷，喉管已斷。據檢察官驗得，是中傷立斃，不像械鬥，卻很像是被暗中襲擊的。」

首領說至此，趙通事插言說：「那麼這說明書第三副本，現在何處？」首領道：「這就是我們所當努力的地方了。我已經多方設計，大概不出一星期，便得回音。現在我要交代你們五人的，就是這一件事。你們必須明裡暗裡，留神調查田音司數人的舉動，萬一他們居然得圖又得書，並且毫無阻礙，到達七隻手窟贓之處；當那時，我們便無須另起爐灶，只趁火打劫，給他來一下，豈不省些氣力。」首領吩咐已罷，又問了些事情；看時候過四更，天將破曉，眾人打一照會，紛紛散去，各自分頭做事。

考古團田音司等，已探明北邊大盜七隻手埋贓的地點，是在金沙寨亂山中，雖得到祕密地圖，卻沒有副本暗碼的說明。

經極力搜尋，知道努梁巴魯臺盟，東四旗蒙古王公索勒古手中確有一本；設法出重價明買暗竊，迄未到手。最近才賄買王公近侍，偷描了一本，又費了日夜之力，譯對出來。這才偕同退職武官森德，西籍團員愷斯、約翰、馬考司數人，乘夜開駛兩輛汽車，前往尋掘。

第十二章　朔漠救同儔青衫一現　荒山思縱虎和議三章

第十三章
妙手劫行車恃才殞命
金墳埋奇寶貽禍貪人

　　距今二十年前，峰北忽發生劫車事件。此賊單人匹馬，來去莫測。或明搶，或暗盜，或巧騙智取，不一而足。作案纍纍，玩弄警探小兒；百計緝捕，未能落網。後經步軍統領衙門，會同警廳，祕派著名捕快偵探，發給海捕文書，不限歸案日期，命他們盡力暗採。直費了兩個年頭的工夫，才探出此人外號叫七隻手，本姓關單名楊，他的落腳處，卻沒有撈著。原因他手下只有三個副賊和幾個小賊。這副賊都是多年同犯，才能和他會面。像小跑專管採探油水的，只能和副賊接洽，連七隻手的姓名模樣都不曉得。並且就是與副賊聚會，也是單個兒先期預定地點，從來沒有準地方；他又不常作案，一作就是過萬，直到事情冷下來他再作。他又不與各埠地頭蛇交往，所以很不容易捉他。

　　直到五年前，七隻手又出來作案，不幸在交際明星梅四姑娘家，露出點馬腳。當時包圍他，卒被兔脫。他若稍稍斂跡，也不致陷於死地。不想他過於膽大，太蔑視官人了。七隻手三繞兩繞，將官警拋開之後，竟上了津浦車，中途又去搶劫銀行。贓雖到手，他的面貌，已被官警識得，直追到濟南，將他包圍。軍警圍滿火車站，喝命舉好手。好個七隻手，他果然雙手會開槍，聯珠彈一般，將軍警打退。他一躍下車，奪路待逃；因一時戀贓，致被一個二十多歲的偵緝兵捨命抱住，喊一聲：「快捉住了！」軍警一擁上，七隻手左手一槍，打中抱他的偵緝兵，右手一槍，打中開先上前

的警兵，已經掙脫身子來。

軍警大驚，喊一聲，噼噼啪啪，快槍手將盒子炮一陣亂打，把七隻手和那抱他的偵緝兵，一齊打死。七隻手既死，他的遺贓，遂埋沒在塵寰，大為野心人所注意。在其間居心掘藏盜寶的人，不知有多少犧牲了生命，仍是一無所得。

大盜七隻手關楊，戀贓戕生，他的舊存遺贓究有多少？現在何處？轉落誰手？一時都沒人曉得。官方曾從七隻手屍身上搜出一張皮紙，夾在一本小冊中，已被槍彈打穿一洞，彈擊焦痕頗大。小冊上頗有些記載，富戶豪家的姓名、住址和住屋建築形式，多有記錄；並有一些日期地點，下列著密碼暗號。

那張羊皮紙，上面畫著淺藍色圓形，三個箭尖直指三處黑點，可已燒焦了一大塊，卻又透出紫色。經官方交給專家鑒參尋考，猜想日期地點必然指的是作案得贓的時地，贓名數全是隱號。於是又經熟悉盜案的人，兩相參究。驗明上海富商著名大流氓的二小姐，曾於其地跳舞會中，失去珠項圈一個；而這地點日期恰和七隻手小冊中所記的一條相合。從此推測，珠項圈一物，乃是用川柳二字代表，正是不解他的用意。下面還有幾個暗語，據專家說，大概是記載贓物如何銷放的。計有私存己手，攤給副賊，價賣，贈送幾項。頭一項暗號最多，卻畫著箭尖和口字品字暗號。官方難尋究，總弄不清，也就無形擱置了。

不想此冊沒入官之後，忽然贓庫失火被盜，別的沒丟，單單此冊失落。經嚴緝縱火兇手，才知庫吏受了一個時髦的男子賄買，犯了監守自盜的罪名，那七隻手的小冊和羊皮紙，已經交給那時髦男子。那時髦男子卻又石沉大海，沒處撈摸，這才覺得小冊皮紙必然記載著重大祕密，不然賊人絕不肯出二千四百元代價，買動庫吏。偵緝隊為此事提起興趣懸賞採

訪，忙了些時，一點頭緒也沒有，只得又無形擱下。

不想時隔不久，北京城裡，忽發現一件兇殺案。在打磨廠一家旅館內，有一姓呂的旅客，逐日晝出夜入，鎖著房門；忽一日房門逾時未開，經人撥開門戶看時，這旅客已不知被誰刺死了，橫屍地上，肋中一刀，卻夜間誰也沒聽見驚吵呼救聲；再看屋中物行囊，搜得天翻地覆也不知丟了甚麼，現錢卻有三百數十元，好像分文未動。經警廳法院，將屍體拍攝出照片來招認屍主，剛剛分佈了兩三天，便有幾個不尷不尬的客人，到這肇事的旅館投宿，都轉著彎子探聽兇殺情形，那偵緝長忽然靈機一動，密遣警探掩捕，結果一撲一個空。那偵緝長忽然靈機又一動，拿這死人照片，去到監獄質證，那個監守盜冊，受賄被押的庫吏，果認出此人，就是與賄買他的那個時髦男子同來的一個長衫朋友。卻不是姓呂，那時候也說他姓楊。

偵緝長忙又從這條線索悉心稽究，正在茫然無從入手的時候，上海方面，有一家西文報紙登載一長篇記載：標著《北方大盜七隻手的遺贓》的題目；還有幾方照片，內中就有狗頭金、烏桓國王冠等攝影。這文字忽然登報，官方測不出作者是誰，也不知他的用意。哪曉得此稿是七隻手生前同黨副手所投，他頗知七隻手埋贓的祕密，就是不曉得準確地點。他已經得到祕圖，卻沒有說明書，為此登出論文來，要掀動散往各處的餘黨，好設法將書弄到手，便去掘發祕藏。

起初他這個同黨也還不知祕圖的下落，自從七隻手的情婦被刺，跟著七隻手的小冊羊皮紙出現，跟著打磨廠旅客遭暗殺，這些消息傳播後，局外人自不理會，七隻手散在南方的同黨，卻個個紅了眼，無不苦心焦思，設法根尋，卻不料祕圖副本和一份說明書的抄本，已被田音司等輾轉出重價購得到手。

這邊田音司以考古團名義，赴北口訪掘，那邊七隻手餘黨，也你傾我

陷，此爭彼奪，為了那圖本，死了好幾條人命，結果才有一全份祕圖和說明書，落到南方賊黨手裡。另有一份真圖，落到北方七隻手餘黨手裡，卻沒有說明書，七隻手的情婦，卻另有一全份。七隻手死後這女人和他的本夫，同他的內弟，曾經設法尋掘，臨動身那天，在家中被刺死，進來暴客五人，大搜之下，竟沒將祕圖尋著。五賊還不死心，才又盜棺發掘，到底也沒尋著，此全份圖本，從此沒有下落。

等到田音司集團自滬出發北上，南方盜黨四人，祕攜全份圖本，也喬裝北上，出口盜掘，北方七隻手餘黨兩人，拿著一本真圖，一面計尋說明書，一面潛赴金沙寨，前往試掘，同時粉骷髏青衫黨，也一齊動員，派出七八名能幹手，化裝做汽車司機和通事，隨考古團出發；另由首領胡魯帶六名副手，從旁暗助。並且北方分窟又協派十餘人，在暗中監視七隻手同黨和南方盜黨，預備他們三方面，只要有一方先行得手，青衫黨便乘機轉盜，覺得如此辦，最為省力。正是螳螂捕蟬，黃雀在後。那北京探長邵劍平，為了種種大案，也帶著二十多幹探，由北京密雲跟蹤下來。這一番明爭暗鬥，勢不可免。

七隻手的所積遺贓，究有多少，這連七隻手的情婦和他的餘黨，也都不知道詳細。就是七隻手生前，也只估計著約值二百萬至三百七十萬罷了，確數沒有人能斷定。原因他所盜竊的現鈔和有價的金飾，多隨手花用了。唯珍玩古器美術品，最出名的像那狗頭金、古烏桓國王玉璽和冠帶等物，還有唐人書畫、古鼎、唐美瓷，都是他二十年來陸續偷騙來的；一者等候善價，捨不得輕易出手；二者怕重寶出售在國內，容易透露風聲；三者他也很有古董癖，便都埋藏在兩個地方，自己常去把玩，碰巧了才賣給西商。他又為防止轉掘，擇地甚僻，窟藏甚祕，並特繪兩圖以備遺忘。當日哄傳流落在外的祕圖，只是藏寶最多的一個祕窟，那一個祕窟的地圖，

只有青衫黨知其下落，卻還不能想算到手。

　　有人疑問，七隻手是怎樣一個飛賊？他如何專偷這些東西，難道一個走黑道的人，竟會天生高眼，能賞識古董不成？

　　卻不知七隻手的出身，正是個古董行家，古瓷銅舊書畫，都能鑑別。原來七隻手姓關名楊，乃是熱河承德人；他自幼孤零，父親早故，隨娘改嫁，流落到北京這個古董商人家。這古董商，姓楊名四杞，並不是有大資本的行商，也不是大掌櫃，只是個專跑古董會的腿子。他眼光是高的，手頭卻窘。所以在一家著名古董店博古齋內，當一個跑外的夥計；人既能幹，所得勞金很豐。就替博古齋看貨估價，也有西商和北京旗籍舊閥，委託他收購和出賣的事務；又頗懂幾句洋話，在北京古董商這一行業裡，楊四杞頗負著善拉洋客的名頭。後來楊四杞病歿，以一個古董鋪夥遺下資產，竟達四萬餘金，可見他是個能手。

　　但楊四杞的長子，為人更能幹，當他爹蓋棺下葬之後，使個方法，便將繼母關氏母子趕逐出來。關楊年甫十六，卻有志氣，就奉母搬出楊家，自立門戶，遂復關字本姓，卻單名一個楊字，無非紀念後父楊四杞十年養育之恩。

　　關楊奉侍老母，自求生路，好容易找到一家小古董肆學習生意。因為他家貧，又不是正當學徒出身，在肆中地位很壞，同夥都另眼看待他，如此四年。他為人利口善辯，雖已出師，卻得罪不少人。忽一日鋪中失盜，疑來疑去，疑到他身上，接連又失竊兩次，所失有限。鋪中卻七嘴八舌務要根究。過了半個月，掌櫃竟託詞將關楊和另外一個夥計，一齊辭退。理由雖是說：「生意清淡，用不開這些人。」卻是那個夥計手不穩腳不穩的話，已經傳播開；關楊既與他同退，也洗不乾淨。索性北京別家古董肆，沒有一家敢用他倆的了。

　　關楊失業落魄，逼得他別無生路，只得自擺古董攤，胡亂餬口。經過一年有餘，因他性情豪縱，頗能識貨，敢冒險出重價，其間也不免上當，卻月月結算起來，頗能賺幾個錢，用來養活他寡母和他自身。當此時他已染上嫖賭嗜好，為人越覺狂放，但是用錢待人上，是很慷慨的，也交結幾個朋友。不想他老娘轉年患病謝世，醫藥喪葬，耗費甚多。死者入土之後，生者已四壁如洗。關楊年已二十二歲，不得已折變家具，湊合少許資本，改擺了一座小小破爛攤；也不時擔筐出外，收買破銅爛鐵。他性好花錢，手頭太窘，一來二去，覺得這正經營業，賺到的錢抵不過借來的印子錢。

　　那時京城尚屬繁華，街面上小竊扒手很多。偷來贓物，不敢進市上，自然只找熟識的小古董攤，一文不值半文，就變賣了。關楊起初循規知法，不敢收買賊贓；乃因一時失眼，誤買了豪家奴僕偷賣的一件古玩，不幸抓到官廳，追餘贓交原犯，頗受牽連。關楊少年氣盛，這一懊惱大病多日，生活越發支持不得，便一發恨想道：「真沒有好人過的日子。」至此立反常態，有那小綹扒手偷來的東西，他公然出廉價收買，有的修飾一下，立刻賣出。有的存在家中，過些日子，再變方法賣給外國人。這一來果然很賺錢，那小偷操業雖卑劣，內中也有性情慷慨的，彼此時常交易買賣，便與關楊有了朋友交情，耳濡目染，偷竊的訣竅，也漸漸瞞不了關楊。

　　有一個小竊笑勸關楊改業，並說這年頭兒，明搶暗奪，都是偷飯的人，誰也別笑誰。老弟眼神手法都很靈活，若果出馬，勝似老將。關楊聽了，含笑不答，照常收買賊贓，賺錢不少，如此多時，難免出岔。

　　有一次關楊險些打了窩主官司，經傾家敗產打點，才得脫出罪名，卻已為官人所注目。幾個緝探人員，不時找他要花銷，逼得關楊不發邪財簡直不行了，關楊一怒，當真他吃了這碗飯。那時他才二十四歲，起初由一個慣竊領他走了幾趟，隨後便是自己動手，做了幾套華麗的衣服，化裝改

扮，掩去本來面目，不時出沒於商場廟會中。他為人靈活，手法頗高，並將寓所搬到東城，單人獨馬，大做綹竊誆騙的營生。

如此多時，有一次犯了案，官人早就知道他，這回將他私刑拷打，榨取他的油水。他越發怨恨，在獄中與一夥徒刑罪犯，習藝作工，有時與難友互訴冤苦。彼此各敘犯罪緣由，內中有的因貧賴債，有的窮極詐財，有的偷竊奪騙，大抵是生活壓迫或被勢家所摧。內有兩個犯人發著牢騷，將社會上黑幕和那種的組織不良，以及那大魚吃小魚，小魚吃蝦米，蝦米吃滋泥的說法，滔滔不絕向年輕難友講說，這兩個人慣用冷峭的口吻，單擇那上下層不堪形容的事，拿來比擬著說，說得少年人忿忿不平才罷。關楊性本激越，飽受這等感化教育，又有事實擺在那裡，因此更激成一種憐貧妒富蔑法抗官的態度。出獄後在北京不能立足，一氣跑到天津。

那時天津已有電車，電車和百貨商場遊藝場，是小綹活動的最好地方。關楊在隱僻之區租間小房寓居，晝伏夜出，大肆活動。但是綹竊偷行路人，所得也就有限，大閣人是撈不上的，他花銷又很大。並且遇見窮鄰居有難事，他不惜傾囊施助，因此必須天天出手，並沒有許多存項。這一日當秋末，關楊穿馬褂長袍，帶手杖，手提皮包，到一家影院觀影片。臨散施展出手法，飽攖而出，躍上電車，又在車上綹竊了一隻皮夾和一隻銀表，方欣欣然到站下車，打算回家，猛回頭後面有一位年約四十多歲的紳士，亦步亦趨，綴下他來。也是關楊一時大意，只當做偶然同行，置之不問，他自己還是行所無事，往前行走。

轉過電車站，到一路隅，恰是一家醫院正門，圍著許多的人，不知為了何事。關楊心想，人群中更好行事，便挨上來，假做看熱鬧，暗揣肥客，要乘機探囊，卻見垓心一個四十多歲短衣男子，由一個中年婦人攙扶，在醫院門口打膩。原來這男子是個窮漢，拉車為生，不幸撞了汽車，

碰壞左眼，因失於調治，創口潰爛，毒菌蔓延到內部，以致左眼失明。右眼也昏花不能見物，頭腦也痛烈如劈，直到病象險惡萬分，實在忍受不得，才打聽醫院診治。醫院中人驗視說：毒侵入腦，非施手段割治不可，否則不但傷明，而且傷命。但割瞳孔必須住院一星期以上，將患者的頭擱在硬枕上，仰臥不動，飲食便溺事事需人，若是病人一動彈，瞳孔內水晶液體必然流走，結果是變成盲人。那車伕聽了一愣，便問不割治只上藥行不行？次問割後不住院，或住院一兩天，就能好不？又說，我沒有錢。醫院見他可憫，便答應減收半價，麻藥不收費，眼藥手術費減半，後又答應住院膳費減半。這車伕依然遲疑，說擔負不起，暗地疑心醫生是嚇嚇他，他又愁著自己住院，一家五口怎麼過。醫生勸說再三，後來就搖頭不語，只說隨你便。車伕想了半晌又問道：「先生，不割生命有危害嗎？」接著又問道：「割治後能保雙目復明麼？您想，我老婆孩子五口，全指著我一個人。」惹得醫生不耐煩起來，因貧免收藥費是可以的，乃至減收膳費也可以的，任何公家醫院，決沒有代養病人家眷的。醫生對車伕說，快打主意，治就是割，不治出去。車伕道：「先生，割了以後，不至於更瞎了吧？」醫生一拍桌子發怒道：「沒告訴你說麼，割了眼，只保性命，不保重明；也有割好了的，也有割壞倒瞎了的，不治就出去。」

原來醫院本來擔保他割後左眼通光，右眼如舊。他越問越麻煩，越左瞻右顧，又要治病救命，又要養家吃飯，惹得醫院看護，將他扶出來。他一看這樣，又想著還是治好，站在醫院門前不走。一群病人一群行人圍著他，相勸他責備他說：「比如你毒入腦部，一口氣死了，你還顧得了家麼，留得青山在，不怕沒柴燒。窮人沒法子，只好狠一狠心，只當你死了。」又一人說：「現在你是治病保命要緊，老婆孩子暫且丟開不管吧。」車伕卻又哭著說：「小的才十個月，還有四歲的，七歲的兩口，最大的才十一歲，

拖累得他媽也出不去門，全指我一人，我養得起病麼？一住七天準得全餓死。」說著掉淚。他那婦人挽著他，低著頭也不代丈夫設主意，只悄然說：「你治吧，我們餓不死。」說完話只是發愣，原來她已經四五頓沒吃飯了。

那圍觀的一夥人，七言八語，有的勸車伕忍痛暫拋妻子，有的自述割眼的仰臥七天困難的經驗，車伕夫婦依然猶豫不決，醫院伕役又出來發話，不教擋著道。

關楊在人群中，只顧揣摩客人肥瘦，初不理會。後聽閒人們嘲笑車伕沒主意，眼看要死，他還戀著妻子。關楊這才注意，心想這小子必是個戀家鬼。便分開眾人，挨到車伕身旁，一看他那左眼，全部眼瞼潰爛，眼球外翻，赤紅如血，從裡淌出膿血來，大半邊臉都腫了，右眼皮已裂開，膿水凝住睜不開眼，面目黑瘦，已無人形。又看其妻，也面貌枯黃，問起來才知左眼碰壞二十多天了，若是早治，這樣硬傷，眼珠沒流，也不過連日敷藥兩次，六七天便可痊癒。挨到這時，非割開不可；並且再不能耽誤，否則必然喪明廢命，真是傷心慘目之至。

關楊不忍，略一尋思，便掏出皮夾，將車伕領到醫院，與醫師客氣了一陣，所有醫藥費全免收，膳費減半，由關楊捐助，先付五元，不足之數，明天補送。關楊又拿出六元鈔票，九張角票，交給車伕之妻，說你們五口，節省著過，大約也夠一星期用度吧。車伕夫妻喜出望外，連忙叩謝，並說：「這有七塊多錢，足夠半月嚼穀哩。」高高興興到眼科手術室割治去了。

關楊做了這件事，心中痛快，出離醫院，又到別處熱鬧場行竊，連做了幾手，這才罷手，走進一家酒樓，吃了晚飯，僱車回目的地。原來他平日僱車，從不直抵家門，約距里門老遠，他就下來，再步行踱進去。這次也照例下車，緩緩繞著小胡同，走了一圈，然後前後四顧，見無可異；正要舉步進寓，就在這一回顧時間，忽見那中年紳士驅車趕到里門，向這邊

一望，也一躍下來。關楊心中有病，不覺怦然一動，忙震懾心神，慢慢走著，那中年紳士也慢慢走著來，關楊不敢進寓所；順步走到前邊胡同裡去。那個紳士居然緩緩走過來，到一民宅前，忽然駐足觀望。關楊偷眼看時，整整是他自己寓所。只見紳士端詳一回，也走到這邊胡同來，和關楊不即不離，緊緊綴著。關楊大驚，急急踱步出巷，東鑽西繞，一陣亂竄，滿想將紳士拋開，哪知猛回頭正在身後，竟拋不掉。並且直衝著關楊這邊笑，關楊越心慌，便打算拋贓往租界跑，逐步走幾步，到一僻靜胡同，剛剛探手衣底，不想那紳士趕過來，已經開口，先笑了笑說：「朋友留步。」關楊順著他眼光一看，四處無人，當然是對自己說話了，扭頭裝不懂就要走開。那紳士搶行數步，大聲說：「前面走的朋友，別忙，我有話。」關楊急將膽氣一壯，沉著回答：「做甚麼？」紳士一笑：「朋友不要詫異，我有話說，剛才看你救那車伕，很佩服，就是閣下在熱鬧場施展的手法，我也很佩服，我有幾句話對你說，您別多疑，最好拿我當自己人，保沒差錯。」說罷一握關楊的手道：「來，咱們到這裡談談。」關楊不由己的跟了過去。

三轉兩繞，到一門前止步。關楊抬頭看，正是自己的寓所。不曉得那個紳士怎麼就能知道，心想一定要遭事。只見那紳士，一舉手讓關楊前行叩門，一直到關楊寓所落座。

關楊惶惑，幸他膽氣素豪，便問：「先生你我並不相識，你找我有甚麼話說？」那紳士看了看屋中鋪陳，含笑不答，卻劈頭問道：「你做這生意幾年了？」關楊故作不懂道：「我從十幾歲就學上古董行……」紳士失笑道：「我不是問那個，我問這個。」說著將自己的馬褂夾袍一撩，關楊注目一看，恍然大悟，這才放心。卻又納悶道：「原來是老前輩，因何識得在下？」紳士道：「且聽我說，我適才見你的手法倒也俐落，就只差一點火候，還不能暗中揣摩肥瘦。老實說，這種白日鼠行業也太沒意思。剛才我

見你做事很慷慨，必是個血性人，迫不得已操這行業，我打算傳你一點別的藝業。不過，我不能白傳給你，你藝成之後，必須幫助我做一件事。」關楊至此，大放懷抱，便請教紳士的姓名年貫操業，紳士都略略說了。

關楊這才曉得，這個紳士，乃是關東大盜，也是小竊出身，卻善使火器，在關外做了許多年無本生涯，後因同黨火拚，被官兵剿辦，有人猜疑是他告密賣友，餘黨大怒，便要一搜二審三公決。他負氣不理，上了吉林。同黨便宣告他該處死刑，暗遣刺客，要殺他滅口。這老人生性強梁，欲辯無從。他焉肯束手待戮，竟將刺客弄殺一個，這才化裝逃難。初到瀋陽，險些被捕。又逃到秦皇島，渡海過山東，總有人跟綴。他這才到天津，改做偷騙營生，聊以餬口，不想他的仇人又要陷害他。他的繼室之妻，潛藏鄉間，竟被仇人擊死，還留下恫嚇書。老人痛恨已極，竟欲邀助，雪此前仇。費了許多工夫，物色絕人，數月來他潛綴關楊多次，認為關楊手法敏捷，人性慷慨，是後起之秀，可造之才。這才登門相訪，吐露真情。關楊驚喜過望，便拜老人為師，從此兩人日夕盤桓。關楊學會了使火器，雙手能開槍；又學會了做造文契，及模仿各地方言，又學會夜行術。但他年已二十多歲，只能學到輕身功夫，穿房越脊之能，非童工不可。所以關楊對於這手藝業，覺得差池些。

關楊本會假造古董，自與老人盤桓六年，膽氣越大，手法越高，六年後竟不再做市竊，乃改做穿窬穴壁。又漸漸由暗竊，改做單人雙槍，劫奪行人，專在火車上做買賣。那時他早已幫助老人，報了舊仇，他成了老人最得意弟子，這是以前的話了。那關楊有如此身世，有如此遇合，既練成識貨的眼，又學會盜貨之能，所以後來作案，都是盈千累萬。到他四十七歲上，既廣積盜贓，依理應該洗手；他卻彷彿有賊癖似的，偶遇到過路財神，不禁躍躍欲試。這次仍貪不知正，竟在濟南車站喪生。可憐他數百萬

遺贓，埋沒荒山，沒人享受。這才引起中外野心的人，紛紛覓圖探險；各聚徒黨，設計盜掘。

兩人所組考古團，那一日在上海尋得祕圖，糾合人眾，以考查為名，北上赴熱河。一來查勘埋贓之所，二來訪求祕圖說明書，費了九牛二虎之力，才在內蒙盟旗王公手中，弄得一份說明副本。然後由田音司率四個洋員，乘兩輛汽車，前往盜掘。華籍團員，自魯明夷以下都被拋在金沙寨客舍裡。這日正是夏末秋初，天氣涼爽，田音司四人，自開汽車，徑赴金沙寨北境一座荒山裡。此處四顧荒涼，渺無人跡，長林豐草，秋風颳得簌簌驚人。田音司將爬虎車停在林中，取出帶來的食物，飽餐一頓；然後打開祕圖和說明，細細勘對。

原來這金沙寨本是古烏桓國的最古時候的國都南郊，到了漢末三分時代，烏桓國勢力膨脹，才遷都到避暑山莊。魏武帝北征烏桓，就是出古北口，打到承德附近而止，並沒到過金沙寨。金沙寨既在近年發現金礦，便有人投資發掘礦產，計打了兩座礦穴。卻不料這一發掘恰好正發掘著烏桓國故都廢墟，起出重二十五斤的一塊赤金，情形如狗頭，就叫做狗頭金，乃是難得之寶。當時礦夫隱匿不交，費盡心思，將此金埋於沙底，乘隙盜出，藏在一棵大樹丫杈上；丫杈中心有一孔洞，他把狗頭金安放在內。幾年工夫，此金嵌在樹枝上，礦夫伐樹做成大頭手杖一條，正想盜走，不知怎麼被人查出，礦夫因此廢命，教廠主給活埋了，手杖落在廠主之手。旋又掘出烏桓國王冕國璽等古器。事為關楊探悉，他便施展手法，一股腦兒盜來，藏在金沙寨北境荒山中。這座荒山山麓，其實就是古烏桓國的夏宮；雖被風沙湮沒，亂草覆蓋，卻遺墟尚在。

那烏桓國雖是遊牧民族，但一個國王的夏宮，自然也仿漢族建造大廈，由荒山山麓，上達山頂，全是烏桓王避暑之地。

在當初都是用大石巨木，建築了許多不倫不類的房舍堡砦，又借自然之勢，在山半加建石堂隧道。後來烏桓國勢伸張，趁中原多故，舉兵南侵，漢族向來不注重邊防，便被他得寸進尺，得步進步，直侵佔到古北口密雲縣境，就在承德，另建國都。

　　金沙寨荒山，日久漸廢。後來魏武帝北征，才將烏桓國威焰挫下去，卻是熱河承德，從前成為華夷甌脫地，那時便被烏桓佔有了。滄海桑田，年深代遠，承德繁華起來，金沙寨就荒廢起來。直經過一二千年，清人在承德建造了避暑山莊，明為避暑，暗則震懾邊區，承德更成為要區，金沙寨越沒人提起，索性連地名也被人遺忘。至於烏桓國故國的夏宮，一二千年來早坍塌得沒影兒了，亂草叢生，人煙絕跡，狐兔為巢，樵夫不到，如此多年。忽然發現金礦，這才又有人居，地名便改為金沙寨了。

　　卻不知怎的，被關楊尋幽探勝，找到那座荒山的石洞隧道，沙積塵滿，依稀可辨。關楊大喜，自費了將四個月的工夫，細細搜尋，竟於山半找著絕大一座石室，這石室有兩條暗隧，一條後道，隧道繞山半中，下通山根，後道於斷崖峭壁中間，迤邐而上，直達山頂，山頂另有眺望高臺，卻已坍壞。關楊苦心焦思，用方法購運大批石木工料，卸在金沙寨北境，另僱車馬轉運到山後二十里外。隔了半年，另誆來山東工匠農民多人，許以重金，責以守祕，將工料運到山前，遂把石室道地重加改建。改建已畢，將工匠農民，運送回籍，連地名方向，都沒教他們知道。又隔了數年，關楊便將私儲財貨悄悄運來，保藏在地室內。只是他並不懂得裝置機關的製作方法，也無非尋個僻祕地點，嚴密窖藏起來了。又過了幾年，他的盜賊漸富，遂出重金新修造了，加安鐵閘鐵門，另有機關槍一架，以備不測。凡此佈置都是關楊和他老師那個關東大盜，及兩個同門，七隻手自行佈置的。就是埋贓的計劃也是他老師出的主意。最初動機，原為避仇，

隨後將仇人剪除，便用為藏贓和避官人耳目之所。那裡面收貯的財物珍玩，還有一半是他老師平生擄掠所得的東西呢。他們師徒四人復仇之後，原說在此隱居，後因採辦食糧不便，每年只在夏季，到此避暑。

後來臨到關楊三十九歲的時候，他那老師的仇人，有個侄子，已然長大，奉他伯母臨歿的遺囑，對靈牌起誓復仇，冤冤相報。費了六七年的工夫，潛尋他那老師關東大盜的下落，一日恰巧遇見一個盲目的老頭兒，正是舊日同夥響馬；又恰與關東大盜，為分贓不勻結下私仇，便一五一十將實底告訴了那個侄兒，又把關東大盜數人同攝的照片尋出。這小夥子得到仇家的照片，便苦心思慮，設計尋索，於是關東大盜，有一日策馬閒游郊外，兩人狹路相逢，出其不意，被一槍打落馬來。關東大盜年已老大，痛不可支，但還能暗暗掏出手槍，這時那人又放了一槍，打中下部。那人斷定仇家必死，便從林後跑來，打算對腦海再打幾槍，以解心頭之恨。不防正一俯身，老頭兒在血泊中，抬起腕砰然一槍，火光四射，那侄兒狂吼一聲，撲地栽倒，整整斜十字躺在關東大盜胸肚上。兩人熱血迸濺，也分不出哪是仇人血，哪是自己血，關東大盜傷在背部和腿根共兩處，這復仇少年傷在面部，由面頰斜貫口腔，直穿後頸而過，全是致命傷。那少年掙扎著伸手去抓仇人，關東大盜何等勇健，無奈年高氣衰，又流血過多，兩隻眼險被摳出眼珠來。他狂喊一聲，努力一掙，兩手反摳仇人。恰巧捉住敵喉，兩人在血泊中，打擊，肉搏，流血，嘶氣，對抓，對咬，那個侄兒狂張著嘴，滿腔熱血，滿腹的話語，想要傾吐出來，卻只有口難言。他很想大喊一聲喝道：「呔，仇人，你還記得十年前在關外，被你手刃的那個同夥麼？我是他侄兒，我是他嫡親侄兒，他的侄兒已經長大成人，要報仇雪恨，我我我現在，拚給你了，你要明白，你死在誰手裡？」這麼些話在他心中打轉，努力想表白出來；無奈彈傷頸部，一張嘴血噴出來，只賺得長

嘶怒喘，半晌說出「報仇」兩個字。只見他抖了抖，血溢不止，瞪目絕氣而死，滿臉恨怒不釋，兩隻手還緊摳著敵人手。這當兒，壓在他屍身下的關楊恩師，那個關東大盜，早已傷重暈絕；兩隻手可還抓住仇人，這兩個死對頭，竟如此壓持著同時斃命在郊野。

關楊的恩師既被仇人所殺，他的遺贓隨後承襲在關楊和兩個同門手裡。他三人秉承亡師垂訓，雖然分道揚鑣，各幹各人的營生，每次劫盜所得的貨財，除現金之外，凡有稀世古物和不容易銷售的，不能立時出手以防敗露的，皆聚攏來，存貯在荒山地室。又過數年，關楊的兩個同門，先後遭事殞命，大師哥是在長江輪船上，遇見仇敵，開槍威嚇雙方交戰，失足落水淹死大江以內。二師哥在奉天富豪家，潛偷金票，卻不曉得人家那只保險箱，有特別機關，被他弄壞暗鎖，撬開箱蓋，方低頭探手去取箱中之物，不防觸動暗簧，砰然大響，七粒子彈從箱中打出，他頭蓋碎了，胸頭也穿了，登時殞命，死在保險箱之前。

二同門既死，只剩關楊一人，單人匹馬，遊蕩江湖，作那無本生涯。他為人機警不過，不專做穿窬盜篋的買賣，也設局巧騙，也改制假古董，也收買古器，於看樣時，巧為仿造，用托梁換柱法，騙取真物，門徑很多，做法不限一端。以此所得贓物，倍勝於人。他手下不結同伴，卻物色三個副手，專備行騙時「點驗」；又用幾個小跑，只管傳通消息，跟訪財神。臨到設計動手，必定單人出馬，再不結夥，以此保得住祕密。十年來創出個七隻手的綽號，形容其比八臂哪吒，只少一手，可見他聲名遠震，不愧為北方大盜。

這七隻手積贓萬千，一一埋藏在金沙寨北荒地室內。直等金礦發現，才有人另起新名，因此山恰在金沙寨北，便稱為北高山。關楊掘窖藏寶，繪圖備忘，叫做聚米峰，道地叫做套龍穴，石室叫做鬼子窩，瞭望臺叫做

珍珠頂。乃至山中一峰一崖，山腳一岡一坡，他都私造下名稱，測量了道裡方向，然後繪成祕圖，他自己一目瞭然，別人看了，就莫知所謂。這是他一番深計，預防他人勘破祕窖按圖盜掘。關楊並在山野對面亂林中，覓得一棵古楊樹，在樹前埋一大青石，大青石上鐫著雙十字，算為祕圖定方的標準。圖中所寫南北四至，全不是正南正北。乃是當年正午的時候，站在古楊樹下，大青石山，雙十字上半邊臉對著太陽，眼光所望之處，算是正南方，脊背所向處，算正北方，左右手分東西，四面八方都是這樣推算。至於道裡尺寸，祕圖上也是用的暗碼，內中所記丈數，其實又一步五尺為單位，所記里數，其實是半里為起碼。並且數目字，末尾若是單數，必多補一個零號，若是雙數，必須補一個五字。

所以那祕圖雖明明記載著埋藏財貨的方向和許多數字，卻是照樣發掘，必然一無所得，而且越出好幾里地去，這都是關楊師徒二人想的方法。但是大青石所定方位，只指出地室暗戶的所在，到了暗戶之前，另有一塊大石，上面也畫著雙十字，人再站在十字上，面對著瞭望臺，畫一直線，限要四丈九尺長，再在盡頭處，畫一縱橫五尺的正方形，拿這方形四角，定了東西南北，然而按圖索驥便可尋著一隻鐵箱，到地室中見鐵箱中另有一圖，這圖才畫著藏寶之所。凡此曲折，無非關楊師徒在世時，預備彼此互用以免遺忘。到後來七隻手也被緝廢命，祕圖說明有一兩份流落人間，引起各方覬覦。

考古團眾按照著祕圖，尋到金沙寨北高山的時候，七隻手的餘黨早已先期趕到。原因考古團被民團圍住的時候，餘黨已晝夜攢行趕到此間。他們一共湊合了四個人，喬裝逃荒難民，圍繞北高山搜尋，因沒有得著正確的祕圖本，果然錯尋出五六里之外，亂崛起來，一無所得。那考古團田音司數人，將華籍團員丟在金沙寨店中，忙著先將祕圖參透明白，這才會集

西籍團員共五個人，分乘兩輛車，直赴北高山。沿途村民，不曾見過洋人汽車，嘩喧圍觀，直走出金沙寨礦區，到北高山附近。

但見落葉黃沙，風景蕭索，左近並無居民，更無蒙古遊牧帳篷。田音司擇一遮眼避風地點，將汽車停下，五個人先進飲食，次查勘地勢。遂細按祕關，先尋大林，費了一整天的工夫，竟尋到大林側面古楊樹和大青石。五人大喜，如獲異寶，共看圖中說明，是：「足登雙十字，在晌午，日正高，半面照，望前峰，爬山直量三七二四零丈。」這數字的零便是多加的，真正讀法，是順山坡直量出三七二四步，便到距道地門不遠的山腰中。五人立刻分配工作，田音司專司測量，兩個團員分司眺望發掘，兩個團員留守汽車。五個人乘夜出大林。到山間擇一妥當地點，又避風，又可眺望四面的所在，將汽車停放，支起帳篷，大家輪流值夜。睡了一宵，夜半聽見風吼葉搖之聲，夾雜著野獸叫，大家提心吊膽，值夜持槍守望。忽見對山西面，有一團火光，好像有人放野火。卻半晌不見火勢旺大，大家提心吊膽，值夜團員納悶良久，少時火滅，也就不理會了。

次晨齊起，先尋汲道，次進飲食，最後才收拾俐落，外面做出測量礦產的模樣，暗地就是按圖索驥盜掘祕藏。先用望遠鏡向山下四面照看，遠遠看見荒草亂寨，一色碧黃，直望出方圓數十里外，恍惚不見人煙。田音司大放懷抱，遂按祕圖尋找道地門，不想竟為祕圖說明所誤。圖中符號道裡，竟以步為丈，又單多加一零，田音司遂誤將三萬七千餘步的距離，誤認為三十七丈。一直岔出去，尋過山頂，來到後山半腰，看見一片荒草，不著人跡，一點也不像密藏財貨之處。只得披蓁拂莽，一路亂尋，想覓著道地門就好辦了。同時山腳下七隻手的餘黨副賊，也在平地找搜尋索，錯尋到平地一段土岡左近，用鐵鍬亂崛起來，也是毫無所得。

如此過了差不多一星期，雙方兩無頭緒，各自焦灼起來。

對於藏寶的事情和地點，不由都起了疑心，有些信不及了。田音司率團員退回古楊青石處，打算重新測量。將祕圖再三展看，忽然於無意中，弄濕了一塊，這是羊皮紙，雖堅實，著水受潮處，隱隱泛起紫色。退職武官靈機一動，急急取水。將羊皮紙潮濕，這才看見圖旁有兩行小字，卻是華文。武官急交給田音司悉心譯讀，這兩行字有殘落字句，只見寫著「丈應折半，雙尾無零。單尾去五，開門見山，轉身扣環」等語，田音司都不解所謂。原來田音司所得之圖，確是真本，說明書卻不是原件，乃是摹抄之件，中有脫誤，所以不能尋得。至於七隻手餘黨，只得著一本說明，並無祕圖，只猜度著試掘，所以錯得更厲害。

這日過午時分，田音司五人，在林中密議。五個人鋪著洋氈，席地而坐，拿著祕圖，細細研究，參詳半晌，才將這丈應折半的語話悟會過來，只無零去五的話還不甚懂。末後還是田音司將圖中數字全抄下來，逐一比較，見各數末尾一字不是零就是五，零前的數字必是二四六八；五前的數字必是一三五七九。這恍然大悟，說道：「我明白了。『雙尾無零』就是說，偶數末尾必加一零，這應該不算，奇數末尾必加一五，這也應該不算。」退職武官不瞭解中文歌訣省略語句的方法，還是不懂。田音司道：「現在天氣尚不甚晚，我們就照這樣試尋一下。」

說罷掏出時表一看，正指三點十七分。就教兩個團員看守汽車，田音司三人連忙拿測量器和鐵錘水瓶等物，重新量起，即由田音司站立青石雙十字上，直量出三千七百餘步，已到山坎。跟因正午與未時日光相差，方向便有些不對，約錯出地室祕門室七八丈遠。田音司往來察看試掘，只因七隻手，戕生已久，地室多時沒有開閉，在表面竟看不出一點形跡來。考古團五人輪流忙了四天，只尋著石壁石洞，仍不能發現祕密隧道。

只得看著山形，對著圖樣，一路亂尋上去。

西籍團員內有一工程師，爬到山巔四望，忽出頂偏南，於自然平坦山的面上，突起一矮峰。忙用望遠鏡照看，類似人工所造，即招呼大家，直尋過去。見亂石堆高數丈，已生亂草，四面並無小道。三個人設法爬上去一看，才知道亂石圍築如牆，一座高臺，似已頹壞。臺為方形，臺下面有一石階直達臺上，石階高大，側面用粗石砌成，石板尚新。那個工程師用建築學的眼光觀察，猜斷這石臺內部是空的，臺階側面的整石，好像是由內外推的祕門，三個人因祕圖中曾提到此臺，便個個心頭狂躍。一齊動手，想將此石弄下來，看看石臺是不是中空，卻是百般開挖，只弄不動。最後取鐵錘拚命敲砸，唔的一聲，石板破裂，立刻發現黑洞，呼呼的鑽風。田音司往內探看，只覺陰濕之氣撲鼻，忙用電棒照看，果見石臺內部，儼然是一大石室，下有石道，曲折穿過這座小山峰。

　　團眾大喜，即招呼留守汽車的人，只留一個小心看護車輛，那一個叫來把守石臺門，三個人各拿著電棒，鼓勇從石臺道地下去。原來這石臺是瞭望臺，他們沒尋著山坎地室，卻尋著山頂隧道。不想下去才走了數步，覺得裡面陰濕氣太大，並且隧道上下兩壁，多有坍壞部分，看著岌岌可危，腳下浮塵尤多，差不多有數寸厚，裡面呼呼隆隆響個不住。田音司等三人，在裡面一步一步探著走，只恐頂上石落，並覺得空氣沉悶，喘不出氣來。約走入三四丈，便覺隧道盤曲斜下，彷彿繞山下行。到百丈以外，陡覺足下踐踏的不是石階，卻是泥土，內部空氣越發窒悶。兩團員燃著四只電棒，背著鐵鍬等件；田音司握一隻長手杖，一步一探，摸索道路。轉了數道彎，腳下一軟，踐著很厚的爛泥，深沒踝骨。三人匆匆並肩用電棒細照，前面黑乎乎好像已到盡頭。田音司沒法，取氈布等物包腳，直踐泥地過去。原來迎面黑暗處，是從隧道頂坍下來的一堆岩石和泥土。想是上有空陷，所以淋下來，這一堆岩石土塊，將隧道阻塞住了。三個人細看道

地，別無出路，只得用力開道。

　　但道地難穿，僅僅能三個並肩而行，若挖土動身，甚是不便。只好兩人動手。一個捻著電燈打亮。工作了半日，居然掘通一穴。三個人都憋得頭暈，爬出來休息良久，重複動手。直掘了兩三天夜，才刨出一深洞。三人爬過去，又走了數十丈，道地陡然寬敞，卻又縱橫穿著兩條道地。三道交點，儼然是大地室，三人在地室休息。覺得空氣較好些。只是耳畔盡轟轟的發響，未免心中害怕，恐怕悶死在裡面，又端詳這幾條道地，暗的黑洞洞一望無邊，眼看好像可爬上山去。察看良久，覺得橫道風聲較響，似乎必有出口，可見天日。三人便取祕圖重加尋繹，決定一路搜尋過去。竟走了數百丈遠，到了盡頭處，乃是石殿石室數十間。工程師依建築家的眼光，看出一大殿正門，有一層層臺階。臺階盡處，鐵門緊閉，看形式應該通達外面。但此門倒關著，機關生鏽，必然是久無人動。

　　三人商量著，費盡氣力，將門打開。果然外面豁然通敞，日光照射，強烈之極。三人久閉地室，都睜不開眼。那秋天空氣，也覺清砭爽骨。三個人出得道地，察看外面山形，原來此地正在山坎。他們從山腳古楊青石上，測量祕窖時，實實曾從此經過。只因隱藏在亂石之後一片叢草中，看看只是一座土堆，再想不到這是浮土微撮著，內部搭著木枝架子。將土木刨開，便露出鐵門。如今算被田音司等一路誤尋，由上至下倒掘出來。

　　三人大喜，又看著祕圖，對鐵門直走下去，穿道地，至交叉點，立在殿前石階上，單箭所指，橫行一百二十七步，便到祕窖，田音司八人歇息一回，重翻入道地，在寬窄不同，縱橫排列三條道地的中心，果有大地室，卻非三人適才走過的那一處。這一處石室更大，建築廣闊而高大，地面塵土也少，好像幾年前打掃過。石室中心，有方丈一塊大石案。石案一角，鐫著雙十字和一個小箭頭。按祕圖頂橫行出去，田音司拿手

杖，二團員且行且量。按電棒，依圖尋探。計走出一百二十七步，剛剛到了，腳還未站穩，撲登一聲，塵土飛揚，田音司叫道危險，直墜落下去。一百二十七步地點，竟是一大翻板，一大陷坑，人墜板闔，坑中滿是石灰粉。卻因年久，受了潮濕，結成軟膏也似，沾身陷腳，弄得渾身都是白漿。翻板又已扣上，田音司在內大叫，兩團員趕緊擎電棒照著。田音司在坑中，卻喜也攜有電棒，便往板頂照亮，從板隙透出一縷光線。兩團員也大叫：「不要害怕，我們設法。」先用大石將板頂起一縫，再用樹枝支起，然後用繩索將田音司提上來。

三人商量，此處該是埋贓之所，如何只見翻板？計議一回，用樹枝搭在板上，三人踱過去。不想道地很長，盤繞一回，卻又折到地室前。考古團三人正自無計可施，忽然那建築師靈機一動，問田音司：「陷坑形式如何？」田音司道：「我倒沒看清，大概坑面也很大，長有兩丈，橫有一丈五，著地坑底約大一二倍，內中不儘是石灰。只對坑口處，有一口石灰池。別處也是鋪著碎石子的平地。靠東面恍惚似有一穹門白磷磷的，大概是石頭造的。」建築師聽了大喜。對兩人道：「我看這道地之上，必然還有道地。陷坑中的石門，必然是第二層道地的入口，埋贓之所，料想許在那邊。你們看看祕圖，不是說：『地通斷崖；箭指石門』麼？斷崖必是陷坑代替名詞。」

田音司聽了，首先鼓掌，說此話頗近情理。立刻取樹枝將翻板撐起，拔許多亂草，鋪上石灰堆，以便往來踐踏。三人一齊投下陷坑，首叩石門，盡力推行，卻是只弄不開。三人取鐵器亂砸，只落下許多石屑來，石門紋縫仍未動。那個退職武官煩躁道：「又不知贓物果在裡邊沒有，費這大氣力，恐怕徒勞。」說著，用手中斧亂劈，一斧捶在石門暗紐上，只聽一聲響，一扇石門倏然直落下去。石開階限竟有一深槽，恰好將門嵌住。內部露出來，黑洞洞也很潮。三人驚喜，急急闖進去，用電棒四照。這才

看見裡面是一大圓室，直徑不下五丈，高倒有三丈七八，用石板隔成卐字形短垣。就在卐字中心，建有方丈小石臺，高有一丈六七，卻沒有階級。田音司等圍著石臺，建造得古怪，急取祕圖勘對。石臺的一面，鑴著箭頭，斜指旁邊一面石壁。三人端詳半晌，不解其故。那建築師沉吟不語，不住擰電棒四看。田音司早等不得，與那退職武官商議，脫去鞋，足登著武官肩頭，爬上石臺。見石臺上鋪著細石，當中建著小小一石亭。周圍有石欄，中心有石案。田音司納悶，便走入石來，積著一層浮土，用鐵器敲一敲，覺得石案中空。田音司用力一掀，竟將石案面掀起一縫。田音司忙叫兩個團員：「這石臺內都是空的，這裡似有洞。」正說著，那建築師站在石臺下，面對一面石壁連忙搖手，大聲說：「門在這裡呢。」

原來石室的一角，嵌著一塊鐵板，上敷白漆，做出石紋，黑影中乍看好像一塊石頭，砌做石牆。其實就是石門。機關做在石臺周圍石階的一級上，懂得的用腳一踩，石門便可豁然洞開。只是局外人不曉得內中機關，便斷斷尋不著。因為這機栝恰設在人不到的石階邊棱上，不想竟被建築師誤走誤踐，一腳登著。只聽唰的一聲，石門撲倒下來，直在石臺內部空洞處，成了進口的鋪石甬路。建築師大喜欲狂。

不想此時田音司在臺頂，也將亭中石案用力掀動，推開一大裂縫。才知石臺實是暗室，臺上之亭，乃是天窗。三人慌忙擰亮電棒，直入石室暗室。細看內部，有一大石床、一大石案和兩座石凳，都是千年前舊物，已有些破裂了。上面雜陳著許多小木匣和鐵櫃皮箱，都嚴密封鎖著，各處浮滿一層輕塵。看樣子久沒人動。三人狂喜歡呼，以為不白費許久工夫，已將祕藏覓著。忙四面尋找，見石案上放著四盞古銅燈，上覆玻璃罩，中貯清油。田音司取出拂拭一回，看了看，還可以燃著。便劃火柴將燈點亮，擺在石臺中。

三人先不翻找珍物。且細細查看石床石凳，也像是空的。急掀開床

面，往裡照看，卻又是一條極窄的道地，十數層石階直通下去。內底又有一地窖，高兩丈，一丈四五見方，地是土地，並未墁磚石；當中埋起一座墳，墳前立著石碑，還有石供案。田音司掌著電棒，照看碑文，卻鐫得好像是隸篆，他一字也認不出。三人周巡一轉，重複出來，一齊動手翻箱開櫃。石案上放著的硬木匣，全都打開，裡面果裝貯許多珍玩古器。田音司估了估，似乎不甚值錢。退職武官身畔皮包內，原帶著各式鑰匙和火漆黃蠟鐵條鐵箝等物，急急對著鐵櫃鎖孔，試出模型，將帶來鑰匙改造，配好了即將鎖打開。

這田音司將鐵櫃的門啟開，見裡面有十數件黃綾包袱，都捲成長卷形。扯開一卷看時，原來是一幅古書畫。田音司連連拆視，這一鐵箱全是唐宋人墨跡畫寶卷軸，並沒有金珠重寶。

於是四只鐵櫃，全都打開，也有一箱銀錢，也有一箱貴重古董，只不見那烏桓王冠和狗頭金，也沒尋著那顆有名的墨珠。

田音司坐在石案上喘息，心中盤算運輸方法，還想再尋找一下。那個建築師撑著電棒，盡向四面照著。三人計議一回，全以為七隻手盜贓必不止此。建築師說：「那座墳墓，也許是假的，我們不妨拭掘一下？」田音司一想有理，三人急急移燈，齊下後道地，來到墳前。將燈放在石供桌上，用兩把鐵鍬、一把鐵鏟，一齊動手。直刨得三人全都出了汗，黃土去了一大堆，猛然唔的一聲響，似乎觸著石塊或棺木。三人盡力掘挖，少時露出棺木的一角來。三人至此，又驚又喜，又似乎失望。

一陣不住手的挖掘，黃土全掘開，棺木頂完全露出來，見是一具黃松材。拭去黃土，打開棺蓋，心想必是財物，哪知還有一層覆板。等到掀開覆板一看，竟真是一具死屍，盛殮在棺內，骨肉已枯，肢體未散。殮衣猶未朽壞，看樣子絕不是百年以前的陳死人。

　　田音司三人將棺材起出平地，把那棺材中死屍，整個抬出來，放在棺蓋下。料想屍骨底下或有財貨，卻只尋出寥寥幾件殉葬物。退職武官很失望，建築師眼望墳穴，忽然說：「我們再往下刨刨看。我想貴重贓物，也許埋在棺底。」三人遂重複動手，再往下掘。果然噹的一聲，觸在石板上。急急掀起石板，發見一大石槽，有兩只敷漆鐵櫃埋著在石槽內，三人試搬一下，卻很沉重。退職武官忙尋鎖門，卻是明鎖三把，還制著暗鎖兩門。三人用盡方法，探鎖門，試鎖簧，撬鐵條，捏假鑰匙。費了好久工夫，只弄開三把明鎖，暗鎖只是啟不開。三人想將鐵櫃整個抬回去，卻又大又重，計議一回，終無辦法，只得暫置一旁。再動鐵鍬，往墳頭周圍開掘，差不多將小小地窖，全刨翻過來，費了一日夜之力，竟前後尋出鐵箱五只。

　　田音司乘黑夜將留守夥伴叫來，點上十數只蠟，六七盞燈，先把鐵櫃鐵箱從地窖抬出。直抬到石臺內部，暫放在石案石凳上。五人重入地窖，細加搜尋，並用鐵棒下探土壤，果然別無窖藏。這才將那具死屍，裝入棺材也不掩埋，順手丟在一邊。五人一齊出來，放在石臺內部，商量開櫃取寶之計。依田音司的意見，想把五只鐵櫃整個搬出去，到旅舍再設法購器具或用力砸開，或配鑰匙啟開。但那建築師以為不妥，他說：「必須當場開視，當場驗明櫃中之物。如果是珍寶，方值得搬運。若是不甚貴重之物，我們還得重尋。並且我們注意在狗頭金和烏桓國王冠璽等件，究竟藏在鐵櫃中沒有，總須先看明了，才能放心。」說至此大家點頭，都以為然。只是這些鐵櫃，既全弄不開鎖，齊丟在這裡，另去配鑰匙，固覺不穩；就將整個鐵櫃抬走，並不驗明內貯何物，也覺此等辦法，不甚妥當。

　　田音司皺眉苦思一回，說道：「我想此地是僻區，絕不會有人蹤尋至此。我們盡可乘夜，將這兩只難開的鐵櫃，先行潛運回店，再設法啟開驗看。至於這三只鐵箱，既然過重，我看鎖門還可用火漆印出，照配鑰匙。

還有這幾隻木箱，我們就砸開它罷。」

　　說著就要動手。建築師忙道：「還有一個問題，這些東西，兩次必運不完，況我們只帶來兩輛車，至少須運三四次才能完畢。我們全數押運回去呢，還是留數人看守地窖呢？」田音司道：「地窖門戶，我們可以封閉起來，只留兩人看守道地外部入口。這石臺深在內部，我以為不必看守。」退職武官說：「只好這樣。」五個人一齊站起。又取時表看了一看，正指十一點四十五分，恰當半夜。

　　此時已是十月中旬，北邊酷寒，早有冬意。五個人乍獲窖藏，驚喜過望，血脈賁張，倒不覺得身上冷，隻手腳有些涼。

　　趁著夜半，月照荒山，五人在石臺內部，趕忙開箱，斧杖齊響。凡要抬上車的櫃，都弄到隧道中，零星珍物和書畫等件，全裝在帶來的帆布包中。裝了六七包，還有少半沒有裝齊。於是分數次潛運回店之計已決，所有預備應運的已裝物件，都弄到隧道上。然後五人重入石階地窖，前後細細尋找，覺得別無埋藏之處，料重寶必在櫃中。五人大放懷抱，將墳前石供桌上的燈吹滅，又用電棒往棺材照了照，轉身要走。忽然電光過處，棺內屍骨，於黑暗影中，閃射出一線黃光來。

　　退職武官大詫，疑心是磷火。忙用電棒一照，黃光頓隱。

　　只看見直僵僵一具死屍身穿著殮衣，下身蒙著陀羅綢被，已經扯掉。退職武官叫住田音司，兩人將電火全熄滅，立在暗影中仔細看那棺中屍骨。果然從殮衣隙，射透淡淡黃色光線。兩人大為驚異，急將死屍拖出，開亮電棒，剝殮屍的衣飾。照看那屍體胸背骨骼尚全，用鋼絲穿縶著，一點骨骼也不零落。卻是肚腹皮肉早去，內臟也都摘除，用衣飾墊起，其實是空空一具死人腹子。田音司將死人腹子上銅絲剪斷，將腹子打開，一陣樟腦楠麝藥香料，氣息噴鼻。田音司將屍中貯藏之物，逐件揀出，竟有兩

顆明珠，嵌在死人骷上，骷髏是一具狗頭金，重二十斤。又有一方古鐵，乃是烏桓王的符印。那有名的烏桓王冠，卻不在屍內。死人頭上固然也戴上帽子，但是很尋常的清人頂戴。

兩人於無意中發現狗頭金和烏桓王璽，大喜過望。慌忙呼喊同伴，一一傳看，即裝在帆布包中。又尋看一過，那王冠還是未見，打算著隨後再說。大家一齊出離地窖石臺，燈火全部熄滅。然後由建築師手按機關，想把石臺暗戶那扇石板，重新推起來，好掩住內部門戶。卻是無論怎麼弄，那石板臥在石底，紋封不動。建築師細細察看機關，只覺得可怪。忽在卐字石壁一隅，又瞥見一銅釘機關。試用手一觸，只聽轟然一聲大震，在道地盡頭處，忽從頂巔倒下一塊大石板，震得塵土飛揚。

五人大驚失色，急用電棒探照，石板倒處，上面黑乎乎，似另有一道地，鑿通在上邊，五人要過去察看，卻見高約一丈餘，無法上攀，又怕再有石板落下，將自己砸死，五個人只好暫置不顧。留兩人守住道地石門，其餘三人乘夜搬鐵箱，要想上汽車，開回金沙寨。誰想剛運走第一批，人去車開，還未回來，那留守石門的田音司和建築師，忽聽得道地內，有鐵器鑿打之聲。

兩人這一驚，比石板落道地露洞還甚，急忙藏在僻處，側耳傾聽，半晌聽見在這道地上，似還有一條道地，那上邊的道地，似有人正在開掘。田音司急一握建築師的手，悄悄從石門溜入內部，一路潛尋竊聽；入隧道不遠，在一岔路上，聽見頭頂一丈以上，咕咚咕咚不時發響，似在這道地頂上，還有一層道地；並且正有人在發掘。田音司和建築師兩人屏息細聽，上面忽然咕冬咕冬連響一陣，忽然又聲息不聞，良久良久，猛聽叮噹一聲大震，有一道火光，從石道頂上，照過這邊來。

田音司和建築師兩人大駭，急急躲避暗隅，偷看究竟。忽聽上邊有人

聲叫道：「這下面還有地窖。」火光連轉。田音司忽看頂上，有六七尺一大洞穴，開在上面，旋見上面垂下一盞燈籠來。田音司、建築師慌忙後退數步，隱在石壁後，探頭再看動靜，候見一人縋繩而下，手握短槍電棒，剛剛縱下一半，猛然叫了一聲，急急的教上面再把他繫回去；田音司、建築師兩人相顧驚愕，旋見數道火光從穴口往下照探，少時砑然一響，直打過來，田音司大驚，一扯建築師，便要扳槍襲擊，建築師趕忙攔住，悄道：「上面不知有多少人？也不知是做甚麼的，並且他們放槍，這許是在地穴中，心中害怕，故意開槍鎮嚇，究竟未必看見我們。」因此悄悄一領田音司，兩人退出復道，緊守穹門，等候回店同伴到來，再定計較。

不防道地內，忽然從那空穴，一連下來四個人，順著道地兩端，放了七八槍，登時道地中盡是火藥氣息。田音司緊守穹門，從門縫往內看，心想這一夥人必也是掘寶的；再不然便是塞外馬韃子，來此藏匿。正在惴惴怕他們尋見，不想這一夥人倒有五個，全是壯健大漢，手中也拿著快槍電棒等物，也備有鐵鍬斧等件，魚貫而行，五個人一直尋到翻板那裡，為高一人一失足也照樣跌落下去。田音司和建築師鼓勇潛行，重溜到隧道三岔口中段，偷看他們的舉動。忽聽五人中的一個說道：「你們看這裡還有撐翻板的樹枝呢。難道七隻手生前幹的麼？」

田音司心中一跳。就見那幾人也用樹枝將翻板撐開，也用繩將墜下去的人繫上來。五人計議一回，卻著一人把守翻板，四個人一齊下翻板，走入第三層道地裡面去了。

田音司與建築師正不得主意，忽聽身後似有聲息，兩人慌忙回頭察看，黑影中見三岔口道地交叉處，靠東一條道地，有一線火光，閃閃爍爍，似照著往這邊走。兩人不知虛實，急欲藏躲，已來不及。那邊一道電光射到這邊，立刻聽見對面喊一聲：「有人。」電光立止，跟著一陣奔馳

聲，在道地長筒裡，微微震得轟隆發響，少時不見蹤影。田音司和建築師心中惴惴，又不知這一起和那一起是否同夥，怕受他們掩襲，兩人急退出道地，將穹門關上，身藏隧外石洞中，聽著隧道中動靜。約過於半天，田音司不見考古團同伴來。

　　兩人正在焦急，猛聽道地中砰然大震，如地裂山崩，緊接著乒乒乓乒，在道地內，如沉雷一般，悶悶沉沉的響了一大陣。兩人聽得聲勢不妙，越不敢窺探。正在此時忽聞一陣腳步聲，從裡面跑到穹門，似要推門出來。田音司、建築師大驚失色，慌忙拒住，又搬大石頂上門縫，裡面頓聽見呼呼喘氣聲音，同時石門亂響起來，似乎裡面正拿鐵器亂砸。田音司和建築師，各把手槍拿出來，扳機對門，以防不測。忽然聽裡面又一陣腳步聲，跟著砰然響了兩三槍；跟著哎喲一聲，似有一人失聲狂喊救命，又跟著一陣腳步聲，似有一人大叫。旋聽見又有鐵器敲門，敲了一回，彷彿敲不開，又走回去了。田音司變色持槍把門，好半晌聽裡面人聲已靜，這才稍微放心。

　　兩人坐在石塊上，也不敢開門進去察看；都取出水壺乾肉麵包等物大嚼一頓，等候同伴回來。直候到過了兩天一夜，才見退職武官等四個西籍團員，押帶三輛汽車和食物鐵器等件來到山麓。共同到此掘藏的團員，已有六個留守金沙寨，看守已得鐵箱的，只剩下一個，因為他們一聽見尋著祕窟，個個都踴躍想來看看，所以再三計議，只能留下一個，這一個還是前次來過的。於是四人將車徑開到山坎僻祕處，會合田音司、建築師兩人，先登山四眺，似別無人影；遂聚到石門前，商量冒險再進探隧道，搜掘餘寶。

　　田音司忙手指穹門，將道地的呼救聲和槍響騷亂情形，告訴四人小心著。大家一怔，到穹門縫子細細傾聽一回，裡面已無動靜，六人決計入探，將穹門打開，仍留兩人看守進出門路，餘眾四人，一同進入穹門，踐石階下去。卻喜裡面一望無人影，迤邐行來，直到道地底層。四個人袖藏

電棒斂光一照，由洞口至隧底，二十幾層石階，中段六七級石階，都留著血跡，滴滴點點，自上而下。另有一大攤鮮血，在上段石階靠穹門處，濕漉漉血液猶新，卻遍尋屍體不見。隧道中輕煙籠罩，確有一陣陣火藥硫黃氣息，瀰漫在陰沉空氣中，四人驚怔不止。用一線電光，俯照道地，曲折往前進，並未聽見任何動靜。

轉瞬間撲到三岔口，四人駐足傾聽。三條隧道從交叉口分歧，繞行三面；偏南支道，另有一條暗隧，最為狹窄，是由山坎往山頂挖通的。四人往各處查探，似無人聲，獨這兩分支的暗隧，隱隱聽得轟轟隆隆，便是四人通行的道地頂上，也似有一種聲音，不時震動。四人聽良久，各拿出手槍來，慢慢往前行，半晌已到翻板之前轉角處，翻板已被人用樹枝撐起，四人這一驚非小。忙向四面瞻顧，沒見有狙伏之人，急冒險來到翻板前，仍用舊法，從翻板口陸續下去，先用電棒向道地上下前後照了又照，果無可異。這才全數進探翻板內復道，只見翻板中心鋪過草枝還在，對面石門門扇已開。

四人到此，也只得闖進去，一直探到卍字石壁附近窺察良久，仍不見有人，也不聞動靜。四人瞻前顧後，心中納悶，想這裡面既無人蹤，石階何來血跡呢？四人拐角繞彎，緩緩撲到中央石臺前，用電棒遍加照耀，石階上丟著一隻鐵箱，箱蓋已然打開，照到正面看，只見石壁中暗嵌的石戶，已然僕倒，石臺內外洞開，忙奔入石臺內部，細加查看，箱開櫃裂，什物凌亂，考古團留待第二批、第三批運送的一些珍物，都已失蹤不見。

四人相顧驚駭色變，並不知隧道內暗陬中，埋伏著多少人，也都是想掘藏盜寶的，自然見利必爭；況他們又是外國人，越覺岌岌不自保，便有心退出來。但又轉想，費了半年多工夫，耗卻如許精神財力，既入寶山，焉能空回；且算計起，只得著烏桓古璽一方，狗頭金一具，明珠二粒，和些晉書唐畫，精巧珍玩，那烏桓王冠既未發現，那幾隻弄不開打不破的鐵櫃除首批運

回旅舍之外，可惜如今被人弄開，裡面空空如也一件也落不著，也看不見是甚麼物什，有無王冠。考古團大眾越想越忿，因又揣測這種來轉盜的人，竟不知是何等人物。想自己第一批運寶，往返只費了七十幾點鐘，且派兩人駐守，不知怎麼，就會被人尋蹤前來，乘虛掩入。又據田音司說，聞乃發槍之聲，似聽來者必不止一夥，一夥必不止二三人。四人懊惱異常，心懷疑懼，只不肯甘心吐出重寶。忙各取手槍，奮勇投入地窖暗隧，歷階而下，直到那座假墳前用電棒一照，四個人不由齊聲驚叫起來。

原來那墳頭又被刨開，頓改舊樣，那具棺材已打開蓋，拖出墳坑外，屍體也拖出來了。這已很驚人，但還不招人悔恨，卻在地窖中墳碑左邊，一面大石壁下，發現一大石洞，石移地刨，黑洞洞現出一大土坑。四人忙用電棒照看，坑中上有一具棺材，屍體也拖出來了，棺蓋卻虛掩著。考古團四人失聲驚叫一聲，跑過去看，這具陳屍殮衣都剝掉，露出白骨，也用銅絲纏緊著，分明也是割腹藏寶的「木乃伊」，退職武官急急將屍腔掀開，裡面空空洞洞，寶器早被人拿走了。四人大為後悔，忙到墳坑中，兩人撐亮電棒，兩人掀開棺蓋，不想棺中空虛，竟還有一具死屍，面朝下背朝上僵臥在內。四人動手，將死屍拖開來，肋下汩汩出血，人體還軟乎微溫，氣是絕了。四人越發駭異，不想這一具死屍拖開，棺材中還有一具死屍，仰面躺在裡面。頭蓋已炸碎，血肉模糊，不辨面目，也是血漿直流，都是剛才被狙擊慘死的。

四人細看先頭那具死屍，面目尚可辨認，披著裘帶皮帽，臉色黃瘦而獰惡，雙眼炯炯瞠視，似猶痛不可忍。他那襟懷的衣紐，卻被扯露，右手心也有一道刀勒傷，身上帶著一把匕首刀、一把小手槍、子彈、水壺、乾糧，還有一百數十元現鈔。

考古團四人搜看一回，心中想不出這人的由來，遂又翻檢那個腦蓋被

擊的屍體，這人服飾更為闊綽，頭部已然擊碎，右手還緊緊握著一把手槍，左手是一隻電棒。考古團眾人四處搜尋，渺無一物，明知盜臟必被他人掘去，心中不勝悔恨。頓又想起暗算來，覺得地隧中暗影裡，說不定還伏著許多暴漢，四人仗膽在地窖照看一下，又發現一桿手槍、一隻利斧，是初來時所沒有的。拾起來看了看，子彈已發出兩粒，依退職武官的意思，續尋遺臟的事，現在已經絕望，停留無謂且恐有害，只有趕緊回店為是。那三人卻也自覺危險，只是戀戀不捨，便循原路，離假墳出石洞，到地窖搜尋一過，揀那破箱敞櫃殘餘的珍物收拾一些，悄悄的折回石臺內部，四下里照看剔尋。

俄延良久，貪心未死。忽聽道地上面登登的響起來，四個人吃了一驚，全部站起來。聽那響音，似又是腳步奔馳聲，四人怕被襲擊，慌忙棄下殘珍，各取手槍，熄滅電棒，悄悄佇聽，似翻板那邊正在打鬧，旋又聽砰然一聲，好像手槍開火，其聲隔離甚遠，四個人驚惶失色。唯恐被歹人幽閉在隧中，便捨棄遺珍，從石臺卐字壁鑽出來，沿道地奔赴翻板處。只見地道頂上那塊翻板，依然用樹枝撐著，那留守出路的兩個人，卻千呼萬喚不知何往。四人在翻板下復道中，不由焦急起來。仰望那翻板，有兩丈以上高，這上邊沒有人用繩索系，再不易爬出去。四人在下面大聲吆喝，上面並無人答應。四人又懊悔又怨恨，急得退職武官，將手槍扳放。砰砰砰放了三槍，上面依然沒動靜，如熱鍋螞蟻一般，四人在復道地內打轉。

最後想，設計將鐵釘取出，把鐵釘釘在石縫中，約釘了數根，想登上去，卻是不行。又用繩索拋上去，掛在翻板橫樑上，試了試還可以行得。內中有一團員，尚會爬繩之技，居然費很大力氣，爬上翻板。卻喜板上並無歹人，也不見留守的兩個同伴。歇氣良久，這才投下繩，把退職武官繫上來，如此輪流，四人全上，卻是殘珍遺器，都拋在復道中了。

　　四個人稍為喘息，急急沿道地往外走，拐角繞彎，走得數十步，貼壁往外一窺，前邊道地隅角，黑乎乎一團影。四人不敢徑出，將電棒擰亮一照，趕忙撤身藏在洞角。只見那黑影，被電光一閃，霍地站起來，喊一聲什麼人，砰的就是一槍，朝空上打，擊中石壁。退職武官已聽出聲音來，卻是田音司，趕緊大叫，是自己人，是自己人，雙方電光對照，湊到一處。退職武官細看時，地上仰臥一人，腿部受傷，已經暈厥；身旁坐一人，正吁吁發喘。這兩人正是在穹門外，看守汽車和道地入口的考古團同伴，田音司和那個團員正忙著用白蘭地灌救。

　　退職武官四人不禁詫駭，急問緣故。據田音司說，才曉得剛才田音司兩人，在道地內把守翻板出入口，忽聽外面有槍聲和人奔跑聲。田音司兩人恐遭外人襲擊，都握住手槍，隱身伏伺，扳機待發。竟見黑影中跑來兩人，喘息得不堪。田音司想到先下手為強後，往下打了一槍，不防對面兩人，應聲倒下一個，那一個驚喊一聲，才聽出也是外國人。田音司過來，捻電棒照看，果然打錯了，傷的是自己人。急急問訊灌救，那一個沒受傷的團員，喘氣坐倒地上，抱著頭也不能立時言語。田音司方寸大亂，忽又聞外面槍聲，乒乒乒乓亂響，田音司兩人嚇得將受傷同伴，攙架到道地拐角，自提槍以防不測，就在這時，退職武官已從石臺內部聞警出來。

　　六人圍著受傷的和喘息的兩個同伴，爭問緣故。那個團員連喝幾口酒，心神稍定，半晌挣出話來。原來他兩人在道地口把守穹門，兼護汽車，值夜間昏黑，忽聞背後山坎叢莽中，簌簌作響。兩人忽用電棒一照，不見人影，陡又聽山上邊唰唰地響動起來，立刻滾落下許多塊石子，大小都有。兩個團員恐怕墜石砸著，慌忙閃開。不想這停放汽車處，原在山坎一塊平地上，上面石塊亂滾，兩人立腳不住，明知有人暗算，兩人急急藏好身軀，開槍威嚇。不想兩人剛剛挪動，對面叢莽中，火光一閃，槍聲暴

發，一連六七槍，都打到兩人藏身大石前面。兩團員大驚，卻戀著這兩輛摩托車，不敢退避，急急開槍還擊。

這一還擊，彈發火射，早被對面和頂上的人，認定方向，那槍更密集過來。一個團員，陡覺腿部火辣辣一下，情知負傷，半分鐘後，血流創痛不覺倒地。那個團員大驚，急急停槍將同伴抱起來，退到道地穹門旁，賴有穹門土坡掩護。團員且還擊，且拖同伴逃入穹門。對面槍聲愈急，少時叢莽中竄出披青衫人物，一個、兩個、三個，一共來了五個，毫不客氣搶過來，將穹門機關一撥，款噹一聲，石門頓合，口打呼哨，搶上摩托車，突突的開駛下山去了，隧道中的考古團，乍聞驚耗，反拿逃進來的兩個同伴做強人，若不是喊得快，險些打殺。

這道地裡面六個團員，將身帶的酒漿，灌救兩同伴，問明緣由，一齊驚慌便沿隧道奔出，卻又出不去。那石門已緊緊封閉，大眾又不敢硬行破門而出，恐怕門外強人襲擊。直耗到次日晚間，忽聽石門外敲砸，田音司張勇大呼問訊，聽出也是洋人洋話，大眾這才齊湊到石門內，裡外用力，將門打開，外面這個人，正是金沙寨留在旅舍中看守鐵箱，和狗頭金、烏桓古印、明珠等物的西籍團員，和華籍團員魯明夷等數人，全都驚慌失色，站在石門外。問訊起來，才知昨夜三更以後，在店中失盜，所有從地窖中掘獲的盜贓，全部遺失。可憐田音司傾家借款苦心經營，本想一舉發大財。又做圈套，愚弄了華籍團員，哪知背後另有高手，安心轉盜他們。

當時田音司驟聞此耗，痛悔已極，便是六個同伴也都失色。尋思著重寶已失，所剩者偷測的祕圖還在，便打聽留守店中的團員。據說只失去從地窖起出弄不開的那幾隻鐵箱鐵櫃，別一物無所失，現在店中仍留趙通事和華籍司機，看守行李和餘物。田音司一聽，又是一驚，慌忙上了摩托車。這是兩輛，是剛由店中開來的。也顧不得在道地流連，一夥兒挨挨擠

擠上了車，徑回金沙寨去了，只半日工夫已到旅舍。

其時天色微明，店中人已有起來。田音司一行下了汽車，那店中夥友已聞聲開門，另一夥友拿著一封信迎上來，驚驚惶惶說了許多話，田音司竟不暇理會。急急走到房內一看，裡面靜悄悄空蕩蕩，也無一物，也無一人。田音司、退職武官兩人心中有事，立刻覺得頭腦轟的一聲，有些迷迷糊糊起來。其餘西籍團員，只知失去重寶，華籍團員只道失去行李，還不甚驚悔。忙往各處搜尋，趙通事和那幾個華籍司機，竟已不見，而且撲到後邊看去，那幾輛摩托車，也都不見了。

考古團大眾這才慌亂起來，惡恨恨的叫店東。那店東和店夥友，早陪著地方官面，手拿那封信跟進來，不等詢問，就先報告。說是客人你們那一夥同伴，自從失盜後，便算清帳目，要進省訴追。我們店家倒防備來著，無奈我們只知道你們是一夥，而且住店時都是那位姓趙的客人，和我們說話。我們實在不能強留客人，這是他們留下的一封信，那個地方官人也幫著說話。田音司定省良久，各處搜查，暗暗叫苦。原來他和退職武官、測量師，辛辛苦苦，沿途旅行，在東蒙、外蒙、內蒙等處，所偷繪的要寨礦區祕圖，以及在滬重價購買的軍事祕圖，一包總也被趙通事數人偷盜而去，並且最精的是那九輛爬虎摩托車，現在只剩兩輛，其餘全被趙通事等乘走了。固然有這特製車，還容易採緝拐犯，但是現在他們一夥人，行李全失，代步不足，千里迢迢，怎麼弄回北京、上海，當下西籍團員和華籍團員陰差陽錯的，互相抱怨，只得依法報官，並請領事備案。

單說考古團半途應徵的趙通事，他何嘗是甚麼通事，他實是粉骷髏盜黨五豪秦錚。那幾個華籍汽車司機，就是那四哥吳朗，七弟孔亞平，九弟黎吟風，十弟金岱，和十一弟祁季良。

他們六人，一路化裝暗隨著考古團。那粉骷髏首領胡魯，和二哥王

彭，率副手十餘人，在外籌應。等到田音司一行，隱瞞著華籍團員，私赴北高山掘發七隻手遺贓，這邊胡魯也率副手趕了去，在暗中活動起來，這七隻手餘黨，已在北高山山麓多時。這夥餘黨因沒有祕圖，尋不見道地門戶，正在盲中摸索。

後來望見山上火光，竟逶迤跟來。田音司在道地中聽見槍聲人聲，就是粉骷髏黨和七隻手黨，各爭奇寶，交起手來。粉骷髏傷了一個人，卒將七隻手賊黨打跑，便在地窖假墳內尋見另一棺材，從棺中起出烏桓王冠，乃是珍珠穿制的銅盔，奇寶輝輝有光。胡魯大喜，又將余珍擇好的搜刮無遺，便乘夜奪車而去。那邊假通事也率假司機，將鐵箱鐵櫃和祕密地圖一起裝，連汽車全部拐逃。

不一日雙方到了熱河避暑山莊，既在隱僻地方，將鐵箱鐵櫃打開統計古玩珍器和金幣等等，約值百十萬元；隨後便計劃往北京偷運。不想北京偵探長邵劍平，率領幹探，北上緝賊，已非一日。當田音司一行赴金沙塞時，邵劍平已在熱河承德、直隸密雲和北京、天津各處，探得一些蹤跡。粉骷髏盜黨，藝高膽大，由胡魯等將考古團汽車，棄在熱河郊外林間，暗用駝轎偷運。卻由二哥王彭，把空鐵箱等件，另裝駝轎，先行出發。分兩路明暗偷渡關卡，竟被平安運到北京。

邵劍平大怒，急忙從金沙寨趕回來，到京第四天，接得密報，粉骷髏青衫黨大眾，現在連人帶贓窩留在京城以內，大約要候事情稍冷，便將潛運贓物，直赴河南老巢。邵劍平料想這夥青衫人物，未必直搭京漢車南下，恐怕也不經通州，繞道出發，便分派部屬，在天津車站下了一道卡子，北京九門內外城，和東西車站，也祕派幹探，化裝巡緝，然後暗暗分區分隊開始按戶排搜。南城各旅舍遊藝場公共所在，和東西城公寓，屬雜亂地方，閒人客戶易於潛蹤寄居之處，均有人訪查。但為防打草驚蛇起

見，所派暗探和所購眼線，全是改扮出動。如此整忙了一星期零兩天，東西城和前門一帶，均未得絲毫線索。

邵劍平自帶助手，親赴朝陽門查探，費了許久工夫，在騾馬行探出，在半月前有大批駝轎，從古北口進京，氣派威風。說是王府親眷來京省觀。邵劍平一再根尋，查遍京師，竟不知這一批駝轎，進城之後，落到哪裡去了，越搜摸不著，劍平越發猜疑。

忽一日接到幹探續報，駝轎的蹤跡和下落雖未摸著，卻在地安門外採緝得行蹤可疑之人，不時在皇城根某大空宅晝夜出入。劍平急往親查，藉故撲入空宅，又與原房主接洽，這空房牆上，果然發現許多粉筆畫的死人骷髏，還有一面粉牆，上畫一人，喬扮老奴，跨著竹籃，背後有一男子拿手槍比畫著，作出執行槍決的姿式。細端詳這老奴模樣，竟是邵探長數日前的改裝。劍平又羞又怒，料賊人或在附近，遂將分派到外城和東西城的幹探，調來五分之三，加派在北城，命他們晝夜悉心巡緝。當地警察，也都關照了。

如此隔過兩天，邵劍平改裝親緝。忽在北京城西北角著名窮三套地方，看見了兩個怪人。其時天近黃昏，馬路上電燈已然放亮，從南北大街路東，一條小巷內，閃出一個小窮孩子，提著盛煤核的一隻舊籃，喊著跳出小巷，卻避立牆角，東張西望一回，貼馬路便道直往南走到一根電線杆子跟前，止步回頭，望了又望，從籃中取出一物，右手捏著，往電杆上塗畫。

畫完了往南又走，走到電杆前，必止步尋看。尋看以後，有的電杆，就用手中物塗畫，有的就不畫。都從籃中另取一塊布，擦抹電杆，看他順路南行，忽畫忽擦，忽到路東，忽到路西，都是單尋電杆。越過到小巷口直立著的電杆，越加注意似的，那舉動好像不是兒戲。

邵劍平不禁心中一動，暗暗跟在後面，按步踱行到電杆前面。一看那塗畫的物像，正是粉筆畫的人頭，雖然畫的不像樣，卻有鼻有眼。劍平跟

尋過去，才知每隔兩根電杆，必畫一個人頭，這人頭有的兩眼俱全，有的一隻眼，有的三隻眼，又有的沒有鼻子卻有嘴，沒有嘴卻有鼻子，脖頸下邊標著數目字，畫著箭頭；至於擦掉的形跡，可是辨認不出來了。邵劍平大為詫怪，一直蹤尋下去，只見小窮孩子尋尋畫畫，忽從南北大街折入路東一條胡同，剛進胡同入口，猛聽狂喊，喊的是：「好大葫蘆啊！十一大枚。」同時便聽見一個男子腔口叫道：「準十一點呀！」

劍平匆匆搶入胡同，見有一個中年男子，披青衫，肩背黑布小包袱，站在胡同中間一條小巷口上，正對黑牆塗畫甚麼。

劍平藏身暗隅，留神察看，那個男子，聽見小窮孩一跑來，只回頭瞥了一眼，各不通話，兩不關照，好像誰不認識誰，卻是男子兀自站立不動。直等小孩子跑過去，才轉身拔步，兩人順著胡同，一左一右緊貼兩邊牆根同往東走。那小孩每逢電杆，仍然必尋必畫必擦；那男子呢，每逢街巷交叉口十字街心，也必止步，拿粉筆在地名牌下，畫一個十字叉，又下注著數目字，還寫著「下午十一點鐘」英文簡號。劍平急取出懷中時表看，時針恰指八點二十五分，去十一點還有兩點三十五分鐘的時間。

那男子和小孩，越行越緊，已出胡同，曲折繞走，來到什剎海附近地方，兩人叫了一聲，把粉筆拋在牆角。忽見迎面巷中，趕來三人，急急前行，好像做嚮導，到一座大宅前，溜入後門。男子和小孩回頭四顧，也陸續走進去了，咣噹一聲，門扇驟合，宅中靜悄悄無人聲。

邵劍平候那男子和小孩走進去後，急四顧前後，並無可疑，這才趕過來，到前後門端詳良久，後門是在這條小巷內，正門卻在隔巷。料此宅院落必深，房間必多，悄用手電燈一照，在門畫著亂七八糟許多粉筆字畫，好像玩童遊戲所塗，卻於書畫中也發現兩顆人頭，一顆是雙眼，一顆是三隻眼，卻都打著十字叉，還有止止止三字。又照著後門，果然也畫著一顆

死人骷髏，卻栩栩如真，下標著雙十字，還有入入入三個字。

另一面黑牆上，寫著「下午十一點鐘」。

劍平尋思一回，即到附近警所，打聽此宅主人是誰，寓戶是誰。那警所聞言一愕，忙即報告此宅乃是一百多間的大空房，內中還有樓廈亭池。據說是前清某漢軍大臣的第宅，後來大臣有罪賜死，此宅空廢下來。十餘年前，曾有人租此宅，開辦學校，這學校原是私立的，等到分得庚款，便即停辦。因宅子太大，房間過多，地點又稍僻一點，所以紳富，都不肯置買，空閒已久，總沒人住。幾年前，曾有人出賤價買過此宅，修葺一回，打算開學府公寓，做這種投機營業。不知怎麼的，忽有人傳說，宅中不大安靜，時常鬧鬼，大學生寄居的很少，公寓堪堪不支。忽然又傳說那房屋主人，因買羅布破產，匆匆南歸了。此宅只交給同鄉暫為照管，卻是誰也不敢寄居在內。

現在只有後院小巷院，有幾個閒人住著，代業主看房，都是光棍漢，沒有家眷。

劍平一一聽了，心中打定主意，遂告訴警所，這裡面情形可疑，你們先派幾位監視出入口。自借電話，通知密探部屬，限四十分鐘內，趕到此間。邵劍平先命助手一人，借人力車一輛，假裝車伕停車巷內，緊緊守住宅門，劍平圍宅再繞察一周。少時幹探陸續到來，密集在附近酒肆各商舖內，劍平悄悄傳告了一遍，候到十點五分，警探六十餘人，已經分派停當，疏疏落落，將空房前後合圍，仍讓出道來，任人出入，入的記數，出的派人隨跟，十點半已過，邵探長佩匕首手槍，督率幹練助手五十餘人，分四批掩入，左鄰右鄰，前門後門，越牆的暗襲，敲門的明攻，一聲口號，同時發動。

單說邵劍平一隊，領眾較多，計二十人，齊集後門，上前叩門。剝剝

啄啄良久，竟沒人開門，也沒人答對，側耳潛聽，也無動靜。邵劍平剛要下令破門而入，那從左鄰準備襲入的一隊，派一個人火速跑來，報告窺探情形，內中有大叵測。邵劍平委副手，候令出攻，徑馳入左鄰。牆頭立著一梯，各警探悄立在牆根，隱伏在屋頂，好像是偷聽甚麼，劍平問訊幾句話，即扶梯而上，露半而內窺。此處是空宅右跨院鄰牆，果然內部房廈甚多，黑乎乎看不清，卻見對面屋角，遠遠露一道黃光，有光處只聽得咕噔咕噔發響，其聲忽低忽高忽停忽續，夾雜噼啪之聲，又隱隱聞得有人哭泣叫罵，半晌，猛聽尖聲大叫道：「哎喲可了不得了，救人哪！」接著是一陣噼啪亂響，咕噔咕噔不住聲，在東邊忽又現一道白光，連連閃爍，邵劍平忽看時表，正指十一點，喊救之聲愈急。便喝令搶進去，眾人翻牆越房，從四面攻入，一路勢如破竹。徑到有燈光的院落，那噼啪的聲音，就從這裡邊發出，而且這時響聲急急越大。

邵劍平焦待了一會兒，懸賞二十元，著兩個大膽偵探，握槍扳機，拚命沖入。暴喊一聲，隨眾繼進，那噼啪之聲，立刻停止。燈影裡警探扳機躍躍欲試，睜眼往滿屋一尋，只見屋中，便是那個男子，那個小窮孩。那男子手中抱著一條粗木長板凳，地上放著一具破木床，拿著長凳的腿，去砸那木床的面，咕噔咕噔響，這便是由來。那個小窮孩，卻用皮鞭抽打懸著的席，猛一聽噼噼啪啪。在警探監視下包圍，兩人都愕然的回過頭來，皮鞭長凳自然暫不砸打，四隻眼且灼灼的看了一周，竟無怯懼之色。

那男子並且一俯腰說道：「您來啦。」說的是很流利的京腔。警探喝令舉手，虎一般撲過去。十幾隻手抓一個，把男子、小孩擒住。大搜一陣，各人身上一無所有，只各有兩塊現大洋、一張字紙。警探一把拿住紙和錢，一把掀著兩人的臂膀，喝問：「你們是做甚麼的？砸床打席，有甚麼用意？」那男子用嘴一努道：「你瞧，你瞧這裡頭有臭蟲，窮人黑夜拿

臭蟲。不許麼？」邵劍平道：「剛才你跨著的那個包袱呢？」男子道：「那
不是。」卻在門房後鐵吊上掛著，掩在門後，竟未查見。邵劍平過去看了
看，卻不敢動，喝問裡面是甚麼，男子道：「您瞧吧。」劍平發怒，喝令警
探押著男子，教他自己解開。劍平閃在一邊，遠遠的看，那警探叫道：「是
一雙破鞋，哦，一件破衫子，這還有三只襪子。」劍平把大偵探的腦筋一
轉道：「一人都是兩隻腳，他怎麼有三只襪子，拿來待我檢查檢查。」警探
拿過來，這三只還是三樣，一是布襪，一是黑洋襪，一是藍洋襪。劍平翻
來倒去看了又看，聞了又聞，這裡面好像並沒有賊味。遂又看那洋錢，白
花花的，上鐫袁世凱腦袋，又看那兩張紙，劍平不禁大悅。原來線索在這
裡呢！那兩張紙上所繪寫的文句圖樣，竟與劍平在街上，親見男子、窮孩
用粉筆在電杆牆頭所繪寫的東西，完全一樣。

　　劍平至此已不暇研問口供，急急發令，著八個警兵，先押住這兩個重
大嫌疑犯，自己親率大眾，分四路大搜空宅，各擰電棒，扳手槍白朗寧，
提大砍刀，如蜂擁如兔跑，在各空院各空房，亂竄亂找。邵劍平先撲到後
門旁另一小宅院內，見那邊燈光透露，那幾個看守閒房的閒漢，好像聽見
裡面動靜不妥，有兩個披衣挑燈起來，卻不敢出屋，只緊閉房門，聽外面
皮鞋底洋刀鏈，囤囤嘩嘩的響，內中一人仗膽問道：「誰？」眾偵探一聲不
答，破門而入。屋中睡漢已起的兩個，未起的一個卻被眾人按住，不令動
彈，大搜之下，也沒有手槍炸彈，也沒有可疑的物。

　　邵劍平訊問情由，睡漢戰抖抖的說：「那邊那個男子和小孩，乃是拾
煤核的窮人。緣因半個月前，本宅業主派一個管家，陪伴兩個闊客來此看
房，打算租住，據說已講得有八成妥當了。那闊客便雇了一大一小有兩個
窮人，說是叫他們在這裡照料，卻可不知照料甚麼；又聽說闊客上月底才
搬來，這幾天就要招工修葺，本宅管家通知我們，到下月底再搬，現在還

教我們三人看門，那兩個窮人出來進去，甚麼也不管。」劍平聽了越加詫異；因又追問，今晚九點後，有三個男子進院，可曾看見。答道：「也是賃主那邊派來的人，現在尚在裡面。」邵劍平道：「怎麼我們就沒有搜見？」

正訊問時，忽然第三隊警探，從前院繞來報告，一路搜勘，別無人跡；唯在西花園內破花室中，查見粉牆上寫著一些字跡，請探長快去看看。劍平吩咐所部，將看房人先行管押，等候解訊，遂馳赴花園，但見夜色沉沉，衰草雜樹舞風弄影，陰森怕人，擰著電棒，撲入花室，果見牆上，公然寫著「警告呆鳥邵老疙瘩廢物蟲」一行大字，下面的話，便是說粉骷髏老爺們，把你這蠢物，誆到空宅內，難為你如此聽話，老爺們早將臟物運走了，你信麼，你不信我再告訴你，老爺們早將那烏桓王冠國璽和狗頭金等重寶，早已帶往上海，笨重的唐人書畫古玩珍物，也已裝駝轎載到京城裡了，但是我們並沒有怕你搜緝。現在明白告訴你，這些東西，共估價值二百七十一萬，一總埋藏在這北京城以內，諒這巴掌大的北京城，也不算難找。你盡可會同你們部下那些笨貨，劃量分區，挨戶排搜。搜著時，老爺們自出來投案，你有能耐只管使去。這個披青衫的窮漢，和這個揀煤核的窮孩，是我花大洋四元雇的，騙你到此，一來教訓你，二來還有別的用意，只怕你呆鳥猜不到。再有這所空房，是我老爺一月前，略施手腕，假托賃戶，托業主，愚弄了原業主的同鄉和看房，此事與看房主人毫無干係，你小子不可拖累好人。說給你愛信不信，你可以細想，我特地費如許心思，誆你到此，所為何來？這粉牆上用紅粉筆寫了一大片字，下面照例繪著粉骷髏圖來。

探長邵劍平看了，目瞪口呆，氣惱塞胸。他仍不死心，率眾滿院搜尋，搜到一座大廳，一夥人進去尋看，卻在廳中一角，發現暗戶，戶上畫著死人頭。劍平率幹探破門而入，不意此處竟是道地，一陣亂踐亂踏，踩

著機關，砰然一響，閘板下合，把邵劍平三十餘人，全都陷在裡面，欲出無路，只得冒險進探，曲折盤轉，約爬走四五百步，忽逢絕路，卻有磚階，迎面阻著一小鐵門，幸虧人多，拚命打破鑽出來一看，竟在人家臥室內。床上睡著夫妻倆，還有一個小孩子，忽聽堂屋地板亂響，早嚇得亂喊，跑出去叫來巡警，巡警還以為是青衫賊，各將火器對著地穴，不想鑽出來土頭土臉的人，竟是自己一路人。邵劍平定省一回，細辨此處，原來與同宅那空屋，想是那個漢軍大臣的原產業，特設祕隧，以防不測的。

此時天已大亮，驚動附近居民，紛紛圍觀，邵劍平氣恨異常，率眾押解看房人和窮漢、窮孩回去交官審訊，一面仍加緊搜緝。就在第四天，劍平早晨看報，忽發現一段新聞，是上海拍來的電訊，言說內蒙發現大批古物，為西人盜買運滬，事為考古團所知，據謂係彼等所發掘不幸中途被盜，刻已提起交涉，要求交回，並追究轉盜人犯，唯同時學界中人，以保存古物要求截留，頗掀起重大糾紛，最後稱此項古玩，皆珍貴之品，內中尤以烏桓王冠及狗頭金，為最難得之奇寶云云。

邵劍平讀罷，越發猜疑恚怒，左思右想，竟測不透粉骷髏的舉動和這古物的內幕，遂即打電報到上海探詢。次日接到回電，據稱果有此事。劍平忙即登程赴滬，不想剛剛到了上海，便已得到密報，上海宣傳一時的烏桓王冠和狗頭金原來是假的。劍平一聽，不由拍案道：「又上了當了。」還未及細訪內幕，當日竟接到一封簡訊，拆開一看，信籤上畫著粉骷髏，文中說：「呆鳥你要走了，你前腳往上海走，我們後腳運貨出京。呆鳥，你知道麼？」下面署款是粉骷髏領袖胡魯。

整理後記

　　據考證，《青衫豪俠》一書是白羽創作的第一部武俠小說。1927 年始在張恨水主編的北京《世界日報》副刊以《粉骷髏》的題目刊出兩章，繼在 1931 年吳雲心主編的天津《益世晚報》載完。全書共十三章，前六章曾以《青林七俠》的書名於 1942 年出版，後七章以《粉骷髏》書名印行。1947 年 6 月合《青林七俠》與《粉骷髏》二書為一集，取名《青衫豪俠》出版。這部書在報紙連載時，還曾用過《白刃青衫》的題名。現已查到的版本，有 1941 年出版的《青林七俠》卷一，1942 年出版的《粉骷髏》全三冊，1947 年 6 月出版發行的《青衫豪俠》全冊。

　　此次出版，即是根據 1947 年 6 月出版發行的《青衫豪俠》校訂。

青衫豪俠：

懲惡濟弱 × 千年祕寶 × 辨明是非，盜亦有道的江湖奇傳！

作　　者：白羽

發 行 人：黃振庭

出 版 者：崧燁文化事業有限公司

發 行 者：崧燁文化事業有限公司

E-mail：sonbookservice@gmail.com

粉 絲 頁：https://www.facebook.com/
　　　　　sonbookss/

網　　址：https://sonbook.net/

地　　址：台北市中正區重慶南路一段六十一號八樓
　　　　　815 室

Rm. 815, 8F., No.61, Sec. 1, Chongqing S. Rd.,
Zhongzheng Dist., Taipei City 100, Taiwan

電　　話：(02)2370-3310

傳　　真：(02)2388-1990

印　　刷：京峯數位服務有限公司

律師顧問：廣華律師事務所 張珮琦律師

定　　價：350 元

發行日期：2023 年 11 月第一版

◎本書以 POD 印製

國家圖書館出版品預行編目資料

青衫豪俠：懲惡濟弱 × 千年祕寶 × 辨明是非，盜亦有道的江湖奇傳！/ 白羽 著 . -- 第一版 . -- 臺北市：崧燁文化事業有限公司，2023.11
面；　公分
POD 版
ISBN 978-626-357-825-8(平裝)
857.9　　112018154

電子書購買

臉書

爽讀 APP